Lorraine Heath

Lorraine Heath est une autrice de romances. Née à Watford, en Angleterre, elle a grandi au Texas, où elle a obtenu un diplôme de psychologie. Ses romans figurent sur les listes des meilleures ventes du *New York Times* et de *USA Today*.

Pour lui plaire

DE LA MÊME AUTRICE AUX ÉDITIONS J'AI LU

Les Joueurs d'échecs

1 – *Le Fou*
2 – *Le Cavalier*
3 – *La Tour*

Pour un duché

1 – *Le cottage du bonheur*
2 – *La candidate idéale*
3 – *Les secrets de lady Lancaster*

Les Pembrook

1 – *Le doux souvenir d'une promesse*
2 – *Juste un baiser…*
3 – *Le dernier fils du duc*

Les amants de Londres

1 – *L'affront*
2 – *Le pardon*
3 – *La dette*

LORRAINE

HEATH

LES VAURIENS DE HAVISHAM – 1

Pour lui plaire

Traduit de l'anglais (États-Unis)
par Paul Benita

J'AI LU

J'AI LU
POUR elle

Titre original
FALLING IN BED WITH A DUKE

Éditeur original
Avon Books, an imprint of HarperCollins Publishers, New York

Pour les Cover Girls
qui partagent leur amour des bons livres,
des fous rires, d'excellents vins
et leur incroyable amitié.
Pour Kathy et Becky
qui nous ont mis le pied à l'étrier.
Pour Wendy, Jenn et Felicia
qui nous ont permis de rester ensemble.
Vive les clubs de lecture !

Prologue

Dans la nuit du 15 novembre s'est produit l'un des plus terribles désastres de l'histoire des chemins de fer britanniques quand un train de passagers a heurté frontalement un convoi de produits inflammables. À la violence du choc s'est ajoutée celle d'une explosion effroyable aussitôt suivie par un incendie qui a ravagé plusieurs wagons. L'atroce carnage de cadavres mutilés, de voyageurs empalés et démembrés, de corps calcinés demeure impossible à décrire. Vingt-sept victimes y ont perdu la vie...

Article du Times, *1858*

Dans la voiture ballottée par les cahots de la piste, le tout récent duc d'Ashebury, Nicholson Lambert, contemplait un paysage morne et lugubre. Il se sentait creux, comme si son corps n'était qu'une enveloppe, une couche de peau qui n'allait pas tarder à s'effondrer tel un sac vide. C'était juste une question de temps. Bientôt, il cesserait de respirer, de vivre, de...

— Arrête tout de suite, exigea le comte de Greyling, assis en face de lui.

En réponse, Edward, son frère jumeau, lui flanqua une bourrade. Le comte le repoussa. Edward lui donna une claque. Greyling grimpa à genoux sur le siège et, mettant à profit l'avantage stratégique que lui conférait cette nouvelle position, leva le poing pour…

— Cela suffit, les garçons, intervint M. Beckwith, qui abaissa son livre et tendit le bras pour protéger Edward de l'attaque de son frère.

Celui-ci ne lança pas moins son poing qui s'écrasa sans dommage sur l'avant-bras de M. Beckwith.

À tout autre moment, Nicky se serait moqué d'une technique de combat aussi inefficace. À peine quelques mois plus tôt, juste après son huitième anniversaire, son père l'avait emmené à un match de boxe, il connaissait donc le son que faisait un poing qui heurtait sa cible avec un minimum de force. Celui du comte avait la puissance d'un pétale de rose qui flotte vers le sol.

— Ce n'est pas là le comportement d'un lord, ajouta M. Beckwith.

— C'est lui qui a commencé, grommela Greyling.

Une phrase qu'il avait souvent prononcée depuis leur départ de Londres pour ce long et pénible voyage.

— Oui, et j'y mets un terme. Votre Grâce, si vous vouliez bien changer de place avec le comte.

L'ordre avait été lancé de façon tout à fait désinvolte, comme si Nicky – il ne s'était toujours pas fait à l'idée d'être devenu Ashebury et doutait de s'y faire un jour – avait la capacité de se mouvoir librement, comme si le moindre geste ne lui demandait pas un effort surhumain.

M. Beckwith se tourna vers lui en haussant un sourcil interrogateur.

— Votre Grâce ?

Puisant dans ses dernières ressources, Nicky abandonna son siège et, préservant un équilibre précaire sur le plancher instable, troqua sa place contre celle du comte de Greyling. Une fois tout le monde installé selon son bon plaisir, le notaire remit ses lunettes et se plongea de nouveau dans son livre. Edward tira la langue à son frère. Ce dernier loucha et remonta le bout de son nez pour imiter un cochon. Nicky retourna à sa contemplation du paysage, regrettant que M. Beckwith ne lise pas à haute voix pour couvrir la plainte du vent sur la lande. Il regrettait…

— Je ne resterai pas, annonça Edward. Je m'enfuirai.

Nicky le dévisagea. Il semblait si confiant, si sûr de lui, le menton haut, son regard sombre si pénétrant fixé sur le notaire. Était-ce tout ce qu'il fallait pour mettre un terme à ce voyage cauchemardesque dans le Dartmoor ? Se contenter de proclamer que cela n'arriverait pas ?

Lentement, Beckwith baissa de nouveau son livre, le regard empli de compassion, de compréhension et de tristesse.

— Cela ne ferait pas plaisir à votre père.

— Mon père est mort.

Le comte laissa échapper une exclamation étranglée. Cette phrase fit à Nicky l'effet d'un coup en pleine poitrine. La vérité nue qu'il n'avait même pas osé se murmurer à lui-même lui coupait le souffle. Il s'était interdit de penser ces mots-là, persuadé qu'ainsi ils ne deviendraient pas vrais ; son père n'avait pas disparu et il n'avait pas pris sa place en tant que duc d'Ashebury. Il se raccrochait désespérément à l'illusion que son monde n'avait pas été dévasté.

— Il n'empêche qu'il aurait attendu de vous un comportement plus digne, assura M. Beckwith avec gentillesse.

— Je n'irai pas là-bas, s'entêta Edward. Je veux rentrer chez nous.

— Et vous le ferez... un jour. Votre père...

Beckwith s'interrompit pour regarder Nicky avant de reprendre :

— ... vos deux pères connaissaient très bien le marquis de Marsden. Ils ont été à l'école ensemble, ils étaient amis. Ils lui faisaient toute confiance, au point de vouloir lui confier votre éducation. Comme je vous l'ai déjà expliqué, en cas de décès prématuré, des instructions faisaient du marquis votre tuteur. Il en sera donc ainsi.

La lèvre inférieure tremblante, Edward se tourna vers son frère.

— Albert, c'est toi le comte à présent. Dis-lui qu'on ne veut pas y aller. Oblige-le à nous ramener chez nous.

Le tout nouveau comte de Greyling émit un petit soupir.

— Nous devons y aller. C'était la volonté de père.

— C'est idiot. Je te déteste. Je vous déteste tous !

Ramenant ses pieds sous lui, Edward leur tourna le dos et se recroquevilla dans le coin de la voiture.

Voyant ses épaules trembler, Nicky devina qu'il luttait pour dissimuler ses sanglots. Lui aussi aurait aimé pleurer, mais son père aurait été très déçu qu'il fasse preuve d'une telle faiblesse.

Il était duc désormais, il devait se montrer fort. Peu importait que ses parents soient morts. Sa gouvernante lui avait assuré que même là-haut dans le ciel ils les voyaient et sauraient s'il se conduisait mal. S'il n'était pas un gentil garçon, il irait en enfer après sa mort et il ne les reverrait plus jamais.

— Nous y sommes, les garçons. Havisham Hall. Ce sera votre maison pour un temps, annonça solennellement M. Beckwith.

Le visage pressé contre la vitre de la portière, Nicky découvrit la bâtisse gigantesque qui se découpait sur le ciel sombre. Isolée ainsi sur la lande, elle paraissait plus vaste encore que le manoir dans lequel il avait grandi, et parfaitement lugubre. Son cœur se serra. Et si Edward avait raison ? S'ils allaient devoir s'enfuir ?

La voiture s'arrêta dans un dernier soubresaut. Personne ne sortit de la maison pour les accueillir. À croire qu'ils n'étaient pas attendus. Un valet finit par apparaître et vint ouvrir la portière. M. Beckwith descendit de la voiture.

— Suivez-moi, les garçons, dit-il avec une belle assurance qui ne laissait pas le moindre doute : c'était bel et bien leur destination.

Nicky jeta un coup d'œil au comte et à son frère. Tous deux étaient très pâles et ouvraient de grands yeux. Ils attendaient. Il était le plus âgé, de plus haut rang : c'était à lui de sortir le premier. Même si tout en lui hurlait de ne pas bouger, il rassembla une nouvelle fois son courage et s'extirpa de la cabine. Un vent glacial lui fouetta le visage. Les jumeaux l'imitèrent. En silence, ils emboîtèrent le pas à M. Beckwith. Arrivé devant la porte, le notaire souleva le lourd heurtoir en métal et le laissa retomber. Un bruit caverneux retentit. Mais personne ne vint. M. Beckwith recommença la manœuvre. Encore et encore et...

Le battant s'ouvrit sur un vieil homme décrépit vêtu d'une veste noire et d'un gilet élimé.

— Que puis-je faire pour vous ?

— Charles Beckwith. Je désire voir le marquis de Marsden. Je suis attendu.

D'un geste vif, le notaire produisit sa carte.

Le majordome s'effaça.

— Entrez. Je vais prévenir Sa Seigneurie de votre arrivée.

Bien que soulagé de ne plus être soumis à la morsure du vent, Nicky regretta d'être entré. Le hall était sombre et il y faisait aussi froid que dehors. Le majordome disparut dans un couloir obscur dont Nicky se dit qu'il devait mener droit dans cet enfer dont lui avait parlé sa gouvernante. Un bref regard aux jumeaux ne le rassura guère. Ils semblaient dix fois plus méfiants et craintifs qu'auparavant. Quant à lui, il était à peine plus vaillant. Il voulait se montrer fort et courageux. Il voulait être un bon fils et faire plaisir à son père, mais il ne ressortirait jamais vivant de cet endroit. Il en était certain.

Ils attendirent dans un silence oppressant. Même l'immense horloge du hall n'émettait aucun tic-tac : ses aiguilles étaient figées dans une immobilité absolue. Un long frisson parcourut Nicky.

Un grand homme maigre surgit soudain du sinistre couloir. Ses vêtements pendaient sur sa carcasse comme s'ils avaient été taillés pour un autre faisant deux fois sa taille. En dépit de ses joues creuses, de ses yeux profondément enfoncés dans leurs orbites et de ses cheveux blancs, il ne semblait pas si âgé que cela.

Beckwith se mit quasiment au garde-à-vous.

— Milord, je suis Charles Beckwith, notaire...

— Oui, c'est ce que dit votre carte. Pourquoi êtes-vous là ?

La voix était éraillée et sourde, comme s'il ne s'en servait que rarement.

— J'ai amené les garçons.

— Qu'ai-je à faire de vos garçons ?

Beckwith se redressa de toute sa hauteur.

— Je vous ai envoyé une lettre, milord. Le duc d'Ashebury, le comte de Greyling et leurs épouses respectives ont trouvé la mort dans un tragique accident de chemin de fer.

— Le chemin de fer. Si Dieu avait voulu que nous voyagions de la sorte, Il ne nous aurait pas donné les chevaux.

Nicky cilla. Où étaient la compassion et les condoléances ? Pourquoi ne leur offrait-il pas le moindre réconfort ?

— Certes, répliqua Beckwith d'une voix égale. Mais je m'attendais à vous voir aux funérailles.

— Je n'assiste jamais aux funérailles. Je les trouve déprimantes.

Jamais Nicky n'avait entendu remarque plus juste. Il avait haï celles de ses parents. Pendant la veillée, il avait eu envie d'ouvrir le cercueil pour s'assurer qu'ils étaient bien là, mais sa gouvernante lui avait dit qu'il ne les reconnaîtrait pas. Leurs corps avaient été réduits en cendres. On n'avait pu identifier celui de son père que grâce à sa bague ducale – bague que Nicky portait à présent au bout d'une chaîne autour du cou –, mais comment avaient-ils su que la femme qu'ils allaient enterrer avec son père était vraiment sa mère ? Et si ce n'était pas elle qui se trouvait avec lui dans cette boîte ?

— Raison pour laquelle je vous ai amené les garçons... puisque vous n'êtes pas venu les chercher vous-même, dit Beckwith.

— Pourquoi me les amener ?

— Comme je l'ai expliqué dans ma lettre...

— Je ne me souviens d'aucune lettre.

— Dans ce cas, je vous présente mes excuses, milord, car le courrier a dû s'égarer. Quoi qu'il en soit, le duc et le comte vous ont nommé tuteur de leurs fils.

Comme s'il venait tout juste de prendre conscience de leur présence, Marsden braqua ses yeux vert sombre sur eux. Nicky eut l'impression qu'une lame le transperçait. Il ne voulait pas qu'on l'abandonne à cet homme dépourvu de compassion.

Fronçant les sourcils, le marquis se retourna vers Beckwith.

— Pourquoi diable ont-ils fait une chose pareille ? C'est idiot.

— À l'évidence, ils avaient toute confiance en vous, milord.

Marsden éclata de rire comme si c'était la chose la plus drôle, ou la plus grotesque, qu'on ait jamais dite le concernant. C'en fut trop pour Nicky. Poings serrés, il se jeta sur le marquis et le frappa de toutes ses forces dans le ventre.

— Je vous interdis de rire ! s'écria-t-il, mortifié de sentir les larmes lui monter aux yeux. Je vous interdis de rire de mon père !

— Tout doux, dit Beckwith en le tirant en arrière. On n'accomplit jamais rien de bon avec ses poings.

Sauf que ce n'était pas vrai, car le marquis avait cessé de rire. Haletant, Nicky se prépara à l'attaquer de nouveau s'il le fallait.

— Désolé, mon garçon, dit le marquis. Je ne riais pas de votre père, mais de l'absurdité de la situation qui fait qu'on vous confie à moi.

Honteux, Nicky se détourna et fut surpris de découvrir un gamin dépenaillé – vêtu en tout et pour tout d'un pantalon trop court et d'une chemise blanche – tapi derrière une énorme fougère en pot. Ses longs cheveux noirs lui tombaient sur les yeux.

— Mais vous honorerez leur requête, affirma Beckwith avec emphase.

Se retournant vers le marquis, Nicky le vit hocher brièvement la tête.

— Oui. Au nom de l'amitié.

— Très bien, milord. Si vous pouviez envoyer des domestiques récupérer les malles des enfants…

— Que votre cocher et votre valet s'en chargent. Ensuite, vous pourrez nous laisser.

Beckwith parut hésiter, puis s'accroupit finalement devant les jumeaux et Nicky.

— Haut les cœurs, jeunes gens. Soyez de bons garçons. Que vos parents soient fiers de vous.

Il pressa l'épaule d'Edward. Puis ce fut au tour de Greyling et enfin celui de Nicky.

Qui aurait voulu le supplier : « Je vous en prie, ne me laissez pas ici ! » Mais il s'en abstint. Il s'était déjà conduit de façon honteuse. Il ne recommencerait pas.

Beckwith se redressa et fixa le marquis.

— Je passerai les voir de temps à autre.

— Inutile. Ils sont sous ma protection désormais. Partez au plus vite, il se fait tard.

Beckwith acquiesça d'un signe de tête et tourna les talons. Personne ne bougea. Personne ne parla. Les malles furent apportées. Peu après, Nicky entendit le grincement des roues de la voiture, le martèlement des sabots des chevaux, comme si Beckwith avait ordonné à son cocher de les lancer au galop, comme s'il était pressé de fuir cet endroit.

— Locksley ! cria soudain le marquis, les faisant tous sursauter.

Le gamin caché derrière la fougère se précipita vers lui.

— Oui, père ?

— Conduis-les en haut. Qu'ils choisissent les chambres qu'ils veulent.

— Oui, monsieur.

— Il va bientôt faire nuit, déclara le marquis, le regard lointain. Ne sortez pas de la maison.

Sur ces mots, il battit en retraite vers le long couloir ténébreux d'où il avait émergé.

— Venez, dit le garçon en se tournant vers l'escalier.

— Nous ne restons pas, annonça Nicky, décidant tout à coup qu'il était temps qu'il prenne les choses en main et se montre digne de son titre de duc.

— Pourquoi ? Je serais content d'avoir quelqu'un avec qui jouer. Et puis, vous vous plairez ici. On peut faire tout ce qu'on veut. On n'a personne sur le dos.

— Pourquoi l'horloge est-elle arrêtée ? s'enquit Edward, intrigué, en s'approchant de ladite horloge.

Locksley fronça les sourcils.

— Que voulez-vous dire ?

Edward dessina un cercle dans le vide.

— Les aiguilles devraient tourner. Il devrait y avoir un tic-tac.

Il leva les mains vers le cadran.

— N'y touchez pas ! s'écria Locksley, qui se précipita entre l'horloge et Edward.

— Pourquoi ?

— Il ne faut pas, c'est tout, répondit Locksley, visiblement déconcerté.

— Où est votre mère ? s'enquit Greyling en s'approchant de son frère, comme s'il avait besoin de sentir une présence familière dans ce hall sinistre.

— Morte, dit Locksley d'un ton neutre. Vous entendez ce bruit ? C'est son fantôme qui hurle sur la lande. Si vous sortez la nuit, elle vous attrapera et vous emmènera.

Un autre frisson glacé courut le long de l'échine de Nicky. Il regarda la porte, les fenêtres de chaque côté révélant les ténèbres qui s'épaississaient, et il eut la certitude que le fantôme était bien là, dehors, à l'attendre.

1

Londres, 1878

L'étiquette exigeait d'un gentleman qu'il ne prolonge pas sa visite au-delà des quinze minutes prescrites ; voilà pourquoi Mlle Minerva Dodger savait que ce moment passé en compagnie de lord Sheridan prendrait fin dans exactement cent quatre-vingts interminables secondes. Un peu avant, si la chance lui souriait, mais elle n'y croyait guère : le monsieur assis à sa gauche sur le canapé du grand salon semblait bien décidé à profiter de tout le temps qui lui était imparti. Depuis qu'elle lui avait offert une tasse de thé peu après son arrivée, il semblait avoir oublié la raison de sa venue. La tasse en porcelaine ornée de roses rouges n'avait pas une seule fois quitté sa soucoupe qu'il tenait en équilibre sur sa cuisse.

Cette visite était la troisième en sept jours, et de ces quarante-trois minutes passées en sa compagnie, elle avait simplement appris qu'il abusait de l'eau de Cologne à la bergamote, avait toujours des ongles impeccables et émettait fréquemment des soupirs que rien ne semblait susciter.

Ah, et qu'il s'éclaircissait la voix pour signaler son départ imminent !

Elle accueillit avec soulagement ce raclement de gorge avant qu'il ne pose sa tasse sur la petite table et se lève. Elle l'imita en essayant de ne pas avoir l'air trop ravi de voir cette épreuve s'achever.

— Je vous remercie d'être passé me voir, lord Sheridan.

— J'espère pouvoir revenir demain.

La gravité de son regard l'alerta : il ne lui demandait pas la permission, il se contentait d'annoncer son intention.

— Si vous me permettez cette audace, milord, puis-je savoir si c'est ainsi que vous comptez passer le reste de votre vie... assis là dans un profond silence avec seulement le tic-tac de la pendule pour nous rappeler le passage du temps ?

Il cilla.

— Je vous demande pardon ?

Cette fois, ce fut elle qui soupira. Elle détestait être obligée de se montrer franche parce qu'il refusait de reconnaître la réalité de la situation.

— Nous ne sommes pas faits l'un pour l'autre, milord.

— Puis-je savoir comment vous êtes parvenue à cette conclusion ?

— Nous ne parlons pas. J'ai tenté de vous proposer plusieurs sujets de conversation...

— Sur la sagesse de l'expansion de l'Empire en Afrique. Ce n'est pas un sujet dont une dame devrait se préoccuper.

— Si la guerre éclate, cela concernera beaucoup de dames qui risquent de se retrouver veuves. Sans parler du coût financier pour le pays...

Elle leva la main. Il semblait littéralement horrifié.

— Je vous prie de m'excuser. Vous ne vouliez pas en débattre tout à l'heure et j'imagine que vous ne le désirez pas plus maintenant que vous êtes sur le point de partir. Il se trouve simplement que j'ai des opinions et que je pense avoir le droit de les exprimer. En ce qui nous concerne, il semble que seul mon avis sur le temps qu'il fait vous intéresse.

— Vous serez comtesse.

Là, ce fut elle qui cilla.

— Quel rapport avec ce que nous venons de dire ?

— Vous serez lady Sheridan. En tant que telle, vous serez trop occupée par vos devoirs et vos œuvres de charité pour rester assise au salon en ma compagnie durant tout l'après-midi.

— Et le soir ?

— Je possède une bibliothèque fort bien fournie qui sera à votre disposition. Et vous aurez vos travaux de couture.

— Je n'aime pas la couture. Cela m'ennuie. Je préfère de loin un débat animé sur la réforme sociale.

— Je ne désire nullement une épouse qui s'engagerait dans des « débats animés ».

— Voilà pourquoi, monsieur, nous ne sommes pas bien assortis.

Elle avait dit cela gentiment alors qu'elle mourait d'envie de lui demander pourquoi diable une femme, n'importe laquelle, voudrait être son épouse.

— Je possède un très vaste domaine, mademoiselle Dodger. Certaines améliorations seraient nécessaires, je vous l'accorde, mais votre dot y serait bien employée.

La voilà donc enfin, la vraie raison de sa présence dans son salon.

— Voyez-vous, Sheridan, ma dot ne vient pas sans moi. Et je suis ce que je suis. J'ai mes propres idées qui, si vous me permettez ce jeu de mots, n'épouseront pas nécessairement celles de mon éventuel mari ; mes propres centres d'intérêt qui, eux non plus, ne seront pas forcément ceux dudit mari. Mais je désire qu'il respecte les unes comme les autres. Je veux pouvoir en discuter avec lui et qu'il m'écoute.

— Je vous donnerai des enfants.

Qu'est-ce que cela avait à voir avec le fait d'écouter, ce dont manifestement il était incapable. Elle avait l'impression d'être une mule à qui on montrait une carotte dans l'espoir de la faire avancer. Et quand bien même elle voulait désespérément des enfants, elle n'était pas prête à payer ce prix-là pour les obtenir. Si elle n'était pas heureuse, comment le seraient-ils ?

— Me donnerez-vous de l'amour ?

Il émit un bruit bizarre.

— Il est possible qu'avec le temps, je développe une certaine affection.

Elle sourit.

— Vous risqueriez plutôt de trouver la vie avec moi difficile.

— J'ai deux domaines. Une fois mon héritier né, je ne vois aucune raison pour que nous vivions ensemble.

C'était à mourir de rire, songea-t-elle. Le bonhomme refusait vraiment de l'entendre…

— Quant à moi, je ne vois aucune raison pour vous épouser.

— Personne ne vous fera une meilleure offre.

— C'est fort possible, mais je doute sérieusement qu'on m'en fasse une pire.

Tournant vivement la tête, il fusilla du regard sa mère assise non loin de là avec un ouvrage de couture, comme si elle était responsable des mots qui sortaient de la bouche de Minerva.

— Votre Grâce…

— Madame Dodger, le corrigea-t-elle.

Sheridan émit un soupir de frustration.

— Vous êtes la veuve d'un duc.

— Je suis la femme de Jack Dodger et je préfère qu'on s'adresse à moi comme telle.

Il grinça des dents avant de s'éclaircir la voix.

— Si vous insistez…

Elle lui offrit un délicieux sourire.

— Merci de me le permettre. Mais vous n'êtes pas là pour discuter de mes choix de vie.

— En effet, madame, concéda-t-il avant d'enchaîner : Auriez-vous la bonté d'expliquer à votre fille pourquoi elle serait bien inspirée de ne pas refuser que je la courtise ?

Le visage serein, elle le considéra avec indulgence.

— Pour être tout à fait honnête, lord Sheridan, je crois que vous seriez mieux inspiré de passer vos après-midi ailleurs.

Offusqué, il braqua un regard noir sur Minerva.

— Je compte trouver une épouse d'ici la fin de la Saison et je n'attendrai pas que vous ayez retrouvé le sens des réalités, mademoiselle Dodger. Soyez assurée que je chercherai ailleurs.

— Voilà qui est très sage de votre part.

— Vous êtes stupide de renoncer à ce que je peux vous offrir.

— Avec l'aide de ma dot.

De nouveau ce bruit avec ses dents. Nul doute qu'avec le temps, ce tic la rendrait folle.

— Bonne journée, madame. Mademoiselle Dodger.

Là-dessus, il tourna les talons et quitta le salon sans un regard en arrière.

Avec un profond soupir pour évacuer la tension qui l'habitait depuis l'arrivée de lord Sheridan, Minerva roula des épaules puis traversa la pièce et se laissa tomber sur une chaise près de sa mère.

— C'est étrange, mais je me serais sentie encore plus stupide si j'avais accepté de l'épouser.

Sa mère lui pressa la main.

— Tu n'es pas du tout stupide. Tu sais ce que tu veux. Et je suis certaine qu'il existe quelque part un homme qui appréciera cette qualité chez toi, qui ne te considérera pas comme un simple ornement.

Si Minerva n'était pas d'un naturel pessimiste, sur ce sujet précis, elle était très loin de l'optimisme manifesté par sa mère.

— Je viens de croiser lord Sheridan sortant d'ici, annonça Grace Stanford, duchesse de Lovingdon et meilleure amie de Minerva, en pénétrant dans le salon avec son fils de deux ans calé sur la hanche. J'oserais dire qu'il semblait fort mécontent.

— Quelle merveilleuse surprise ! s'exclama la mère de Minerva avec un sourire plus éclatant qu'un soleil de printemps. Comment se porte mon petit-fils ? ajouta-t-elle en se levant pour accueillir les nouveaux venus.

Le petit garçon lui tendit les bras et elle le prit aussitôt.

— C'est fou ce que tu as grandi depuis la dernière fois, reprit-elle.

— C'était il y a quatre jours, lui rappela Grace.

— Et donc il y a bien trop longtemps, répondit sa belle-mère.

Minerva, qui les avait rejointes, cherchait en vain à déchiffrer l'expression de son amie. Grace avait le don de ne jamais rien laisser transparaître. Ce qui faisait d'elle une redoutable adversaire aux cartes.

— Alors, lord Sheridan ? insista Grace.

Minerva haussa les épaules.

— Il pensait que nous aurions pu nous entendre. Pas moi.

— Il a des dettes considérables, fit Grace.

— Précisément.

— Il est assez beau garçon et peut même se montrer charmant.

— Il est resté assis là pendant quinze minutes à fixer son thé, comme s'il attendait qu'il s'évapore.

— Oh, ma pauvre ! s'exclama Grace, compatissante.

Avant d'épouser le demi-frère de Minerva, le duc de Lovingdon, elle aussi avait été la cible d'une meute de coureurs de dot.

— Alors, qu'est-ce qui t'amène ici ? s'enquit Minerva.

— Le plaisir de passer un moment avec toi.

— Mesdames, je vous laisse, déclara Mme Dodger. Viens, mon garçon, continua-t-elle en pinçant la joue rebondie de son petit-fils. Allons voir ton grand-père. Il sera ravi. Cela ne vous dérange pas, n'est-ce pas, Grace ? Que je vous l'emprunte ?

— Pas le moins du monde. Je viendrai le récupérer tout à l'heure.

— Prenez votre temps, dit la mère de Minerva avant de les quitter pour se mettre en quête de son mari.

Si la bonne société voyait Jack Dodger – un homme que tout Londres redoutait – faire des risettes à son petit-fils par alliance, sa réputation ne s'en remettrait pas.

— Elle l'aime, murmura Minerva, ignorant son cœur qui se serrait, car elle risquait fort de ne jamais donner de petit-fils ou de petite-fille à ses parents.

— Je sais. Tout comme je savais qu'en l'amenant, nous pourrions discuter sans être dérangées toi et moi.

Une impatience mêlée de crainte s'empara soudain de Minerva.

— Tu as l'adresse ?

— Asseyons-nous.

Grace s'installa sur le canapé. Minerva l'y rejoignit sans attendre.

— Alors ?

Grace parut mal à l'aise.

— Minerva, es-tu vraiment sûre de toi ? Une fois que tu auras perdu ta...

— Grace, je sais parfaitement ce qu'est la virginité.

Elle claqua des doigts avec impatience avant d'ordonner :

— Donne-moi cette adresse.

Elle n'osait prononcer à haute voix le nom de l'établissement. Nul ne l'osait. La rumeur de l'existence du très privé *Nightingale Club* durait depuis des années, mais son adresse demeurait un secret fort bien gardé. Ses propriétaires étaient, paraît-il, des dames de l'aristocratie – des femmes mariées qui avaient créé un lieu pour que d'autres comme elles-mêmes puissent y retrouver leurs amants à l'insu de leurs maris. Le projet d'origine avait évolué au cours des ans afin que celles qui n'avaient pas d'amants puissent en trouver un pour la nuit. C'était tout ce que demandait Minerva. Une nuit. Une seule.

— Ton frère me tuera s'il apprend mon rôle dans cette affaire.

— Il ne fera jamais une chose pareille. Il t'adore à en perdre la raison. De toute manière, il n'en saura rien. Ce n'est pas comme si j'allais l'annoncer publiquement. Et puis tu sais très bien quel genre de vie il a mené avant de te rencontrer. Pourquoi une telle conduite est-elle acceptable pour un homme et pas pour une femme. Pourquoi n'avons-nous pas droit aux mêmes libertés ?

— Parce que c'est ainsi, c'est tout. Et si tu tombais amoureuse...

Minerva éclata de rire.

— J'ai déjà vécu six Saisons, Grace. Je suis, pour ainsi dire, en train de prendre la poussière sur une étagère, hormis pour quelques messieurs intéressés par ma seule fortune. Je ne veux pas d'un mariage d'argent. Je veux être aimée telle que je suis. Mon immense dot ne m'aide pas à trouver l'amour… d'autant que je ne suis pas particulièrement jolie.

Grace ouvrit la bouche pour protester mais Minerva enchaîna :

— C'est la vérité. Je ressemble trop à mon père. Les mêmes traits austères, ses yeux sombres. Et j'ai aussi hérité de son sens des affaires et de cet esprit pratique qui ont fait de lui un des hommes les plus riches de la capitale. Je suis intelligente et je dis ce que je pense. Je ne suis ni réservée ni docile. Je veux de l'ardeur, de la passion, pas la froideur du silence. Je ne tiens pas à passer mes soirées avec un mari qui ne ferait qu'émettre des soupirs agacés. As-tu la moindre idée du nombre de fois où je suis restée assise ici en compagnie d'un gentleman qui ne faisait que faire des commentaires oiseux sur le goût des gâteaux, comme si ma vie se résumait à cela ? Je peux être intimidante, je le sais. J'essaie de tenir ma langue, mais je ne veux pas non plus donner une fausse impression à quiconque me courtiserait. Je ne crains pas d'afficher mes opinions et les hommes ont tendance à trouver cela insupportable.

— Tu n'as simplement pas encore rencontré le bon.

— Crois-tu ? Ce n'est tout de même pas comme si je m'étais cachée ces six dernières années. Tout le monde me connaît. Ou plutôt nous connaît, ma dot et moi. Elle est attirante ; je ne le suis pas. Les hommes ne viennent pas vers moi avec la passion en tête, mais en songeant à ma fortune. C'est devenu lassant.

Grace l'observa en silence un moment, puis :

— Et si tu tombais enceinte ?

Minerva retint un gémissement – son amie ne voulait que son bien, elle le savait.

— J'ai fait des recherches. Je prendrai des précautions.

Grace s'adossa au canapé en se mordillant la lèvre.

— L'acte en lui-même est incroyablement intime, Minerva. Personnellement, je n'imaginerais pas l'accomplir avec quelqu'un que je n'aimerais pas.

— Je suis tout à fait consciente que ce ne sera pas parfait, Grace, mais arrivée à ce stade de ma vie, je veux me sentir désirée. J'ai entendu dire que la plupart des hommes qui fréquentent ce lieu sont des aristocrates. Il est donc fort possible que je rencontre quelqu'un que je connais, peut-être même que j'apprécie. J'en apprécie certains, figure-toi ; ce sont eux qui ne m'apprécient pas.

— Après ce que vous aurez partagé, ne sera-t-il pas gênant de le rencontrer ailleurs ?

— Il ne saura pas que c'est moi. Je serai masquée.

Le masque qu'elle avait acheté en attendant d'obtenir l'adresse de ce lieu infâme couvrait les deux tiers de son visage, ne laissant voir que ses yeux, ses lèvres et son menton.

— Toi, tu le sauras. Tout ce qu'il t'a fait. Où il t'a touchée. Où *tu* l'as touché.

Un flot de chaleur accompagné d'un certain embarras submergea Minerva tandis qu'elle imaginait de grandes mains masculines se promener sur son corps. Ces images l'accompagnaient chaque soir dans son lit alors même qu'elles ne faisaient qu'accroître son désir de connaître les plaisirs de la chair. Sa plus grande crainte était de se mettre à pleurer le jour où un homme la toucherait pour de bon. Certains l'avaient déjà fait, mais toujours à travers un tissu – des gants au moins.

— J'ai beaucoup réfléchi aux implications, Grace. Ce n'est pas une décision que j'ai prise à la légère. As-tu idée de la solitude que l'on éprouve à n'avoir jamais senti ne serait-ce que la caresse d'un doigt masculin sur sa peau nue ? Pendant les dîners, personne ne se risque à me frôler sous la nappe. Personne ne tente le moindre geste déplacé avec moi.

— Pour être tout à fait honnête, cette solution me paraît un peu extrême. Tu devrais peut-être songer à te chercher un amant.

— Tu ne comprends pas, Grace. Les hommes ne me trouvent pas attirante, pas de cette façon en tout cas. Ils n'ont pas de pensée inconvenante à mon égard, ils ne me trouvent pas séduisante. Si un seul d'entre eux avait laissé entendre que je lui plaisais, je l'aurais déjà épousé.

— Tu as eu des demandes en mariage.

— De la part de gentlemen dans le besoin, et il est très vite apparu évident qu'ils n'en voulaient qu'à ma fortune. Tes conseils m'ont aidée à repérer les coureurs de dot, et jusqu'à présent – et à mon grand désarroi – je n'ai jamais eu affaire qu'à cette engeance très particulière.

Consciente qu'il s'agissait là de la pure vérité, Grace rougit. Minerva se leva et se mit à arpenter la pièce. Elle faisait de son mieux pour ne pas montrer à quel point cette initiative la rendait nerveuse. Mais elle n'avait pas le choix. Elle voulait connaître cette intimité avec un homme et elle n'en pouvait plus d'attendre.

— L'anonymat me protégera. Si jamais je m'y prends mal, personne ne le saura.

— Ce n'est pas que tu t'y prennes mal qui m'inquiète, mais que tu souffres.

S'accroupissant devant sa très chère amie, Minerva lui prit les mains.

— Comment pourrais-je souffrir si, ne serait-ce que pour un très bref instant, je me sens désirée ? Grace, cela ne m'est jamais, *jamais*, arrivé de toute ma vie. Et même s'il ne sait pas que c'est moi, même si tout ce qu'il veut, c'est toucher mon corps, au moins ce sera *mon* corps qu'il touchera, avec *mon* corps qu'il prendra du plaisir, et *mon* corps qui en recevra. Ce n'est pas parfait, mais c'est déjà quelque chose.

— Je te le redis, je trouve cela extrême alors que des alternatives existent. Tu pourrais proposer à un homme d'être ton amant.

— Et comment le supporterais-je s'il refuse ?

— Il pourrait accepter.

— Six Saisons, Grace, et pas un seul baiser. Pas une seule escapade dans un jardin, à l'abri de l'obscurité. Mes partenaires de danse ne cessent de se raréfier. On me considère comme une vieille fille – ce que je suis. Il est temps pour moi d'admettre que je ne connaîtrai jamais le grand amour, mais je refuse de m'enchaîner à un homme qui ne pourra m'aimer comme mon père aime ma mère. Ou comme mon frère t'aime. Si je dois passer le restant de mes jours avec lui, je veux que le gentleman soit ensorcelé. Alors, si je ne peux avoir cela, je veux connaître au moins une fois ce que cela fait d'être avec un homme sans être entravée par les règles de la haute société. Et peut-être qu'ensuite, je pourrai envisager une autre existence, trouver le bonheur ailleurs. Enfin.

Avec un soupir, Grace libéra ses mains pour fouiller dans la poche de sa jupe. Elle en retira un feuillet soigneusement plié. Minerva fut tentée de le lui arracher, mais se retint de peur de le déchirer : son amie le tenait si serré que ses phalanges en blanchissaient.

— À cette adresse, commença Grace, j'ai ajouté une liste de messieurs qu'il vaudrait mieux éviter si jamais ils croisent ton chemin. Lovingdon m'assure que ce sont des amants égoïstes. Il ignorait pourquoi je l'interrogeais à ce sujet, heureusement ; il semble que, dans l'intimité de leurs clubs, ces messieurs aiment à se vanter de leurs exploits amoureux.

Les lèvres pincées, elle tendit le morceau de papier.

— Je t'en prie, sois prudente.

Minerva referma les doigts sur la réponse à ses rêves. Le temps de la prudence était depuis longtemps révolu. Elle se languissait d'une nuit dont elle se souviendrait toute sa vie.

— Je suppose que tu n'as pas une liste de ceux que je pourrais envisager ?

Grace émit un rire un peu forcé.

— J'ai bien peur que non. J'aimerais simplement qu'un homme te perçoive telle que tu es vraiment, et pas comme une dot ambulante.

— Tous ne sont pas aussi sages que mon demi-frère.

— C'est bien dommage.

En effet. Minerva n'était toutefois pas du genre à se complaire dans la morosité. Elle n'avait guère eu de chance sur le marché du mariage. Il était temps de s'aventurer dans le royaume du plaisir.

Le duc d'Ashebury était en quête d'une paire de jambes : de longues jambes fines. Nonchalamment adossé au mur du grand salon du *Nightingale Club*, il observait d'un œil critique toutes les femmes qui y pénétraient. Elles portaient toutes une sorte de longue chemise coupée dans une soie fluide qui caressait leur peau comme un amant le ferait avant que la nuit s'achève. Le tissu chatoyant épousait leurs formes, les bras étaient nus, les décolletés plongeants offraient un aperçu alléchant. Les couples, et quelques trios, chuchotaient en buvant du champagne tout en échangeant des regards lourds de sous-entendus et des sourires engageants.

Ce qu'il se passait entre ces murs était très différent de ce que l'on trouvait dans une salle de bal. Personne ici ne cherchait un partenaire de danse. Tous voulaient un partenaire de lit. Il appréciait cette honnêteté, et c'était pour cela que dès qu'il était à Londres, il venait ici. Pas de faux-semblant, pas de ruse, pas de duplicité.

Il avait déjà réservé une chambre dont la clé se trouvait dans la poche de sa veste et il voulait que rien ni personne ne dérange ce qu'il avait eu tant de mal à organiser. Ses besoins étaient uniques, et entre ces murs, ils resteraient secrets. Personne ne parlait de ce qu'il se passait au *Nightingale Club*. Pour beaucoup à Londres, son existence n'était qu'un mythe toujours évoqué à mots couverts. Mais pour les habitués, c'était un sanctuaire, libérateur et sûr. Chacun pouvait y faire ce qu'il désirait.

Pour lui, cet endroit représentait une planche de salut, celle qui lui permettait de ne pas sombrer. Vingt ans avaient passé depuis la mort de ses parents et il continuait de rêver de cadavres déchiquetés et carbonisés. Il entendait encore les hurlements de terreur de sa mère et les cris inutiles de son père. Et son propre comportement la dernière fois qu'il les avait vus le hantait plus que jamais. S'il avait su...

Il s'ébroua pour chasser ces idées lugubres. Ici, il pouvait oublier, ne serait-ce que l'espace de quelques heures. Ici, les regrets ne le mordaient pas en permanence. Ici, il pouvait se perdre dans la recherche d'une certaine perfection, d'un plaisir ultime.

Il lui suffisait de déterminer quelle femme conviendrait le mieux à ses projets, laquelle serait prête à accéder sans protester à sa requête peu ordinaire. Cela ne le gênait pas qu'elles soient toutes masquées. Il se souciait peu de leurs visages et comprenait leur besoin d'anonymat. À vrai dire, cela servait ses desseins, car il avait découvert que ces dames accueillaient plus favorablement sa demande quand elles étaient certaines que le secret serait préservé... d'autant que le fait qu'il ignore leur identité les rendait beaucoup plus audacieuses. Elles aimaient bien être un peu vilaines tant que cela ne se savait pas.

Il avait cependant une règle cardinale à laquelle il ne dérogeait pas : jamais deux fois la même femme.

Elles apportaient elles-mêmes leur masque et en changeaient rarement, car cette façade devenait en quelque sorte leur carte de visite, aussi efficace pour les identifier que celles qu'elles donnaient aux majordomes pour se faire annoncer à un thé. La femme avec le loup noir décoré de plumes de paon avait une petite cicatrice au-dessus du genou gauche, souvenir d'une chute de poney dans l'enfance. Le masque bleu, plumes noires, avait deux délicieuses fossettes au creux des reins. Le vert ourlé de dentelle jaune possédait des hanches osseuses qui auraient pu se révéler un problème mais, après coup, il avait été satisfait des résultats obtenus. Cela dit, il avait toujours aimé le défi consistant à trouver la perfection dans l'imperfection.

Les trois verres de scotch qu'il avait déjà bus lui échauffaient les sangs. Cette intimité bruissante était apaisante. Ses muscles, si tendus un peu plus tôt, se relâchaient. Ici, il était dans son élément, ou le serait bientôt. Dès qu'il aurait trouvé ce qu'il cherchait. Il ne se contenterait pas d'un pis-aller, il ne le faisait jamais. Une chose était certaine à propos du duc d'Ashebury : il savait ce qu'il voulait. Dès qu'il s'agissait de trouver ce dont il avait besoin – ou ce qu'il désirait – il était d'une obstination sans faille. Ce qu'il venait faire ici ce soir chevauchait la frontière entre ses besoins et ses désirs. Il comptait bien assouvir les deux avant l'aube. Alors, peut-être, serait-il heureux d'être revenu à Londres.

Alors qu'il portait son verre à ses lèvres, il vit une femme vêtue de soie blanche, arborant un masque blanc orné de courtes plumes blanches, pénétrer d'un pas hésitant dans la salle, comme si elle craignait qu'à tout instant le sol ne s'effondre sous ses pieds. Elle n'était pas particulièrement grande, mais à voir la façon dont la soie ondulait sur son corps, il ne faisait aucun doute que ses jambes étaient longues et fines. Il se demanda si elle était là pour rencontrer quelqu'un, ayant convenu au préalable d'un rendez-vous. Certaines préféraient cela et c'était l'une des raisons pour lesquelles les hommes ne portaient pas de masque : leurs maîtresses devaient être à même de les identifier. Et puis, bien sûr, ces messieurs se moquaient éperdument qu'on sache qu'ils étaient venus s'offrir une bonne partie de jambes en l'air. Même les hommes mariés s'affichaient ici sans la moindre gêne.

La femme en blanc avait des cheveux bruns, rassemblés au sommet de son crâne en une coiffure assez complexe qui devait exiger l'utilisation d'épingles en abondance. Dans cet éclairage très succinct – quelques chandelles ici ou là – il était difficile de se faire une idée de leur teinte précise. Cette pénombre était volontaire : elle créait une ambiance favorisant le rapprochement tout en déguisant certaines caractéristiques qui auraient facilité l'identification : couleur des cheveux, des yeux, et même la pâleur du teint. Peut-être se déplaçait-elle lentement parce que ses yeux ne s'étaient pas encore accoutumés à la pénombre. Aucun gentleman ne se précipitait à sa rencontre. C'était la règle ici. La séduction devait être lente. Les dames devaient d'abord manifester leur intérêt.

Cela dit, si elle venait pour la première fois, elle ne connaissait pas forcément ces règles subtiles. Il était persuadé de ne l'avoir jamais vue. Connaisseur de l'anatomie féminine, il se serait souvenu de l'élégance de ses gestes, de la fluidité avec laquelle le tissu glissait sur son corps, soulignant ses formes. Des jambes minces, mais avec de la chair là où il le fallait. Pas de hanches maigres ici.

Une longue gorgée pour finir son verre et savourer l'idée que sa traque était terminée. Il était venu avec l'idée de trouver une femme de grande taille. Il s'était trompé.

C'était *elle* qu'il voulait.

2

Minerva avait passé plus de trois heures à se préparer à sa première visite au *Nightingale Club*… pour découvrir à son arrivée qu'elle devait se changer et revêtir quelque chose qui ressemblait à une chemise de nuit en soie. Sauf qu'aucune de ses chemises de nuit n'en révélait autant, ni ne caressait sa peau si voluptueusement. Après avoir enfilé cette chose avec l'aide d'une femme de chambre, elle s'était regardée dans un miroir… et avait failli rentrer chez elle. Sans le moindre sous-vêtement ni jupon, elle aurait pu tout aussi bien être nue. Grace avait sûrement raison : elle ferait mieux de retourner dans son monde offrir sa main à un homme qu'elle connaissait, même si elle ne l'appréciait que modérément…

Mais cette perspective semblait encore plus gênante et désagréable que ce qui l'attendait ici. Et si cet homme n'éprouvait pas le moindre intérêt pour elle ? Et si… cela se passait mal entre eux ? Et s'il parlait à ses meilleurs amis de leurs… ébats ? Selon Grace, ces messieurs se vantaient de leurs exploits. Comme s'il s'agissait d'un sport. Ils ne devaient pas se montrer très charitables envers les femmes qui décevaient leurs attentes, devinait-elle. De même qu'ils devaient être réticents à confesser leurs propres insuffisances. Non, venir ici était la solution. L'anonymat préserverait son secret. Personne ne saurait ce qu'elle avait fait ni avec qui.

Sans parler de l'excitation suscitée par le mystère : son partenaire ne saurait rien d'elle. Les hommes devaient eux aussi apprécier cette situation.

Balayant du regard le salon plongé dans la pénombre, elle éprouva un mélange de curiosité et d'irritation. Tous ces messieurs étaient habillés de façon parfaitement ordinaire : pantalons, vestes, gilets, chemises et cravates dûment nouées. Pourquoi ne portaient-ils pas quelque chose qui leur donnerait à eux aussi l'impression d'être nus ? Peut-être parce que les vêtements masculins ne laissaient pas autant de place à l'imagination que ceux d'une dame. Néanmoins, cela lui paraissait injuste. Les femmes aussi apprécieraient sûrement de contempler des bras musclés, des torses nus. Minerva, pour sa part, aimait les épaules larges. Et les yeux où brillait un humour provocant. La plupart de ceux qui étaient venus la voir dans son salon avaient un regard morne ou carrément absent.

Elle reconnut plusieurs messieurs. Lord Rexton, debout près de la cheminée, discutait avec une femme de haute taille. Elle aurait bien aimé être aussi grande. Quoique pas pour attirer l'attention de Rexton. Se sentant rougir, elle se détourna, sachant qu'il était ridicule de craindre qu'il la reconnaisse ou d'être gênée de découvrir le frère de Grace en galante compagnie. Il était jeune et viril. Les dames devaient être ravies de passer un bon moment avec lui. Sans compter qu'il était l'héritier d'un duc respecté et puissant.

Seigneur Dieu, et si elle tombait sur l'un de ses frères ? Là encore, il était peu probable qu'il la reconnaisse. À l'exception de sa bouche et son menton, tout son visage était caché sous son masque. Elle n'avait pu dissimuler sa chevelure, mais celle-ci, d'un brun tirant vers le roux, n'était pas si remarquable après tout. Ses yeux bruns n'étaient pas de ceux qui inspiraient les poètes. Les hommes ne s'y noyaient pas. Ils étaient aussi banals que le reste de son physique.

Beaucoup de couples bavardaient. Ce qui faisait sans doute partie du rituel. Elle avait été idiote de s'imaginer que, tel un pillard du Moyen Âge, un solide gaillard allait la jeter en travers de son épaule et grimper à l'étage à la recherche du premier lit venu. De toute façon, elle ne l'aurait pas permis. Elle voulait un peu de séduction.

Un valet approcha avec un plateau chargé de verres remplis d'un liquide ambré et de coupes de champagne. Optant pour l'ambre, elle s'empara d'un verre et en avala le contenu. Elle apprécia la brûlure dans sa gorge et la chaleur qui se déploya en elle. Dans leur jeunesse, Grace et elle n'avaient jamais craint de chaparder un peu d'alcool ici ou là. Elle supposait néanmoins que les hommes préféraient les créatures qui ne s'autorisaient que les bulles fines. C'était plus raffiné, plus féminin, mais pas plus ici qu'ailleurs, elle n'allait feindre d'être une autre. On ne voyait peut-être pas son visage, on ne savait peut-être pas qui elle était, il n'était cependant pas question qu'elle se fasse passer pour ce qu'elle n'était pas. S'ils avaient peur d'une femme qui buvait du scotch, elle ne voulait rien avoir à faire avec eux. Cette nuit, c'était elle qui décidait de tout.

Le valet la débarrassa de son verre vide. Avant qu'il ne s'éloigne, elle en prit un autre qu'elle but d'un trait lui aussi. Franchement, les doses qu'on servait ici étaient mesquines. Cela étant, il y avait d'autres valets et, apparemment, il était inutile de se presser. Tout semblait se dérouler à une allure d'escargot. Tant mieux. Cela lui laissait le temps de choisir.

Examinant l'assistance, elle se rendit compte qu'elle avait déjà discuté avec la plupart des hommes ici présents. S'ils n'avaient pas été attirés par elle dans une salle de bal, pourquoi le seraient-ils dans ce salon très privé ?

« Tu ne vas pas l'épouser, se rappela-t-elle. Tu n'es même pas obligée de l'apprécier. Tu dois juste déterminer s'il possède les qualités physiques requises pour être un bon amant. »

Cette nuit était consacrée aux fantasmes. Des épaules larges et des hanches étroites. Un regard intense, des lèvres bien dessinées. Une chevelure abondante, peu importait la couleur. Elle s'esclaffa. Les cheveux n'étaient peut-être pas si importants, après tout. Un chauve pouvait se révéler un amant exceptionnel. Ayant été souvent jugée d'après son nez trop grand, ses sourcils fournis, ses pommettes trop saillantes, elle n'était pas hypocrite au point de jauger un homme sur sa seule apparence. Elle voulait quelqu'un possédant un peu d'intelligence, une pointe d'humour et que la différence intriguait.

Elle considéra les choix qui s'offraient à elle. Lord Grant était séduisant, mais il avait tendance à postillonner. Lord Bentley était ennuyeux. Le serait-il au lit ?

Elle commençait à être d'accord avec Grace et cela l'agaçait prodigieusement. Cette histoire d'amant ne se résumait pas à des questions de taille, de force ou de visage séduisant. Elle voulait un inconnu, pas quelqu'un avec qui elle avait déjà dansé ou discuté au cours d'un dîner.

Ou alors elle pouvait choisir quelqu'un qui lui avait plu mais ne s'était pas intéressé à elle – du moins, pas assez pour lui demander sa main. Le problème étant que personne ne lui avait, jusqu'ici, vraiment plu, et c'était l'une des raisons de sa présence dans ce club ce soir. En vérité, elle n'avait pas encore rencontré celui dont elle aurait vraiment voulu qu'il la courtise. Peut-être était-elle trop difficile. Après tout, était-ce si horrible qu'un homme ne convoite que sa fortune ? Pourrait-il feindre la passion et l'affection ? Le ferait-il ? Elle méritait mieux que cela. Chaque femme méritait mieux.

Ayant oublié qu'elle l'avait déjà vidé, elle porta son verre à ses lèvres. Mais avant qu'elle puisse se mettre en quête d'un valet, une voix profonde demanda :

— On échange ?

Faisant volte-face, elle se retrouva face aux incroyables yeux bleus du duc d'Ashebury. Elle pouvait compter sur les doigts d'une main le nombre de fois où elle s'était trouvée si près de lui. Ils avaient dû échanger une douzaine de mots tout au plus. Scandaleusement beau, d'une audace qui confinait à la témérité, il était d'ordinaire entouré par une nuée de femmes se disputant ses faveurs. Son passé tragique – il s'était retrouvé orphelin à l'âge de huit ans et avait été confié à la garde d'un dément, personne n'ayant vraiment pris la mesure de l'état dans lequel se trouvait le marquis de Marsden à l'époque – le rendait encore plus attirant aux yeux de certaines. Elles voulaient lui offrir un refuge et l'amour dont il avait été si longtemps privé.

Ce dont il était très conscient. Il ne rechignait pas à tirer profit des cœurs généreux. On ne comptait plus le nombre de dames dont il avait ruiné la réputation. Même si aucune ne l'avait jamais admis, les rumeurs ne laissaient néanmoins pas le moindre doute à ce sujet. Pourtant, malgré cela, il n'y avait pas une mère dans toute l'Angleterre qui ne rêvait de voir sa fille debout devant l'autel avec le duc. Minerva elle-même aurait donné cher pour une danse avec lui, pour quelques minutes entre ses bras. Il était, littéralement, la créature la plus magnifique sur laquelle elle avait jamais eu la chance de poser les yeux. L'ironie de cette pensée ne lui échappa pas. Son propre physique tenait les hommes à distance tandis que lui attirait irrésistiblement l'attention de ces dames – dont, bonté divine, la sienne en cet instant.

Avec un sourire à faire fondre, il s'empara de son verre, le posa sur une console proche, puis ses longs doigts chauds recouvrirent les siens tandis qu'il lui enroulait la main autour de son propre verre. Jamais, la main nue d'un homme ne l'avait touchée... où que ce soit. Cela aurait dû la mettre mal à l'aise. Au lieu de quoi, elle avait l'impression que ce contact s'étalait sur sa peau...

Parce que c'était exactement ce qui était en train de se produire. Sans la quitter des yeux, il faisait remonter sa paume solide le long de son bras, dépassa le coude, frôla l'épaule où son index joua avec la fine bretelle de sa robe comme s'il envisageait de la faire glisser, de la dénuder ici, devant tout le monde. Minerva avait du mal à respirer, soudain, mais il aurait été impoli de ne pas le saluer.

— Votre Grâce, articula-t-elle de cette voix de gorge qu'elle s'entraînait à prendre depuis quelque temps afin de parfaire son déguisement, j'ignorais que vous étiez revenu de votre safari.

Les yeux merveilleusement bleus s'écarquillèrent légèrement, son sourire se figea une fraction de seconde tandis qu'il inclinait la tête de côté pour l'étudier plus attentivement.

— Avons-nous été présentés ?

Elle avait à peine entrouvert les lèvres pour lui répondre qu'il y posa un doigt.

— Ne me le dites pas, reprit-il. Ici, pour les dames, l'anonymat est sacré. Je serais jeté dehors si l'on apprenait que j'ai essayé de découvrir qui vous êtes.

Elle doutait que qui que ce soit le jette dehors. Sa famille était l'une des plus illustres du royaume – du moins, jusqu'à la mort de son père. À en croire les rumeurs, il n'avait pas encore pris ses responsabilités très au sérieux, non pas que quiconque le lui reprochât. En fait, la bonne société semblait se réjouir de ses aventures. Il passait plus de temps à l'étranger qu'en Angleterre, parcourant le monde avec les trois autres garçons avec qui il avait été élevé et, prétendait-on, semant le trouble partout où ils passaient. Mais nul ne leur en tenait rigueur. Au contraire, les « Vauriens », comme on les appelait, étaient admirés, encouragés. Les timides vivaient par procuration à travers eux et, comparés à eux, la plupart des Londoniens étaient des timorés.

— Comment dois-je vous appeler ? demanda-t-il, le doigt toujours posé sur ses lèvres. Et n'utilisez pas votre vrai nom.

Même sans cet avertissement, elle s'en serait bien gardée. Elle n'était pas grisée par sa proximité au point de perdre l'usage de son cerveau. À la différence de ses poumons qui avaient cessé de fonctionner normalement.

— Lady V.

Il arqua un sourcil sombre.

— Pour Victoria ?

Pour vierge. Bien sûr, il n'était pas question de l'admettre devant un homme qui avait dû déflorer la moitié de la chrétienté.

Le sourcil retrouva sa position initiale, le sourire irrésistible revint, les yeux étincelèrent malicieusement.

— Non, murmura-t-il de façon si provocante qu'une onde de chaleur naquit au creux du ventre de Minerva, se propageant dans tout son corps. Quelque chose de plus exotique. Vénus, peut-être.

— Peut-être.

Il était extravagant qu'elle puisse s'enticher d'un homme que précédait une telle réputation, mais pour une femme en quête d'une aventure, il était le candidat idéal. Cela ne faisait aucun doute. Cet homme irradiait la sensualité par tous les pores – un homme par ailleurs imposant tant il était grand.

Elle écarta légèrement la tête pour échapper au contact de son doigt, mais pas à celui de son autre main, qui jouait toujours avec sa bretelle. Elle but une nouvelle gorgée de scotch, soulagée de constater qu'elle ne tremblait pas. En se préparant à cette soirée, elle n'avait certes jamais envisagé de se retrouver au lit avec un duc, et encore moins avec un séducteur aussi fameux. Les femmes murmuraient entre elles, ses prouesses sexuelles étaient légendaires. Il allait sans nul doute rire de sa gaucherie, de son inexpérience. Ne valait-il pas mieux que sa première et peut-être seule expérience se déroule avec un mortel, pas un dieu ?

Une autre gorgée, un peu étranglée. Mais comment s'extraire de cette situation ? Devait-elle simplement tourner les talons ? Ou confesser qu'il était trop proche de ses rêves les plus fous...

Mais n'était-ce pas ce qu'elle était venue chercher ? Si elle voulait des souvenirs susceptibles de l'accompagner jusqu'à ce qu'elle radote, pourquoi ne pas confier cette nuit à un homme doté d'une vaste expérience, qui connaissait le corps féminin sur le bout des doigts, qui prendrait la direction des opérations et saurait rendre leur union inoubliable ? Si elle se fiait à sa réputation, c'était l'amant idéal. Et si elle était honnête, il régnait sans partage au sommet de sa liste de partenaires possibles... Un statut pas si difficile à obtenir puisque cette liste se résumait à un seul nom : le sien. Elle avait cependant toujours su que le duc d'Ashebury n'aurait même pas pris le temps de lui donner l'heure, sans parler de la considérer comme une partenaire possible. Il n'avait pas besoin de sa dot. Il n'avait besoin de rien de ce qu'elle pouvait lui offrir.

— Est-ce votre première fois... commença-t-il.

Et elle se demanda aussitôt si son inexpérience était si visible.

— ... ici ? acheva-t-il sans cesser de dessiner paresseusement des cercles sur son bras.

Il n'y avait pas de raison de ne pas le reconnaître. Elle acquiesça.

— Je ne m'attendais pas tout à fait à cela.

— Vous pensiez vous retrouver au milieu d'une orgie ?

— Quelque chose comme cela. Les gens ne font que bavarder, alors que je pensais les voir se conduire de manière très délurée.

— Oh, ne vous y trompez pas ! Cela viendra. Vous voyez lord Wilton là-bas en grande discussion avec la dame au masque rouge.

— Oui.

— Je le soupçonne d'être en train de lui dire comment il compte lui mordiller l'oreille, le cou, les épaules et comment il visitera chaque recoin de son anatomie avec sa bouche.

— Pourquoi en parler d'abord ? Pourquoi ne pas le faire ?

— L'anticipation accroît le plaisir, comme un feu qu'on attise doucement jusqu'à ce que les flammes se déchaînent.

Cela ne faisait aucun doute. Ses mots à eux seuls étaient en train d'allumer un véritable brasier en elle. L'imaginer en train de la mordiller... C'était un miracle qu'elle ne soit pas en train de se consumer là à ses pieds.

— Et vous aussi, vous aimez parler pour accroître le désir ?

— Non, je suis plutôt un homme d'action. Je fais, c'est tout.

— Et si la dame n'est pas d'accord ?

— Je suppose que j'arrêterais. Mais je n'en ai pas encore rencontré qui ne soit pas d'accord.

— Vous êtes bien sûr de vous.

Il soutint son regard d'un air de défi.

— Voudriez-vous d'un homme qui ne le soit pas ?

Certes non. Elle voulait un partenaire qui sache exactement ce qu'il faisait et qui le faisait remarquablement bien. Elle secoua la tête en réponse et termina son scotch, soulagée de sentir enfin l'effet de l'alcool. La tension refluait peu à peu.

Lui prenant son verre des mains, il le tendit à un valet sans la quitter des yeux. Elle aurait aimé qu'un homme la regarde aussi intensément quand elle ne portait pas de masque. Elle envisagea de l'enlever, mais il l'abandonnerait sur-le-champ et elle n'aurait plus jamais l'occasion de retenir l'attention d'un homme comme lui. Ou, pire, il se moquerait d'elle et de l'audace qui l'avait conduite ici. Elle aussi était assez sûre d'elle, sauf sur un point : comment inciter un homme à la désirer.

— Je dois implorer votre pardon, dit-il. Les messieurs sont censés attendre que les dames aient fait leur choix, et non pas les aborder.

— Mais vous n'êtes pas du genre à vous soumettre aux règles.

Il étrécit les yeux.

— C'est une certitude : nous nous connaissons.

— Votre réputation vous précède et les feuilles à scandale s'en délectent.

— J'ai mes périodes, je suppose.

Et elles étaient nombreuses à en croire lesdites feuilles à scandale. Elle ne s'intéressait guère à cette presse. Ce n'était pas du vrai journalisme, toutefois ces torchons fournissaient parfois des informations qui se révélaient utiles, comme en cet instant.

— Je suis désavantagé, continua-t-il, car de vous je ne sais qu'une chose : vous avez le goût de l'aventure.

Le cœur de Minerva manqua un battement. Aurait-il deviné son identité ?

— Comment le savez-vous ?

— Vous êtes ici. Ce n'est pas un lieu pour les timides. Cependant, la question demeure : jusqu'où va votre audace ?

Il lui frôla le cou du bout du doigt. Jamais elle ne s'était rendu compte que la peau était si sensible à cet endroit-là. À moins que cet homme ne possède le pouvoir magique de déchaîner les sensations. Elle imagina un contact similaire sur tout son corps et frémit.

— Jusqu'à venir dans la chambre que j'ai déjà réservée ? hasarda-t-il. Jusqu'à me permettre certains caprices ? Jusqu'à trouver du plaisir entre mes bras ?

Elle n'avait jamais reculé devant rien : boire de l'alcool, fumer les cigares de son père, jurer ou blasphémer. Elle était quasiment certaine que sa hardiesse et son refus d'être considérée comme une faible femme était en grande partie responsable du fait qu'aucun prétendant n'était tombé follement amoureux d'elle. Et voilà un homme qui semblait apprécier l'audace chez une femme, du moins chez une femme avec qui il voulait coucher, pas nécessairement se marier.

Se redressant de toute sa hauteur, elle croisa son regard. Ce soir, une seule réponse possible :

— Oui.

Une lueur de triomphe éclaira brièvement les yeux si bleus tandis qu'un sourire de prédateur incurvait les lèvres du duc. Le pouls de Minerva s'emballa prodigieusement. Elle voulait qu'il lui offre ce même sourire quand ils en auraient terminé, après lui avoir donné quelque chose de mieux que tout ce qu'il avait connu. Son goût de la compétition – que plus d'un homme trouvait agaçant – prenait le dessus. Mais quelle femme ne voudrait être inoubliable ?

D'un petit signe, il indiqua la porte par laquelle elle était entrée. Comme elle pivotait dans cette direction, il posa une main possessive au creux de ses reins, la chaleur de sa peau traversant le mince tissu pour l'enflammer des pieds à la tête. Il savait y faire. Il savait décupler son désir. Déjà, elle se languissait de caresses plus osées.

D'une démarche assurée, il la guida à travers le hall, puis emprunta un escalier. À chaque pas, les genoux de Minerva menaçaient de céder sous elle. Elle agrippa la rampe, refusant de donner le moindre signe de faiblesse ou de nervosité. Sur le palier, trois couloirs s'ouvraient devant eux. Ils prirent celui de droite, l'épais tapis étouffant complètement le bruit de leurs pas. Apparemment, à cet étage, personne ne souhaitait être dérangé. Des gémissements, des petits cris aigus et des râles s'échappaient des pièces devant lesquelles ils passaient.

— Des portes plus épaisses auraient été une bonne idée.

En entendant le duc s'esclaffer, elle se rendit compte qu'elle avait pensé à haute voix.

— Vos cris de plaisir éclipseront les leurs.

Elle tourna vivement la tête vers lui. Nulle arrogance dans son expression, juste la certitude et la confiance. Il savait ce qui allait se passer. C'était ce qu'elle avait voulu : un homme possédant expérience et talent. Hésiter maintenant qu'elle l'avait trouvé serait stupide. Elle était là pour se débarrasser de sa virginité d'une façon qui ne lui laisserait aucun regret. Que cela se produise avec le duc d'Ashebury ne pouvait être que mémorable.

Quand ils atteignirent la toute dernière porte, il sortit une clé de la poche de veste. Un quart de tour plus tard, il ouvrit le battant juste assez pour qu'elle découvre un lit à baldaquin encerclé d'ombres mouvantes dans la lueur des chandelles.

Il était vaste, assez pour accueillir trois personnes. Le rideau de velours était tiré, révélant la courtepointe elle-même à demi repliée pour exposer des draps de satin rouge. Bientôt, elle y serait allongée avec lui.

Il ne la poussa pas, ne lui demanda pas d'entrer. Il attendit, comme s'ils avaient l'éternité devant eux.

— Si vous avez changé d'avis… dit-il posément.

Il était prêt à la laisser repartir. Rien de ce qu'il aurait pu dire ou faire ne l'aurait davantage rassurée. Cet homme se soucierait bel et bien d'elle. C'était vraiment celui avec qui il lui fallait vivre sa première nuit d'amour.

Elle pénétra dans la chambre. Quelques bougeoirs placés à des endroits stratégiques et les braises dans la cheminée ne perçaient pas complètement l'obscurité. Sur une table dans un coin, elle remarqua une bouteille de champagne, des carafes, des verres et des flûtes en cristal. Un canapé était placé devant la cheminée, un autre plus petit près de la fenêtre.

Le duc entra à son tour. La porte se referma. La clé tourna dans la serrure.

Parcourant la pièce du regard, Minerva découvrit une espèce de boîte posée sur un trépied au pied du lit. Elle s'en approcha, l'examina, s'efforçant de comprendre la raison de sa présence ici.

— C'est un appareil photographique ? s'enquit-elle.

— Oui.

Elle fit volte-face.

— Vous ne comptez quand même pas nous prendre en photo en train de… copuler ?

Il laissa échapper un petit rire bas.

— Quelle image cela ferait. Mais non. Je veux juste prendre une photo de vous… allongée sur le lit.

3

Ashe n'aurait su dire qui était le plus choqué : elle, à cause de sa requête, ou lui, qu'elle ait utilisé le mot *copuler*. Les dames avaient tendance, pour qualifier l'acte, à employer des expressions plus délicates comme « faire l'amour », alors que jamais de sa vie il n'avait fait l'amour à aucune d'entre elles. Il couchait, il forniquait, il... copulait. C'était rafraîchissant de se retrouver avec une partenaire froidement réaliste quant à leur raison d'être ici.

Cependant, à voir comment elle écarquillait les yeux, si elle était tout à fait disposée à « copuler », elle l'était beaucoup moins à poser pour lui. Il s'y attendait. Sa requête provoquait généralement des hésitations.

— Avant que vous ne refusiez, permettez-moi de vous donner certaines explications.

— C'est pervers. Vos explications sont inutiles.

Sa franchise n'était peut-être pas si appréciable, après tout.

— Ce que j'ai en tête, je vous le promets, n'a rien de pervers. Je vous en prie, asseyez-vous près du feu.

Sans lui laisser la possibilité de décliner son invitation, il s'approcha de la petite table.

— Je n'avais encore jamais rencontré de femme qui ne préfère pas le champagne.

Il remplit deux verres de son scotch préféré et se décida enfin à la regarder.

Elle n'avait pas bougé.

Ne connaissant pas son identité et ne sachant rien d'elle, il n'avait rien sur quoi fonder sa stratégie. C'était un défi qu'il était prêt à relever. La plupart de ses partenaires tenaient tant à être avec lui qu'elles accédaient toujours à ses moindres demandes. Celle-ci était différente. C'était une surprise excitante que d'être en présence d'une femme qui n'était pas prête à tout pour se retrouver dans ses bras.

Dans la mesure où elle le connaissait, elle devait évoluer dans les mêmes cercles que lui, ce qui signifiait qu'elle appartenait probablement à l'aristocratie. Mariée, peut-être. La pénombre l'empêchait de déterminer si un anneau avait laissé une trace révélatrice à son annulaire. Non pas que cela eût la moindre importance. Sa présence indiquait qu'elle était soit malheureuse, soit curieuse, ou simplement fatiguée des attentions conjugales. Celles qui venaient ici avaient toutes sortes de raisons. Les hommes, une seule : ils voulaient une partenaire qui avait peu de chances d'être infectée par la syphilis. Ils payaient une adhésion ; pas les dames.

Penchant légèrement la tête, il indiqua le canapé.

— S'il vous plaît.

Il regarda les muscles délicats de sa gorge frémir tandis qu'elle déglutissait, puis elle glissa littéralement sur le sol pour aller s'asseoir. Le plus loin possible de lui. Chacun de ses gestes était posé et élégant. Son maintien ne devait rien au hasard. Elle avait pris des leçons. Une lady, à coup sûr.

Prenant place à l'autre extrémité du canapé, il lui tendit son verre – et fut soulagé qu'elle l'accepte. Il étendit le bras sur le dossier. Il lui suffisait de déplier les doigts pour la toucher et c'était exactement ce qu'il était tenté de faire. Il craignait cependant de ne la rendre que plus rétive et, pour l'heure, la photographie était sa priorité. Elle ne tressaillit pas, ni ne s'écarta. Son regard était alerte, attentif. Si elle n'avait pas peur, elle n'était pas non plus stupide.

— Je ne suis pas du genre à faire du mal aux femmes, se sentit-il obligé de dire.

— Pour votre propre bien, je ne l'espère pas. Mon père vous tuerait. De façon extrêmement lente et douloureuse.

Pas de mari donc, ou peut-être un égoïste qui ne se souciait pas d'elle. Il haussa un sourcil.

— Vous lui avoueriez être venue ici ?

En réponse, elle haussa une épaule pâle.

— Je supporterais bien plus facilement sa déception que de ne pas être vengée si on me cause du tort, répondit-elle avant d'esquisser un sourire. D'un autre côté, je pourrais vous tuer de mes propres mains. Je le ferais probablement. À bien y réfléchir, j'y trouverais une immense satisfaction.

Elle but une gorgée de scotch. Une lueur brillait dans ses yeux, comme si l'idée de lui régler son compte lui procurait réellement un immense plaisir et, pendant un instant, il oublia presque la photographie, tandis qu'un désir comme il n'en avait pas éprouvé depuis très longtemps le transperçait. Il faillit lui demander d'enlever ce satané masque, de se révéler. De lui dire pourquoi elle avait décidé de venir ici ce soir.

— Vous non plus ne semblez pas manquer de confiance en vous.

— C'est un reproche qu'on ne m'a jamais fait.

Il sentit dans sa voix qu'on lui avait reproché autre chose, certaines insuffisances. Il aurait volontiers poursuivi sur cette voie, mais ce lieu n'était pas un confessionnal, et il n'était pas là pour alléger les fardeaux des autres. Les siens lui suffisaient amplement. Il avala une rasade de scotch.

— Il y a de la beauté dans le corps humain, déclara-t-il soudain.

Elle le scruta et il se dit qu'il y en avait aussi dans ce regard. Il maudit le masque qui le voilait. Elle avait des yeux sombres. Intelligents. Il aimerait les voir à la lumière du jour. Il aimerait les voir brillants de passion lorsqu'elle atteindrait le summum de l'extase.

— Pourtant, nous le cachons sous des couches de vêtements comme s'il fallait en avoir honte, ajouta-t-il.

— Notre corps n'appartient qu'à nous.

— Je ne prendrai pas le vôtre, pas de cette façon, en tout cas. Je ne veux que vos jambes.

Elle plissa les yeux, comme devant un garnement qui mérite un bon coup de règle sur les doigts.

— Les chevilles d'une dame ne doivent pas être montrées.

— Et pourtant vous êtes pieds nus.

— On m'a dit que c'était l'usage ici. Alors que vous ne l'êtes pas.

— Voudriez-vous que je le sois, afin de rétablir une certaine égalité ?

Avant qu'elle ne puisse répondre, il se débarrassa de ses bottes et de ses bas, et étira les jambes.

— Quant à vos chevilles, il est ridicule de croire, comme la bonne société nous y incite, que le fait d'en révéler un peu va transformer un homme en sauvage incapable de surmonter ses plus bas instincts.

Il s'inclina vers elle, appréciant qu'elle n'esquisse pas le moindre geste de recul. Cela dit, elle n'était pas du genre à reculer, devinait-il.

— Il faudrait célébrer le corps. Chaque creux, chaque courbe, chaque rondeur. Toutes ces lignes qui se joignent de façon si parfaite. C'est une pure merveille, vraiment. Et cette beauté me procure un immense plaisir. Certaines sculptures de nus sont considérées comme des chefs-d'œuvre. Certains tableaux de nus vous mettent littéralement à genoux tant ils sont remarquables. La photographie peut être tout aussi artistique, tout aussi fascinante, pour qui sait s'y prendre. J'ignore qui vous êtes. Personne ne saura jamais que vous avez posé pour moi. Personne ne verra l'image qui en résultera, à part moi. Elle est pour ma collection privée. Vous n'enlèverez pas cette soie. Je la ferai simplement glisser au-dessus de votre genou. Mon travail consiste à jouer avec l'ombre et la lumière. Le résultat sera une œuvre d'art.

— Je ne suis pas venue pour cela.

— Vous êtes venue pour coucher avec un homme.

Elle ouvrit la bouche, la referma, soupira.

— C'est une manière très crue de le dire, mais c'est exact, oui.

— Vous aurez, vous aussi, ce que vous êtes venue chercher. Une photographie avant, peut-être une autre après si vous êtes d'accord. L'une dans la soie, l'autre dans le satin. Ces deux images raconteront une histoire.

Elle secoua la tête.

— Cela me semble malsain.

Pas à lui. Il se leva, s'approcha du feu et se perdit dans sa contemplation. Comment lui expliquer ce que c'était que d'être constamment la proie de rêves de corps désarticulés ? Vingt ans après, il lui arrivait encore de se réveiller le corps baigné d'une sueur glacée, d'entendre le vent hurler sur la lande et d'imaginer que c'étaient les cris de ses parents. Il n'avait pas dormi une nuit entière depuis l'âge de huit ans. Si seulement il parvenait à remplacer ces images de membres brisés et calcinés par celles d'une beauté parfaite, alors peut-être que les cauchemars s'atténueraient. Peut-être même disparaîtraient-ils.

— Qu'y a-t-il de malsain à apprécier l'élégance d'une cheville, la sveltesse d'une jambe, l'arc d'un pied, la délicatesse d'un orteil ?

Il ne photographiait pas les femmes pour les mettre mal à l'aise ou pour profiter d'elles. Il ne cherchait que la paix.

— Je suis désolée, mais je ne suis pas prête à être exposée de cette façon… pour l'éternité.

Il entendit l'absolue conviction dans sa voix et fut partagé : d'un côté, il l'admirait de ne pas céder, de l'autre, il lui en voulait d'être aussi obstinée. Il pivota, fit un pas vers elle et lui tendit la main.

— Très bien, si être photographiée vous déplaît, occupons-nous de ce pour quoi vous êtes là. Je m'en accommoderai.

Sans accepter sa main, elle se leva vivement et il vit la colère qui bouillait en elle. Pourquoi diable la trouvait-il si attirante ? Jamais les femmes n'exprimaient le moindre déplaisir quand elles se trouvaient avec lui, quelle que soit sa conduite.

— Vous vous en accommoderez ? répéta-t-elle sèchement. J'ai toujours entendu dire que vous étiez un charmeur. Je me demande à présent quelles autres rumeurs à votre sujet sont fausses.

— Beaucoup, je le crains.

— Eh bien, il est hors de question que j'aille au lit avec un homme qui ne me désire pas, qui se contente de s'en *accommoder*.

Elle tourna les talons. Il la saisit par le bras. Le regard qu'elle lui lança aurait pétrifié certains bravaches de sa connaissance. En l'occurrence, il ne fit qu'accroître son désir. Enfer et damnation, il y avait du feu en elle. Elle était là pour quelque chose d'aussi essentiel pour elle que la photographie l'était pour lui. Il en aurait mis sa main à couper.

— Je me suis mal exprimé. Je suis déçu que vous ne posiez pas pour moi mais, croyez-moi, je ne le suis pas du tout à l'idée de… copuler avec vous.

Il maudit le masque qui l'empêchait de voir si elle rougissait.

— Vous ne me désirez pas, déclara-t-elle.

— Je ne vous désire pas ? Êtes-vous folle ? Je n'ai jamais autant désiré quelqu'un. J'ai un œil d'artiste et cette soie qui vous recouvre révèle tout de vous. C'est pour cela que je savais que vous seriez parfaite pour la photographie.

— Parfaite ?

Elle avait prononcé ce mot comme s'il ne lui était pas familier, comme s'il n'avait jamais été utilisé à son sujet.

— Oui, parfaite. Vous n'êtes pas grande, mais vos jambes sont longues. Et à voir comment la soie s'y plaque quand vous marchez, je suis prêt à parier que vos mollets sont ravissants.

— Ravissants ?

Le doute, à nouveau. À se demander si ce masque ne cachait pas une tête de troll. Cela dit, il avait beau aimer les lignes, les courbes et les angles, jamais il ne jugeait sur l'apparence uniquement. Elle était plus, beaucoup plus qu'un visage, un corps ou des jambes. Sa présence ici en était la preuve. Les demoiselles timides ne se promenaient pas dans ces couloirs, n'entraient pas dans ces chambres à coucher. Cette femme savait ce qu'elle voulait et était prête à se donner les moyens de le trouver. En vérité, c'était ce qu'il y avait de plus séduisant en elle, plus encore que tout ce qu'il découvrirait sous cette soie, ou même sous le masque.

— Je ne photographie pas n'importe qui. Seulement celles que je trouve agréables.

— Et combien cela fait-il, Votre Grâce ? Si je me fie à votre réputation, je dirais au moins une centaine.

— Pas même une douzaine.

Elle parut surprise.

— Vous ne pensiez pas être unique ? demanda-t-il.

Elle ne répondit pas, mais c'était inutile. Il lut dans son regard qu'elle ne s'estimait pas séduisante. Encore une fois, il se demanda si elle était mariée à un homme qui ne lui accordait pas l'attention qu'elle méritait.

— Est-il possible que vous changiez d'avis quant au fait de poser pour moi ?

— Je ne pourrais jamais faire une chose aussi obscène.

— Cela n'a rien d'obscène, croyez-moi. Et ce sera fait avec le plus grand tact. Votre intimité restera cachée. Et les ombres dissimuleront beaucoup de choses. On ne verra que vos jambes.

— Que faites-vous de ces photographies ?

— Je ne m'en sers pas pour une quelconque stimulation érotique, si c'est à cela que vous pensez. J'apprécie la beauté, voilà tout.

— La beauté ? De mes jambes ?

Posant un genou en terre, il enroula la main autour de sa cheville.

— Laissez-moi vous montrer.

Elle devait être folle d'être encore là, de ne pas avoir quitté cette pièce et cet homme dès qu'il avait été clair qu'un intermède entre des draps n'était pas sa priorité. D'un autre côté, ce qu'il lui demandait était-il vraiment si terrible, alors qu'elle était prête à lui offrir son innocence ? Ils allaient partager une intimité totale et elle rechignait devant une photographie ? Cela dit, être capturée ainsi pour l'éternité… Il prétendait que personne d'autre ne la verrait, mais comment en être sûre ? Ces six dernières années l'avaient-elles à ce point transformée qu'elle refusait de le croire sur parole ?

Sa main était si grande, si chaude, si incroyablement douce comme s'il craignait de lui briser les os. Jamais personne ne lui avait donné l'impression d'être aussi délicate. Elle avait grandi en apprenant à revendiquer ses droits, en sachant qu'elle n'était inférieure à personne. Pourtant, elle voulait être sous cet homme.

Sa passion pour le corps humain était évidente quand il parlait d'exalter sa beauté. Jamais personne ne lui avait donné l'impression qu'elle était belle. Du moins, personne en dehors de sa famille. Elle était la précieuse fille de son père, celle qui ne pouvait rien faire de mal. Mais c'était très différent d'être appréciée par quelqu'un qui n'avait aucun lien avec elle.

Elle hocha imperceptiblement la tête et il afficha de nouveau ce sourire qui semblait s'adresser à tout ce qui était féminin en elle. Il se tapota le genou pour la prévenir qu'il allait y poser son pied. Pour garder l'équilibre, sa main se posa spontanément sur son épaule si solide. Elle n'aurait pas dû être aussi étonnée. C'était un aventurier. Il avait gravi des montagnes, exploré des pyramides, dansé avec des indigènes. Sa peau était tannée par le soleil.

Cela devint évident quand sa main se posa près de son pied si pâle. Bois et neige, une riche terre brune à côté de sables blancs. Ses orteils se tortillèrent contre sa cuisse si ferme. Y avait-il quoi que ce soit chez lui qui n'était pas ferme ? Elle s'imagina ce qu'elle ressentirait en explorant son corps, en palpant chaque muscle, en découvrant que tout chez lui n'était qu'harmonie et perfection.

— Votre pied est sans défaut, déclara-t-il.

— Et il y aurait de quoi s'en vanter ?

Il leva les yeux et elle se prit à regretter la pénombre qui l'empêchait d'en distinguer la nuance exacte.

— La voûte est superbe, les orteils délicieux. Les lignes sont bonnes, vous donnant une cheville exquise.

— Que vous souhaitez photographier.

— Oui.

Sa main remonta, l'autre la rejoignit, pour entourer sa cheville puis glisser vers son mollet. Si elle lui permettait de coucher avec elle, ses mains s'aventureraient beaucoup plus haut, sur tout son corps. Comment avait-elle pu croire qu'elle serait à l'aise dans une telle situation ? Grace avait raison, bon sang. Une telle intimité n'était pas pour elle.

Elle se libéra, recula.

— Je suis désolée. Je ne peux pas. Je ne suis pas si audacieuse, après tout.

Il se redressa lentement, tel un prédateur, tout en se débrouillant pour ne pas apparaître menaçant.

— Est-ce votre première fois avec un homme ?

Elle s'esclaffa.

— N'est-ce pas évident ?

Il rit à son tour, un rire dépourvu de joie. Elle crut y discerner une pointe de déception.

— J'aurais dû le deviner.

Puis son regard se riva sur elle, perçant, exigeant.

— Pourquoi ? demanda-t-il.

— Pourquoi est-ce évident ?

— Non, pourquoi voulez-vous être déflorée dans un lieu de péché par un homme que vous...

Il rit avant d'enchaîner :

— ... j'allais dire que vous connaissez à peine, mais j'ignore si c'est le cas. Qui êtes-vous, lady V, pour qu'un tel endroit soit votre dernier recours ?

L'avouer à Grace était une chose. Dénuder son âme, exposer ses frustrations à cet homme qui pouvait avoir toutes les femmes de la terre était impensable.

— Parce que je voulais savoir pourquoi on en parle tant. Personne ne reproche aux hommes d'aller au bout de leurs désirs. Pourquoi les femmes ne bénéficieraient-elles pas des mêmes droits ?

— Parce qu'elles sont bien meilleures que nous.

— Pourtant l'acte charnel nous met sur un pied d'égalité, vous ne croyez pas ?

— Vous êtes une femme aux idées remarquables.

— Vous parliez de la beauté du corps qui ne devrait pas être dissimulée. Pourquoi ne devrait-on parler de ce qui se passe entre un homme et une femme qu'en chuchotant dans de sombres recoins ? Pourquoi faut-il que les femmes répriment leurs désirs naturels ?

Oh, elle ferait mieux de se taire à présent ! Il la dévisageait comme si elle venait de dire quelque chose de profond et stupide à la fois.

— Avez-vous des *désirs* ? s'enquit-il doucement.

— Bien sûr. Et je ne crois pas que ce soit mal d'en avoir. C'est pourquoi je suis ici.

Il fit courir son index replié sur son menton et elle eut envie d'enlever son masque pour qu'il remonte sur sa joue.

— Si j'étais un autre, j'aurais tôt fait de calmer votre nervosité et de vous coucher sur le dos. Malheureusement pour nous deux, je ne couche pas avec des vierges.

Elle ressentit une déception affreuse. Elle aurait dû puiser du réconfort dans le regret présent dans sa voix. Au lieu de quoi, elle était irritée. Maintenant, même sa virginité plaidait contre elle.

— Pourquoi ?

— Parce que je préfère la passion et l'ardeur. Je veux entendre des cris de plaisir, pas de douleur. La première fois n'est pas très agréable pour une femme. En fait, vous ne devriez le faire qu'avec quelqu'un qui tient à vous, quelqu'un qui placerait votre plaisir au-dessus du sien. Et il serait bon aussi que vous l'aimiez ; même si cet amour ne dure pas au-delà de votre union, il devrait être présent pendant l'acte.

— Votre première fois, vous l'aimiez ?

Elle leva aussitôt la main pour l'empêcher de répondre.

— Pardonnez-moi. Cela ne me regarde pas.

Le regard du duc se fit plus chaleureux, son sourire, nostalgique.

— J'ai été follement amoureux d'elle, pendant au moins une vingtaine de jours. Une fille de paysan aux cheveux couleur de blé et aux yeux d'un vert tendre. Il n'y a rien que je n'aurais fait pour la satisfaire. Rien qu'elle n'aurait fait pour me plaire. La lune était pleine la nuit où elle m'a fait découvrir les mystères et les délices du corps féminin. Elle l'était de nouveau la nuit où je l'ai trouvée dans la grange en compagnie d'un autre. Néanmoins, je ne peux plus regarder la pleine lune sans penser peau chaude et odeur de sexe.

La première fois n'arrive qu'une seule fois, Lady V. Soyez un peu amoureuse de lui.

Seigneur Dieu, elle venait peut-être tout juste de tomber amoureuse. Juste un peu. Elle ne put s'empêcher de tourner un regard plein d'envie vers le lit.

— Gra...

Elle s'interrompit. Pas de nom, rien qui puisse révéler son identité.

— Mon amie a tenté de m'expliquer pourquoi venir ici était une mauvaise idée. Elle était loin d'être aussi éloquente que vous.

— Cela n'a rien à voir avec l'éloquence, dit-il en se rasseyant pour remettre ses bottes. Je vous raccompagne à votre voiture.

— J'ai pris un fiacre. Pour réduire les risques d'être découverte.

Il se leva.

— Mon cocher vous reconduira.

— Ce n'est pas nécessaire.

— Je ne vais pas vous laisser errer dans les rues à la recherche d'un fiacre à une heure pareille, et je suis trop indolent pour le chercher avec vous.

— Mon anonymat sera compromis.

— Mon cocher me jurera de ne pas me dire où il vous aura emmenée, fit-il en s'approchant d'elle. Je suis peut-être un vaurien, mais je respecte ce lieu et sa raison d'être. Vos secrets ne risquent rien avec moi.

C'était sans doute idiot, mais elle le croyait.

— Et votre matériel photographique ?

— Je reviendrai le récupérer après vous avoir escortée.

Elle se dirigea vers la porte, très consciente de sa présence derrière elle. Elle tourna la clé, referma la main sur la poignée, fixa le battant de bois sombre…

— Je suppose que vous ne m'embrasserez même pas ?

Elle se méprisait d'en être réduite à l'implorer, néanmoins repartir sans rien après tous ces préparatifs et tous ces risques lui paraissait doublement injuste.

— On ne vous a jamais embrassée ?

L'humiliation l'engloutit, mais au moins il ne savait pas qui elle était, et à quel point elle était vieille et laide.

— Jamais.

Elle le sentit se rapprocher, et la chaleur de son corps l'enveloppa. La gorge nouée, elle faillit se retourner quand il posa la bouche au bas de sa nuque… et elle oublia qu'elle avait voulu ses lèvres sur les siennes tant la sensation qui se répandait lentement, inexorablement, dans tout son corps était merveilleuse. Un long frisson la secoua. S'il était capable de faire naître de telles délices rien qu'avec sa bouche…

Quelle idiote ! Elle n'aurait jamais dû changer d'avis. Et elle apparaîtrait encore plus ridicule si elle se ravisait de nouveau. Et même si elle le faisait, elle restait, encore et toujours, une vierge ; ce dont il ne voulait pas.

Sa main contourna sa gorge, ses doigts frôlèrent son menton pour l'inciter à se retourner à peine ; et alors, sa bouche recouvrit la sienne avec une précision infaillible. Son autre main lui immobilisa la tête tandis que sa langue lui caressait les lèvres, les incitant à s'entrouvrir. Alors il l'embrassa comme il devait explorer le monde, se dit-elle, lentement, minutieusement. Il découvrait. Il savourait. Il vénérait.

Il laissa échapper un grondement. Elle gémit, prise de court par l'intimité de ce prélude à quelque chose de bien plus primitif encore. Cet homme ne faisait pas de quartier ; il prenait. Dans un lit, il l'aurait conquise et elle l'aurait laissé faire.

Elle faillit pleurer de désir quand il s'écarta, puis frôla ses lèvres humides de son pouce. Trop d'ombres l'empêchaient de déchiffrer son expression.

— Vous me faites regretter mon aversion pour les vierges, déclara-t-il d'une voix sourde.

— Vous me faites regretter ma couardise.

— Ce n'est pas de la couardise. Vous faites en sorte de ne pas vous réveiller demain matin emplie de regrets.

Elle se demanda s'il était possible qu'une femme se réveille avec autre chose qu'un sentiment de triomphe après avoir passé la nuit avec lui. Tendant la main derrière elle, il saisit la poignée de la porte.

— Allons-y, d'accord, avant que nous ne changions d'avis tous les deux ?

Elle n'était pas persuadée que ce serait une si mauvaise idée. Il l'escorta jusqu'au vestiaire. Quand une femme de chambre eut fini de l'aider à se rhabiller, Minerva le trouva qui l'attendait dans l'entrée, adossé au mur, le regard lointain, et elle se demanda où ses pensées l'avaient emmené. Elle était heureuse de porter un masque, heureuse qu'il ignore à jamais qui était cette pucelle qui s'était ridiculisée ce soir.

Il lui offrit son bras et l'accompagna jusqu'à sa voiture, dont les portières étaient ornées des armoiries ducales.

— Wilkins, vous raccompagnerez cette dame chez elle, dit-il à son cocher. Elle va vous donner son adresse. Si jamais vous décidiez de la répéter, à moi ou à quiconque, je vous couperai la langue.

» Pensez-vous que cela suffira ? demanda-t-il à Minerva avec un sourire railleur.

Bien qu'elle sût qu'il ne mettrait sans doute pas cette menace à exécution, elle répondit :

— Oui, merci.

Elle murmura l'adresse à l'oreille du cocher. Ashebury l'aida à grimper dans la voiture.

— Bonne nuit, milady.

Elle hésita.

— Comment savez-vous que je suis une lady ? s'enquit-elle, même si un tel titre ne lui était pas dû.

Sa mère était certes fille de duc, mais son père était un roturier.

— Votre façon de vous tenir, de vous mouvoir, de parler. Et le fait que vous êtes venue ici, espérant beaucoup plus qu'une simple nuit de plaisir. Je souhaite qu'un jour vous trouviez ce que vous cherchez.

Curieusement, elle n'était plus du tout certaine de savoir ce dont il s'agissait.

— J'espère que vous aurez votre photographie. Je suppose que vous allez retourner à l'intérieur afin de trouver une femme mieux disposée.

Il secoua la tête.

— Non. Ce soir, vous étiez celle que je voulais. Je ne me contente jamais de substitut.

Il claqua la portière et la voiture s'ébranla. Minerva ôta son masque et se laissa aller contre le dossier rembourré.

Ce soir, vous étiez celle que je voulais.

Aurait-il dit la même chose s'il avait su qui elle était ?

4

Elle sentait la verveine.

Affalé dans un fauteuil dans sa bibliothèque bien après minuit, Ashe sirotait un scotch, conscient de sa fragrance qui persistait au bout de ses doigts, de son goût qui hantait son palais. Il ne comprenait pas vraiment pourquoi il l'avait laissée partir si facilement, pourquoi il n'avait pas davantage insisté pour la convaincre de poser pour lui, pourquoi il avait écarté l'opportunité de coucher avec elle. C'était exact, il n'avait jamais pris la virginité d'une femme. Il avait dit la vérité quant à son aversion pour les vierges, mais aller contre ses préférences semblait un prix bien faible à payer pour découvrir des secrets d'une fille aussi fascinante.

Elle n'était pas venue au *Nigthingale Club* par simple curiosité. Un besoin plus impérieux l'y avait poussée, de la même façon qu'il était lui-même poussé par les fantômes de son passé. Il aurait tout aussi bien pu se trouver dans ce train, car il avait longtemps eu la sensation d'être mort en même temps que ses parents dans cette effroyable collision. Alors qu'ils partaient pour la gare, il avait été tellement en colère qu'ils le quittent encore une fois qu'il leur avait crié qu'il les détestait. Sa nourrice l'avait grondé, lui avait infligé quelques coups sur les doigts avec une règle, et comme il se morfondait encore à la nuit tombée l'avait envoyé se coucher sans dîner.

C'était son premier souvenir de punition. Pratiquement le seul.

Le marquis de Marsden les corrigeait rarement. Errant dans le manoir tel un spectre, il semblait à peine conscient de leur présence. Les garçons n'en faisaient qu'à leur tête. Le majordome était trop vieux pour leur inculquer la moindre discipline. La cuisinière préparait des repas contenant souvent plus de douceurs que de nourriture pour ces « pauvres petits orphelins ». S'ils n'avaient pas passé autant de temps à courir sur la lande, ils seraient sûrement devenus obèses. Ils étaient de vrais sauvageons, grimpant aux arbres, escaladant des ruines et se brisant fréquemment les os. Un jour, Ashe avait marché jusqu'au village avec une cheville brisée pour trouver un médecin. Personne ne pouvait prétendre qu'ils n'étaient pas intrépides ; une nourrice, au cœur pourtant généreux, les avait même un jour traités de barbares. Par la suite, plusieurs précepteurs avaient tenté de les remettre sur le droit chemin, mais il était déjà trop tard.

Sachant que la mort pouvait surgir à tout moment, ils soutiraient à la vie tout ce qu'il était possible de lui arracher. Et faisaient donc tout ce qu'il leur plaisait.

Et il lui aurait plu de coucher ce soir avec cette femme mystérieuse. Obtenir plus qu'un aperçu d'une cheville et d'un mollet...

Un bruit retentit dans le couloir, suivi d'un raclement, comme si quelqu'un avait heurté une table ; vinrent ensuite des excuses formulées d'une voix profonde, sans doute à l'intention de l'objet lui-même, car aucun domestique ne traînait plus dans la maison à une heure pareille. Se tournant vers la porte, il attendit qu'Edward Alcott apparaisse.

— Ah, te voilà, fit ce dernier ! Je te cherchais. J'ai besoin d'un logement. L'épouse de mon frère, cette maudite mégère, m'a jeté dehors.

La démarche titubante, il gagna la table aux alcools et, avec une maladresse qui mit en péril plusieurs carafes en cristal, se servit un verre.

— Elle prétend que je pue comme une distillerie, elle ne supporte pas l'heure à laquelle je me couche ni celle à laquelle je me lève et pense que j'ai une mauvaise influence.

— Julia semble t'avoir correctement jugé.

Avec une grimace, Edward se laissa tomber dans un fauteuil face à son ami.

— C'est possible, mais il n'empêche, je ne vois pas ce que Grey lui trouve. Cette fille passe son temps à lui faire des reproches, elle n'a aucune idée de ce qui est drôle dans la vie. Elle refuse même de le laisser partir à l'aventure avec nous.

— Pourquoi voudrais-tu qu'il vienne ? Quand vous êtes ensemble, vous passez votre temps à vous disputer.

Ils se prenaient constamment le bec. Ashe et Locksley avaient appris à les ignorer, à ne pas se mêler de leurs querelles. Au bout du compte, les frères parvenaient à résoudre leur différend, avant de se trouver un nouveau sujet de désaccord.

— Parce que c'est mon frère.

Cette simple déclaration suffisait à affirmer la puissance du lien qui les unissait. Qui les unissait tous les quatre à vrai dire : Edward, Grey, Locke et Ashe. La vie et la mort avaient fait d'eux des frères.

— Quoi qu'il en soit, reprit Edward, j'espérais que tu aurais un lit à me prêter pour quelques nuits. Sinon, je m'arrangerais au club.

— Tu peux rester ici aussi longtemps que tu le souhaiteras. La chambre d'amis est à ta disposition.

— Tu es un chic type, répondit Edward, qui leva son verre comme pour porter un toast. C'est bon d'être de retour à Londres. Il y a tout ce qu'il faut ici : de l'alcool, des tripots et des femmes. Ce soir, je me suis offert les trois. Demain, je recommencerai, je pense.

— Tu ne vas pas à la soirée de Julia ?

La comtesse avait tenu à l'organiser afin de célébrer leur retour.

— Bien sûr que si, mais ça ne va pas durer toute la nuit. Elle nous laissera bien quelques heures pour nous amuser vraiment. Et toi, qu'as-tu fait ce soir ?

— J'étais au *Nightingale*.

Edward sourit.

— Tu as toujours eu un faible pour les femmes distinguées.

— J'ignore si une femme mariée à la recherche d'un amant est si distinguée que cela.

— Elles ne sont pas toutes mariées. J'en ai défloré quelques-unes.

L'estomac d'Ashe se noua à l'idée que lady V était peut-être retournée…

— Pas ce soir, gronda-t-il presque.

Edward s'esclaffa.

— Non, pas ce soir. Il faut accepter de se plier à des règles complexes, ces dames y sont protégées. Cette nuit, je voulais une partenaire qui n'avait pas de réputation à défendre. J'en ai trouvé deux à vrai dire. De gentilles filles.

— Et tu te demandes pourquoi Julia te trouve si choquant ?

— Cette femme n'a aucun goût pour l'aventure. Elle doit être aussi ennuyeuse au lit qu'elle l'est en dehors. Je suis surpris que Grey n'ait pas déjà pris une maîtresse.

Ils étaient pourtant mariés depuis un peu plus de deux ans ; mais le temps n'avait sans doute aucune importance.

— Il l'aime. Et puis, il n'a jamais été aussi sauvage que nous autres.

— Il a toujours été convaincu qu'il devait se montrer responsable, me servir d'exemple, dit Edward avant de hausser les épaules. Je suis content de n'être que le second fils et de ne pas avoir de responsabilités. Et puis, en tant que cadet, j'ai droit à certaines libertés.

— Tu n'es le plus jeune que de deux minutes.

— D'une heure, plutôt. Je crois me rappeler que c'est ce que nous a dit notre nourrice avant que le monde bascule tête la première.

Il faisait allusion à la nuit où leurs parents avaient trouvé la mort. Aucun d'entre eux n'aimait en parler. Pour Ashe, c'était celle où il avait été projeté en enfer.

— Tu as rencontré quelqu'un d'intéressant ce soir ? s'enquit Eward.

Ashe ne fut pas surpris qu'il détourne la conversation. En dépit de son constant besoin d'attention, Edward n'aimait guère divulguer quoi que ce soit de trop personnel. C'était là un trait qu'ils avaient en commun.

— Non.

Sans pouvoir expliquer ses raisons, Ashe n'avait pas envie que son ami se précipite au *Nightingale* dans l'idée de déflorer Lady V. Il était possible qu'elle y retourne un jour ou l'autre. À en juger par le baiser qu'ils avaient échangé, c'était une femme extrêmement ardente aux désirs encore inexplorés. Il avait été plus que tenté de lui arracher son masque.

Maudite soit son obsession de capturer la perfection du corps humain. Maudite soit sa répugnance à prendre l'innocence d'une femme. Elle était prête à se donner. Il aurait dû lui rendre ce service, au lieu de débiter toutes ces fadaises à propos de l'amour et de cette fille de paysan qui lui avait brisé le cœur. D'autant que c'était avec Edward qu'il l'avait découverte dans la grange. Mais cela remontait à si longtemps, et il avait fini par comprendre que son cœur avait à peine souffert. En fait, il gardait un souvenir assez touchant de la coquine. S'il avait été certain qu'elle savait exactement dans quoi elle s'engageait, il aurait pu s'en fabriquer d'aussi touchants avec Lady V. Si, par moments, elle avait eu des airs de femme du monde, avertie et sûre d'elle, à d'autres, elle avait paru presque naïve. Innocente. Trop confiante.

Les dames qui fréquentaient le *Nightingale* avaient généralement été endurcies par la vie : un mari insensible, indifférent ou cruel. Un amant décevant. Elles avaient renoncé aux rêves, à l'amour, aux fins heureuses. Lady V n'entrait pas dans ce moule. Il faillit éclater de rire. Que savait-il d'elle au juste ? Peut-être ne méritait-elle pas de connaître l'amour. Peut-être était-ce une mégère. Une créature odieuse. Ou une malheureuse souffrant d'une maladie incurable et au seuil de la mort. Elle pouvait aussi être tout simplement jeune et idiote.

Pourquoi ne l'avait-il pas interrogée ? Pourquoi ne s'était-il pas soucié des raisons qui l'avaient conduite là-bas ? Parce que, comme Edward, il avait pris l'habitude de ne se soucier que de ses propres désirs et besoins. Non, ce n'était pas elle l'idiote. C'était lui. Pour avoir raté une telle occasion simplement parce qu'il avait cru qu'elle obéissait à un caprice et qu'elle méritait mieux qu'un accouplement anonyme.

Mais c'était ce qu'elle voulait. C'était son choix. Qui était-il pour le remettre en question ?

Qui diable était-elle ? Lady V, avait-elle dit. Nul doute que pour elle ce V signifiait vierge. Pour lui, c'était verveine. Il porta son verre à ses lèvres et son odeur l'assaillit de nouveau, lui nouant le ventre. S'il parvenait à la séduire, elle poserait pour lui. Mais il devait d'abord en apprendre davantage à son sujet.

Il se leva d'un bond.

— Je sors. Prends la chambre que tu veux.

Edward essaya péniblement de s'extraire de son fauteuil.

— Je t'accompagne.

— Non, c'est une affaire personnelle.

— Qui a un nom ?

Le problème quand on grandit avec quelqu'un, c'est qu'il vous connaît trop bien.

— Je suis certain qu'elle en a un. Malheureusement, je ne le connais pas encore.

Laissant Edward réfléchir à cette énigme, Ashe s'en alla chercher son cocher. Il était minuit passé, mais ce dernier était habitué à ses horaires fantasques. Ashe n'éprouva pas le moindre remords quand Wilkins lui ouvrit en robe de chambre.

— Quelle adresse t'a-t-elle donnée ?

Wilkins cilla, visiblement déconcerté par cette question.

— La femme au *Nightingale*, celle que je t'ai demandé de raccompagner.

— Votre Grâce, je tiens à ma langue.

Ashe soupira.

S'il avait de nombreux défauts, mentir à une femme n'en faisait pas partie. Il lui avait donné sa parole que son cocher ne lui révélerait pas son adresse. Pour obtenir d'elle ce qu'il désirait, il devait gagner sa confiance. Et s'il obligeait son cocher...

— Très bien. Tu ne peux me donner son adresse, mais tu peux m'y conduire.

Voyant le désarroi du domestique, il ajouta :

— Écoute, je lui ai promis que tu ne me la *dirais* pas, pas que tu ne me la divulguerais pas de quelque façon que ce soit. Je sais que la différence est minime, mais elle existe. Maintenant, habille-toi et allons-y. Je veux voir où elle habite.

Avec un peu de chance, il reconnaîtrait la maison, saurait qui y vivait. Sinon, il trouverait quelqu'un à même de le lui dire, ou bien il enverrait Wilkins ou quelqu'un d'autre enquêter discrètement auprès du personnel.

Presque une heure plus tard, il fixait un bâtiment qu'il ne connaissait que trop bien. Wilkins, qui lui avait ouvert la portière, se tenait à ses côtés.

— Elle t'a demandé de la conduire aux *Twin Dragons* ? articula Ashe, incrédule.

Quelques années plus tôt, Drake Darling avait autorisé les femmes à adhérer à son club de jeu très fermé.

— Oui, Votre Grâce.

— Elle y est entrée ?

— Elle a monté les marches. Un valet lui a ouvert avant même qu'elle n'atteigne le perron. Elle n'a même pas eu à montrer sa carte de membre.

Cette Lady V était venue ici plutôt que de se faire raccompagner chez elle, preuve qu'elle se méfiait de lui, qu'elle n'était pas idiote et qu'elle avait une réputation à préserver. À moins qu'elle ne souffre d'une addiction au jeu. Elle avait joué sacrément gros au *Nightingale* ce soir.

— Donc, elle vient régulièrement ici, murmura Ashe. Elle y est connue.

— C'est l'impression que j'ai eue.

Il était peu probable qu'elle y soit encore, mais qui sait ? Il gravit les marches deux à deux. Contrairement à elle, il dut présenter sa carte de membre. Il n'était pas revenu ici depuis son retour à Londres. Une fois à l'intérieur, il s'arrêta au comptoir du vestiaire. La jeune femme lui sourit.

— Auriez-vous vu… commença-t-il, avant de se rendre compte qu'il n'avait pas grand-chose à ajouter.

Quand Lady V avait quitté le *Nightingale*, elle portait une cape vert sombre sur une robe vert clair. Comment la décrire ? Il n'avait pu déterminer avec exactitude la couleur de ses cheveux. Elle était brune, certes, mais encore ? Pas très grande. C'était une certitude. Pas forte, mais pas mince non plus. Il était bien avancé avec un tel signalement.

L'employée attendait et Ashe se sentit soudain complètement idiot.

— Peu importe, dit-il.

Il pénétra dans la grande salle de jeu. À une heure aussi tardive, elle était encore très fréquentée : beaucoup d'hommes, mais à peine une demi-douzaine de femmes. Aucune ne portait de robe vert clair. Elle pouvait se trouver dans le salon réservé aux femmes, mais il ne se risquerait pas à envoyer un valet vérifier. Pas s'il voulait gagner sa confiance. Et, encore une fois, il ne pouvait fournir une description assez précise.

Il continua néanmoins à la chercher, errant entre les tables, s'aventurant dans les autres pièces ouvertes aux deux sexes. Il n'était pas sûr de la reconnaître d'emblée, néanmoins, s'il tombait sur elle, il y avait quand même de fortes chances pour qu'elle manifeste une certaine surprise. Les rares femmes présentes le saluèrent – certaines d'entre elles manifestement ravies de découvrir qu'il était de retour à Londres –, mais aucune ne parut décontenancée, embarrassée ou même nerveuse. Soit c'était une sacrée comédienne, soit elle n'était pas là.

Déçu, il décida que cette dernière hypothèse devait être la bonne.

Savoir qu'elle fréquentait cet établissement accroissait ses chances de la retrouver, se dit-il pour se rasséréner. Il reviendrait demain soir, après la réception de Julia.

Pelotonnée sur le divan, Minerva lisait du Brontë quand Grace arriva. Considérée comme un membre de la famille, elle n'avait pas besoin de se faire annoncer par le majordome. Le regard inquiet, elle traversa la pièce d'un pas rapide et vint s'asseoir près de Minerva.

— Comment vas-tu ? s'enquit-elle en la scrutant.

Minerva sourit.

— Très bien.

Avec un long soupir, Grace se laissa aller contre le dossier.

— Dieu merci. J'ai à peine fermé l'œil de la nuit à l'idée de te savoir dans un lieu aussi décadent. Je suis tellement contente que tu n'y sois pas allée finalement.

— J'y suis allée.

Grace sursauta.

— Donc, c'est fait ?

Le feu aux joues, Minerva avoua :

— Pas exactement. Je n'ai pas eu le courage d'aller jusqu'au bout.

Grace regarda autour d'elle comme si elle s'attendait à trouver des espions cachés derrière les plantes en pot.

— Mais tu as vu cet endroit. Comment est-ce ?

Minerva s'esclaffa.

— Après tous tes avertissements, tu as l'audace de me le demander ?

— Je suis curieuse. Il est clair que je n'irai jamais, mais grâce à toi j'ai enfin l'occasion de savoir à quoi cela ressemble.

— C'est pour cela que tu es là ce matin, n'est-ce pas ? Pour assouvir ta curiosité, pas parce que tu t'inquiètes pour moi.

— Je suis là d'abord et avant tout pour toi. J'avais tellement peur que tu ne te retrouves avec un homme dénué de gentillesse ou un égoïste qui ne se soucie que de ses propres besoins.

Minerva ne pensait pas qu'Ashebury se serait montré égoïste. À en juger par son baiser, il donnait bien plus qu'il ne recevait.

— Allez, Minerva, ne sois pas cruelle. Raconte. Dis-moi tout de ce lieu de perdition.

Elle faillit lui suggérer de demander à son frère, mais il lui était interdit d'évoquer les personnes qu'elle avait croisées là-bas.

— C'est différent de ce que j'avais imaginé. Tout est très convenable. Les gens bavardent. Les dames portent un masque. Quant aux hommes, ils ne se soucient visiblement pas que l'on sache qu'ils fréquentent cet endroit.

— Tu en as reconnu certains ?

— J'ai donné ma parole de ne pas révéler l'identité des personnes présentes. La femme qui dirige le club porte une robe vert émeraude et un masque assorti. Très tape-à-l'œil. C'est la seule à être vêtue normalement et elle seule connaît le nom de celles qui viennent chez elle, c'est l'une des conditions pour devenir membre du club. Si quelqu'un se montre indiscret, elle m'a assuré qu'elle finit toujours par le savoir et qu'elle a les moyens de le lui faire payer très cher. Je l'ai crue.

— Mais, à moi, tu peux le dire. Je ne parlerai pas.

— Non. Vraiment.

— Tu n'es pas drôle.

— C'est ce que me disent beaucoup de ces messieurs.

— Minerva, je ne voulais pas...

Elle pressa la main de Grace.

— Je sais. Je fais ma difficile, c'est tout. Et, en vérité, je me moque de ce que l'on pense de moi. Peu importe du moment que je reste fidèle à moi-même – comme ma mère, bénie soit-elle, ne cesse de me le rappeler. Et, hier soir, pour la première fois de ma vie, j'en ai vraiment été persuadée. C'était assez libérateur.

Même si on ne devait jamais parler de ce qui se passait dans cet endroit, c'était quand même Grace, sa meilleure amie.

— J'ai attiré l'attention d'un très charmant gentleman, lâcha-t-elle.

Grace écarquilla les yeux.

— Qui ?

Minerva fronça les sourcils.

— Ah, c'est vrai ! Tu ne peux pas me le dire. Était-il beau ?

— Pourquoi tout le monde se soucie-t-il tant des apparences ? Mais, oui, il était beau. Très beau, même.

— Charmant ?

— Plus que cela.

— Un aristocrate ?

— Oui.

— Cheveux sombres ?

Minerva éclata de rire devant la tentative éhontée de Grace de lui tirer les vers du nez. Elle secoua la tête.

— Arrête, Grace. Je n'ai pas l'intention d'entrer dans ton jeu. Tu ne devineras jamais, de toute manière. Je me contenterai de te dire qu'il est éminemment fascinant. Qu'il a parlé de la beauté du corps humain, en particulier de celle de mes jambes.

— Il a vu tes jambes ! ?

— Eh bien, pas entièrement. Jusqu'au mollet, c'est tout. En fait, à mon arrivée, j'ai dû troquer mes vêtements contre une espèce de morceau de soie très semblable à ce que portent les Romaines dans les tableaux sur l'Antiquité. C'est facile à enfiler, et sans doute tout aussi facile pour un homme de vous en débarrasser. Même si j'étais entièrement couverte, à l'exception des bras et du décolleté, cela ne laisse pas grand-chose à l'imagination. Pas de corset, ni de jupon. À vrai dire, cela m'a plu. C'est aussi léger qu'une plume. Mais je suppose que le but est de permettre de mieux évaluer la silhouette.

— Que portent les hommes ?

— C'est bien ce qui est irritant... ils gardent leur tenue habituelle. Je ne comprendrai jamais pourquoi les hommes et les femmes sont soumis à des règles différentes. Il a toutefois enlevé ses bottes pour que je sois plus à l'aise, précisa-t-elle avec un sourire. Cela dit, je ne l'étais pas assez pour aller au lit avec lui.

— Alors qu'as-tu fait ?

— Cela va te paraître idiot : nous avons parlé. Et le plus intéressant, c'est que pendant que nous discutions, il me regardait dans les yeux. Avec une telle intensité que j'ai eu l'impression de l'intéresser vraiment. J'ai passé des heures dans le salon en compagnie de messieurs qui semblaient fascinés par leur tasse de thé. Qui répondent d'un seul mot, parfois même d'une onomatopée, lorsque je pose une question et qui se moquent de mes tentatives pour initier une conversation. Selon eux, je suis sans importance. Ils s'imaginent qu'il leur suffit d'apparaître pour m'impressionner. Cet homme, hier soir, était attentif. Il m'interrogeait. Il m'a parlé de son passé.

Un soupir.

— C'était à la fois agréable et doux-amer, Grace. De découvrir ce que cela fait que d'être l'objet de l'attention d'un homme que j'intriguais. Après coup, j'ai regretté d'être partie.

— Ce n'était pas réel, Minerva.

— Je peux toujours compter sur toi pour me ramener sur terre. Il n'empêche que cela paraissait bien réel, crois-moi. Tous ces gens ne vont pas là-bas uniquement pour ce qu'il se passe entre les draps. J'en suis convaincue.

— Pourquoi iraient-ils, alors ?

— Je ne sais pas trop. Je m'attendais à voir des gens s'embrasser à pleine bouche ou peut-être même forniquer sur un coin de table ou dans un fauteuil... à tort.

Elle secoua légèrement la tête.

— Oh, ils étaient tous assis très près les uns des autres, et j'ai bien vu une main se promener sur une cuisse ici ou là, mais ils n'avaient pas honte de ce qu'ils faisaient.

— Comment peux-tu en être sûre ? Ils portaient des masques.

— Pas les hommes.

— Les hommes n'ont jamais honte.

Minerva sourit.

— Un point pour toi. Néanmoins, ce serait tellement plus agréable si nous faisions preuve d'un peu plus d'ouverture sur certains sujets.

— Donc, tu as fait preuve d'ouverture avec tes parents et tu leur as dit avant de partir hier soir où tu comptais aller ? s'enquit Grace.

Minerva lui flanqua une tape sur l'épaule.

— Sûrement pas ! Je ne prétends pas qu'il faille être ouvert à ce point. Non, j'ai attendu qu'ils soient couchés. Je me suis glissée dehors et j'ai pris un fiacre. Après, mon gentleman a insisté pour me faire raccompagner par son cocher... mais je me suis fait déposer aux *Twin Dragons*. Je ne voulais pas courir le risque qu'il découvre où j'habite. Je ne pense pas qu'il serait du genre à exercer un chantage, mais tu connais mon père. Il serait prêt à tout pour protéger ma réputation.

— Ton gentleman a été bien inspiré de ne pas te laisser errer dans les rues au beau milieu de la nuit à la recherche d'un fiacre. Si jamais tu décides d'y retourner, préviens-moi, je m'arrangerai pour qu'une de nos voitures t'attende quelque part. J'aurais dû y penser hier. Mais j'étais tellement perturbée que je n'arrivais même plus à réfléchir.

— Et comment expliqueras-tu que tu as besoin de cette voiture à mon frère ?

Grace esquissa un petit sourire espiègle.

— Ne t'inquiète pas, je sais m'y prendre avec Lovingdon.

— Tu es la meilleure des amies. Je doute néanmoins d'y retourner. Même si je ne cesse de penser à ce qui aurait pu se passer.

— Tout peut encore arriver, même si ce n'est pas là-bas, affirma Grace. Ma mère était presque vieille fille quand elle est tombée amoureuse de mon père.

— Je ne suis pas sûre qu'on puisse la considérer comme une vieille fille, alors qu'elle n'avait pas vécu une seule Saison. C'était une roturière, une comptable. Je ne crois pas que les roturiers ne se soucient pas autant que nous du mariage.

— Un point pour toi, cette fois.

— Et je suis une hôtesse épouvantable. Veux-tu que je demande du thé ?

— Je ne peux pas rester. Je dois retrouver ma mère pour faire la tournée des orphelinats. Tu devrais nous accompagner.

— C'est gentil de me le proposer, mais la nuit a été longue et je crois que je vais m'octroyer une petite sieste. Au fait, as-tu reçu une invitation à la soirée de lady Greyling ce soir ?

— Celle pour célébrer le retour des Vauriens à Londres ? fit Grace en levant les yeux au ciel. Je ne comprends pas pourquoi on leur accorde une telle importance.

— Ils ont chassé en Afrique. Tout le monde a envie de les entendre raconter leurs exploits.

— Tu comptes y aller ?

— J'y songeais, oui, répondit Minerva.

D'autant qu'Ashebury y serait à coup sûr.

C'était idiot de se placer sur son chemin si vite après l'épisode de la veille, mais il l'intriguait. Du reste, il était peu probable qu'il la remarque, ou qu'il devine qu'elle était Lady V, et elle aurait au moins l'occasion de le voir – et d'imaginer une fois de plus ce qui aurait pu se passer entre eux.

— Y allons-nous ensemble ? demanda Grace. Nous pourrions venir te chercher à 19 h 30.

— Volontiers, merci.

— Parfait. À ce soir, alors.

Grace se leva, se pencha pour l'embrasser sur la joue.

— Je suis contente qu'il ne soit rien arrivé de fâcheux hier soir, ajouta-t-elle.

— Moi aussi, mentit Minerva.

5

Le grand salon de la comtesse de Greyling était bondé, les dames occupaient chaises et canapés tandis que les messieurs se tenaient là où ils avaient trouvé quelques centimètres de libres. Minerva et Grace étaient parvenues à s'assurer deux places près du centre de la pièce sur un sofa qu'elles partageaient avec ladies Sarah et Honoria.

Adossé au mur près de la cheminée et irradiant de confiance en lui, le duc d'Ashebury flirtait ouvertement avec les idolâtres qui l'encerclaient, tout en adressant aux autres membres du beau sexe des œillades discrètes qui incitaient chacune à croire qu'elle seule bénéficiait de sa totale dévotion. Bien sûr, aucun de ces regards lourds de sous-entendus ne s'égarait en direction de Minerva. Refusant de se laisser humilier par ce manque d'égards, elle se félicita de ne pas avoir couché avec lui. Elle aurait été affreusement blessée de le voir se montrer si prévenant avec toutes ces femmes alors même qu'il l'ignorait royalement. Cela dit, en choisissant le *Nightingale,* elle avait voulu préserver son anonymat, elle était donc mal placée pour se plaindre qu'il ne la reconnaissait pas.

Toutes les mesures qu'elle avait prises pour cacher son identité avaient rempli leur office. Elle aurait dû être ravie plutôt que déçue.

Debout devant la cheminée, un autre Vaurien, M. Edward Alcott régalait un public captivé d'anecdotes sur leurs aventures en Afrique. Très expressif, il ponctuait ses propos de grands gestes.

Minerva était si occupée à guetter Ashebury, dans l'espoir vain qu'il lui accorde au moins un vague coup d'œil, qu'elle l'écoutait à peine, mais quand lady Honoria laissa échapper une petite exclamation horrifiée en portant la main à sa gorge, elle reporta son attention sur l'orateur.

— Nous étions donc là, en pleine savane africaine depuis au moins une demi-heure, occupés à mettre en place l'équipement photographique d'Ashe.

Pendues à ses lèvres, les voisines de Minerva étaient assises tout au bord du sofa.

— Quand, tout à coup...

M. Alcott écarta les bras dans un geste théâtral.

— ... sorti de nulle part, un lion surgit.

Certaines prirent une brève inspiration et se rejetèrent en arrière, comme si la bête venait de sauter sur elles. Des mains gantées se plaquèrent sur des bouches ouvertes. Des yeux s'arrondirent. Minerva éprouva une certaine fierté à ne pas réagir – elle supportait assez mal les femmes qui se pâmaient pour un oui ou pour un non –, même si son cœur battait à tout rompre.

— C'était incroyablement spectaculaire. Une puissance et une souplesse hallucinantes. Un rugissement qui résonnait...

— Au nom du ciel, Edward, viens-en au fait, l'interrompit Ashebury.

Dans cette pièce violemment éclairée au gaz – contrairement au *Nigthingale Club*, où l'on n'utilisait que des bougies – ses cheveux noirs, un peu plus longs que ne l'exigeait la mode, mettaient davantage en valeur le bleu de ses yeux, nota Minerva.

M. Alcott se redressa.

— C'est mon talent et ma joie de raconter une histoire qui captive mon auditoire. Si tu pouvais avoir la bonté de me laisser poursuivre – d'autant que tu es le héros de ladite histoire.

Il enchaîna à l'adresse de son public :

— Comme je le disais, le lion venait de surgir des herbes hautes. Locksley et moi étions assez interloqués par cette apparition : la nature dans ce qu'elle a de plus primitif, de plus féroce. J'oserais dire qu'il nous a fallu quelques secondes avant de comprendre qu'un *lion* venait d'attaquer Ashe et l'avait mis à terre. Que le duc était la proie de cette créature qui avait vraiment l'intention d'en faire son repas.

— Oh, mon Dieu, quelle horrible façon de mourir ! s'exclama lady Honoria.

Laconique, Ashebury haussa une épaule et inclina la tête de façon à signifier qu'il n'avait jamais douté de sortir vainqueur de ce duel. L'arrogant personnage ! Minerva se demanda pourquoi elle le trouvait si attirant.

— Alors que son rugissement résonnait encore, nous avons enfin réagi et braqué nos fusils.

M. Alcott fit mine d'épauler son arme, puis il se pencha légèrement en avant et déclara à mi-voix :

— Soudain, de façon totalement inattendue, le lion s'est figé. Complètement. Un long silence est tombé sur la savane. C'est alors que nous avons entendu un cri étouffé. « Pour l'amour du ciel, débarrassez-moi de cette bête ! » Locksley et moi nous sommes précipités. J'ignore comment, mais Ashe était parvenu à dégainer son couteau et à tuer ce monstre… quoique pas avant qu'il n'ait planté ses crocs dans son épaule, malheureusement.

Tandis que les femmes assises près d'Ashebury s'éventaient et semblaient à deux doigts de s'évanouir, celui-ci se frotta lentement l'épaule gauche. Un geste dont Minerva n'était pas certaine qu'il fût conscient. Puis un coin de ses lèvres se releva.

— Mais j'avais eu ma photographie.

— En effet, confirma Alcott. Et elle est splendide.

Il y avait une telle fierté dans le regard d'Ashebury. Aurait-il été aussi fier s'il était parvenu à la faire poser pour lui, s'interrogea Minerva. Tenait-il autant à cette photographie d'elle qu'à celle du roi des animaux ? Certes, il n'avait en rien pris un risque comparable hier soir, mais il avait évoqué le corps humain avec une telle passion. Son refus l'avait-il terriblement déçu ? Ou bien cette soirée n'avait-elle été pour lui qu'une parmi tant d'autres ? Avait-il déjà oublié Lady V ? Même s'il avait prétendu qu'il ne lui chercherait pas de remplaçante, il n'aurait eu aucun mal à en trouver une, une femme plus aventureuse, moins prude. Et dire qu'elle s'enorgueillissait d'être ouverte aux expériences inédites. Au fond, c'était elle qui avait eu une attitude décevante.

— Vous avez dû être terrifié, dit lady Sarah, haletante, les mains pressées sur sa poitrine, attirant ainsi le regard d'Ashebury sur son décolleté.

Le duc, maudit soit-il, lui sourit d'un air lascif, appréciant visiblement le spectacle. Avec un pincement de jalousie, Minerva se demanda s'il aimerait photographier ces amples globes.

— J'étais pétrifié, admit-il, et puis j'ai compris que si je ne faisais pas quelque chose, je ne reverrais jamais l'Angleterre, d'autant qu'il était évident que ni Edward ni Locksley n'allaient m'être d'un grand secours.

— Il vous a fallu une force incroyable pour tuer cette horrible bête, dit lady Angela.

— Incroyable, en effet. Peut-être aimeriez-vous palper mes muscles un peu plus tard dans la soirée ?

Lady Angela vira à l'écarlate. Son visage se couvrit de taches évoquant une crise d'urticaire : elle n'était pas de ces femmes qui s'empourprent joliment.

— Cela suffit, déclara lady Greyling en se levant. Il est temps de mettre un terme à ces paillardises.

Minerva avait toujours été sidérée par sa capacité à contrôler les Vauriens.

— Des rafraîchissements vous attendent dans la grande salle, ainsi qu'une exposition des photographies d'Ashe.

Les dames rejoignirent ces messieurs. Ashebury se décolla du mur avec une lenteur et une souplesse dignes du grand félin qu'il avait occis. Elle avait déjà vu des lions dans des parcs zoologiques, savait combien ils se mouvaient avec grâce. Elle n'osait imaginer la terreur qui devait vous saisir face à un tel fauve.

— Je vais retrouver Lovingdon, dit Grace en lui touchant le bras pour capter son attention.

— Ah, bien ! J'arrive tout de suite.

Une fois son amie partie, Minerva envisagea d'aller féliciter Ashebury pour sa présence d'esprit, sa force et sa capacité à affronter la mort et à en sortir vainqueur, mais deux femmes l'avaient devancée. Galant, il offrit un bras à chacune et tous trois se dirigèrent vers l'autre pièce. La veille, l'espace d'un bref moment, il avait été tout à elle.

— Je me demande où est lord Locksley ? s'interrogea lady Sarah en retenant Minerva par le coude comme si celle-ci connaissait forcément la réponse à cette question.

— Est-il la raison de votre présence ici ?

Sarah soupira.

— Eh bien, oui, je dois admettre qu'il éveille ma curiosité. Il est toujours présent dans les histoires de M. Alcott et pourtant il assiste si rarement aux événements mondains.

— Pourquoi cet intérêt ?

— Parce qu'il est mystérieux et que le mystère me fascine. Vous-même, n'êtes-vous pas fascinée par les lords d'Havisham ? Ils sont si téméraires, si braves, si...

— Ils sont gâtés, la coupa Minerva tandis qu'elles quittaient le salon. Ils peuvent faire ce qu'il leur passe par la tête sans jamais se soucier des conséquences. En dehors de Greyling, je me demande si un seul d'entre eux assume ses responsabilités. Comment le pourraient-ils alors qu'ils passent leur temps à écumer la planète ?

— Mais leurs parents ont été tués dans cet abominable accident de train.

— Beaucoup de parents ont été tués ce jour-là. Ainsi que des sœurs, des frères, des fils et des filles aussi. Non pas que Minerva ait le moindre souvenir de l'événement. Elle n'était qu'une enfant à l'époque, pourtant même après toutes ces années, les gens continuaient à évoquer l'horreur de cet accident, surtout quand il était question des Vauriens.

— Ils se sont retrouvés complètement démunis, dit lady Sarah, comme s'ils avaient été abandonnés dans la rue sans aucun moyen de subsistance.

— Pas vraiment, rétorqua Minerva. Ils avaient un toit, de la nourriture et des vêtements.

— Mais ils erraient sur la lande, sans personne pour veiller sur eux.

Minerva connaissait ces histoires. M. Alcott en avait un réservoir inépuisable qu'il déversait lors des dîners en ville.

— Je crois que M. Alcott a tendance à enjoliver les choses.

— Vous n'êtes pas drôle.

On avait dit bien pire à son sujet. Elles pénétrèrent dans la grande salle.

— Pourquoi ? Parce que je préfère les faits aux belles histoires ?

— Précisément.

— Ils sont parfois moins captivants, fit observer une voix grave.

Minerva fit volte-face et découvrit M. Alcott appuyé contre le mur, les bras croisés, sa chevelure blond foncé en bataille semblant proclamer à quel point il était indomptable. Elle savait qu'il ne s'agissait pas de Greyling pour la bonne raison que le comte s'éloignait rarement de sa femme. Les jumeaux se ressemblaient comme deux gouttes d'eau. Elle se demanda ce qu'il avait surpris au juste de leur conversation. Ses yeux couleur chocolat ne lui donnaient aucun indice. Si lady Sarah était attirée par Locksley le mystérieux, Minerva ne put s'empêcher de penser que M. Alcott avait ses propres secrets.

— Eh bien, nous ne voudrions pas qu'il en soit ainsi, n'est-ce pas, monsieur Alcott ? fit-elle, sans réussir à effacer tout sarcasme de son ton.

Un coin de sa bouche se releva sur un sourire séduisant qui, si l'on en croyait la rumeur, amenait les dames à satisfaire tous ses caprices.

— Je vous en prie, appelez-moi Edward. Et les histoires devraient être faites pour divertir.

— À condition de ne pas les présenter comme la vérité si elles s'en éloignent.

— Ashebury a-t-il vraiment tué ce lion ? s'enquit lady Sarah d'une voix rêveuse.

— Oui.

— Avec un simple couteau ? s'enquit Minerva sans masquer son incrédulité.

— Qui possédait une lame démesurément longue et incroyablement affûtée, précisa-t-il en haussant une épaule. Même s'il est possible qu'il ait reçu l'aide de certains de nos guides. Mais quel intérêt de raconter l'histoire ainsi ?

— Les faits ne manquent pas de beauté, eux non plus.

— Mademoiselle Dodger possède un esprit terriblement pratique, déclara lady Sarah comme si elle parlait d'une vieille tante qui ennuyait ses convives à mourir à chacun de ses dîners.

— Apparemment, acquiesça Edward. Mais la question est : avez-vous apprécié l'histoire ?

— Je l'ai adorée, répondit lady Sarah avec enthousiasme.

C'était cependant Minerva qu'il fixait.

— Pas de fioritures, mademoiselle Dodger. Uniquement la vérité ou, si vous préférez, les faits. Avez-vous été fascinée ?

Maudit soit-il. Elle aimait trop la franchise pour ne pas admettre :

— Assez, oui.

— Quelle incroyable louange ! Je peux considérer que cette soirée est un succès.

Sur ce, il s'éloigna d'un pas nonchalant.

Il ne faisait guère de doute qu'elle était parvenue, sans trop savoir comment, à l'insulter. Était-ce donc un défaut d'apprécier l'honnêteté ?

— Zut, murmura lady Sarah, j'aurais dû lui demander des nouvelles de lord Locksley.

— Vous pouvez le rattraper, si vous y tenez tellement.

— Souhaitez-moi bonne chance.

Et elle fila, tandis que Minerva se demandait pourquoi il lui faudrait de la chance pour obtenir la réponse à une simple question.

Secouant la tête devant tant d'exubérance juvénile – Seigneur, elle se sentait vieille tout à coup –, elle balaya la pièce du regard. Au centre, une longue table était chargée de nourriture tandis qu'une autre était dédiée aux boissons. Des valets circulaient parmi les convives distribuant pâtisseries et verres de vin. Les photographies étaient exposées sur des chevalets le long des murs. Les œuvres d'Ashebury.

Elle s'en approcha. La première était celle d'un lion tapi parmi des herbes hautes, mais son regard était intense, celui d'un chasseur. Et elle regretta de tout son être qu'on ait tué une bête aussi fière.

Ashe constata que les invités n'étaient pas vraiment intéressés par ses photographies. Oh, ils leur jetaient bien un coup d'œil en passant, mais ils préféraient flirter, se goinfrer ou boire ! Tous étaient venus pour s'amuser, retrouver des amis, séduire.

Tous, sauf elle.

Mlle Minerva Dodger.

Elle prenait son temps, étudiant chaque cliché comme si elle appréciait réellement ce qu'il avait tenté de créer avec de l'ombre et de la lumière, comme si elle comprenait, comme si ce travail lui parlait. Il la vit même lever la main comme pour caresser la créature qu'il avait capturée avec son objectif. Pour lui, la photographie était bien plus qu'un passe-temps ; c'était une passion. Que peu de gens appréciaient. Non pas qu'il s'y livrât pour recevoir l'approbation du public. Pourtant, pour une raison inexplicable, il voulait que ces images soient admirées. Peut-être parce qu'elles avaient failli lui coûter la vie.

Aussi quand la femme de Grey avait exprimé le désir de donner une petite réception pour les exposer, il n'avait été que trop heureux d'accepter. Sauf qu'à présent, il se sentait mal à l'aise et regrettait de ne pas lui avoir simplement confié les clichés tandis qu'il aurait passé sa soirée ailleurs. À la différence d'Edward, il n'aimait guère être au centre de l'attention ; en fait, il détestait cela. Il aurait donné n'importe quoi pour fuir ces dames qui agitaient leurs éventails en l'abreuvant de commentaires flatteurs sur sa force et son courage. L'une d'entre elles était même parvenue à lui tâter discrètement le bras, une invite à peine voilée dans le regard. Il aurait sans doute pu l'emmener dans un coin tranquille où elle aurait eu tout loisir de tâter n'importe quelle autre partie de son anatomie...

Sauf que maintenant, il était intrigué par Mlle Dodger. Par son examen si minutieux de son travail. Mais peut-être s'attardait-elle parce qu'elle le méprisait. Il ne devrait pas se soucier de son opinion après tout. Qu'elle lui donnerait à coup sûr si jamais il la lui demandait. C'était le problème avec elle : elle était toujours d'une franchise remarquablement brutale. Non pas qu'il lui ait adressé la parole plus d'une demi-douzaine de fois, mais il ne fallait certes pas s'attendre à ce que du miel sorte de sa bouche. Raison pour laquelle sans doute elle n'avait toujours pas mis le grappin sur un mari. L'argent n'était pas le problème. Son père, ancien propriétaire de club, l'en avait couverte, toutefois, sa propension à dire ce qu'elle pensait la rendait difficile d'abord et peu propice à être considérée comme une épouse éventuelle. Non pas qu'il eût besoin d'une épouse ni même qu'il en désirât une. Il appréciait beaucoup trop sa liberté pour cela. Grey avait complètement perdu la sienne depuis qu'il s'était enchaîné à Julia.

Oui, il ferait mieux de s'excuser et de filer au *Nightingale*. Ce soir, avec un peu de chance, il obtiendrait peut-être la photographie qu'il désirait. Pourtant...

— Pardonnez-moi, une affaire à régler, dit-il aux trois dames qui rivalisaient pour obtenir son attention.

Avant qu'elles ne puissent protester, il les quitta pour rejoindre Mlle Dodger. Elle ne l'entendit pas arriver. Regardant par-dessus son épaule, il sourit. Ah, les chimpanzés ! L'une de ses préférées. Il était assez satisfait du résultat.

— Elle vous plaît ? demanda-t-il, et il regretta aussitôt de ne pas s'être mordu la langue avant de parler.

Il se sentait aussi exposé que ses photos.

Elle ne prit même pas la peine de tourner la tête pour répondre :

— Assez. C'est plutôt profond. Je ne sais pas s'il m'est déjà arrivé de voir une photographie qui capture autant de choses.

— C'est à cause de la lumière et des ombres, la façon de les utiliser. La technique est relativement nouvelle. Elle apporte une touche artistique, si vous voulez, qui fait que cela va au-delà d'une simple reproduction.

— Ils sont amoureux, déclara-t-elle avec conviction.

— Les singes ?

— Oui.

Elle le regarda. Il ne se souvenait pas que ses yeux étaient si sombres, si intenses. Et il fut frappé par le souvenir d'autres yeux sombres et intenses. C'est alors qu'il capta l'odeur de verveine. Il dut faire appel à tout son sang-froid pour ne pas réagir, pour ne pas la faire pivoter face à lui, pour ne pas examiner chaque centimètre de son corps. Tout dépendait de la hauteur de ses talons, mais la taille pouvait correspondre. Sa silhouette aussi, abstraction faite des jupons, corsets et rembourrages. Il aurait voulu voir ses cheveux à la lueur d'une chandelle. Il se souvenait d'une teinte plus sombre, sans ces reflets acajou. Ici, sous cet éclairage plus violent, elle était différente. Non, ce n'était pas elle. Il désirait tellement retrouver Lady V qu'il la voyait dans toutes les femmes à qui il adressait la parole. Mais si tel était le cas, pourquoi ne l'avait-il vue chez aucune de celles qui l'avaient abordé jusqu'à présent ?

— Cette image raconte une histoire, dit-elle. Ils sont dévoués l'un à l'autre.

Sa voix n'était pas la bonne. Elle n'était pas rauque et murmurante. Aurait-elle pu la déguiser ? Sans jamais se trahir ? Mais ce n'était pas que son timbre qui le faisait douter. Elle s'exprimait comme s'ils ne se connaissaient pas, comme s'ils n'avaient pas passé une heure ensemble, comme s'ils n'avaient pas échangé un baiser.

— Ce sont des animaux, mademoiselle Dodger.

— Ce sont des âmes sœurs.

Il aurait éclaté de rire si elle n'avait pas été si fichtrement sérieuse. Et, oui, elle pouvait être Lady V. Non, elle était beaucoup trop pragmatique pour cela. C'est alors qu'il lui vint à l'esprit qu'elle était justement assez pragmatique pour avoir voulu se rendre compte par elle-même. Assez audacieuse pour aller au *Nightingale*. Même s'il ne l'avait guère fréquentée et la connaissait surtout de réputation, il l'avait parfois observée de loin pendant des bals, dansant avec certains messieurs et, ces derniers temps, passant de plus en plus de temps à faire tapisserie… Non, le terme était très mal choisi. Cette femme n'était pas du genre à se fondre dans son entourage et à se morfondre. Si la plupart des femmes ne possédant pas un carnet de bal bien rempli avaient tendance à se recroqueviller dans un coin, elle lui avait toujours donné l'impression qu'elle s'en moquait éperdument ; à vrai dire, elle semblait prête à jeter son gant si l'occasion se présentait.

— Dites-moi que vous ne croyez pas de telles balivernes.

— À la différence de votre acolyte amateur de belles histoires, je ne mens jamais, Votre Grâce.

— Edward ? De quel mensonge parlez-vous ?

Elle haussa un sourcil à l'arc délicat.

— Il a avoué que vous n'aviez pas vaincu le lion tout seul.

Elle indiqua une autre photo.

— Est-ce lui, celui que vous avez tué ?

Il n'y avait pas de reproche dans sa voix, juste de la tristesse. Il regretta soudain d'avoir apporté cette photographie. Elle le rendait triste lui aussi, mais aussi remarquablement fier.

— Oui.

— Il vous évaluait. Il s'est trompé.

— Cela arrive souvent.

Réprimant une grimace, il se demanda pourquoi il venait de révéler cela, surtout à elle. Il ne se rappelait aucune de leurs conversations précédentes. Et voilà qu'il bavardait à tort et à travers comme si sa langue ne lui obéissait plus.

Inclinant légèrement la tête, elle l'étudia.

— Je trouve votre travail tout à fait étonnant.

— C'est ma passion.

— Vraiment ? À en croire la rumeur ce sont plutôt les femmes.

Elle n'avait même pas rougi. La plupart des femmes se seraient empourprées. Non, la plupart n'auraient pas osé faire une telle remarque. Ce n'était pas une timide, mais était-elle assez téméraire pour se risquer au *Nightingale* ? Cette éventualité l'intriguait.

— L'une n'exclut pas l'autre. Vous avez cependant raison. Les femmes sont d'abord et avant tout ma plus grande passion.

— Et pourtant, il n'y en a aucune dans votre exposition. Vous montrez des hommes, des enfants, mais pas de femme.

— De nombreuses indigènes se promènent la poitrine nue.

Il espérait la faire rougir cette fois, mais elle soutint son regard sans broncher, sans même qu'une pointe de rose ne colore ses joues. Lady V n'avait pas détourné les yeux, elle non plus.

— Je crains que notre hôtesse, se sentant offensée, ait refusé de les montrer, expliqua-t-il. Je ne suis pas parvenu à la convaincre que nous ne devrions pas dissimuler la beauté du corps humain. Peut-être aimeriez-vous les voir un jour ?

Voilà, maintenant, elle rougissait et à sa grande surprise, il en fut bouleversé. Était-elle choquée à l'idée de voir des seins nus ou parce qu'il avait employé quasiment les mêmes mots dans la chambre du *Nightingale* ?

— Je ne suis pas sûre que ce soit convenable, dit-elle.

— Elles ne se dénudent pas ainsi pour éveiller les bas instincts. Au contraire, elles ont appris à glorifier la liberté, à ne pas avoir honte de ce que Dieu nous a donné. J'envie leur simplicité. Et je suppose, vu le poids des vêtements que vous portez en ce moment, que ce serait aussi votre cas.

— Vous supposez trop, répliqua-t-elle avant de regarder autour d'elle. Où est lord Locksley ?

Son intérêt pour son ami lui fit l'effet d'une gifle, ce qui n'avait aucun sens dans la mesure où il ne la désirait pas, n'avait aucune envie de l'entraîner à l'étage pour trouver une chambre libre – mais il ne pouvait nier qu'il n'avait pas non plus envie de la quitter.

— Loin d'ici, en train de combattre ses démons.

Elle cilla, ses lèvres s'entrouvrirent et il se demanda soudain s'il serait capable d'en reconnaître le goût s'il l'embrassait. Ah, le désir n'était peut-être pas absent, après tout !

— N'ayez pas l'air si surprise. Nous avons tous nos démons, même vous, mademoiselle Dodger. Peut-être est-ce la raison pour laquelle je vous ai vue aux *Twin Dragons* un peu après minuit hier soir.

6

Seigneur, il se doutait de quelque chose !

Le cœur de Minerva cogna si fort contre sa cage thoracique qu'elle fut certaine d'entendre une côte se briser. Son premier réflexe fut de l'accuser d'avoir brisé sa promesse de ne pas demander son adresse au cocher.

Toutefois, ayant été élevée par un homme habitué au danger, elle avait appris à envisager toutes les possibilités avant de réagir. Il se pouvait que Ashe se soit rendu aux *Twin Dragons* tout à fait par hasard, pourtant elle en doutait. Soit son cocher lui avait dit où il l'avait déposée, soit il l'avait suivie.

Mais même ainsi, elle avait traversé rapidement la salle de jeu, les salons privés et les bureaux. Pour y accéder, il fallait une clé qu'elle possédait. La traversée des entrailles du bâtiment l'avait conduite à une autre porte, verrouillée elle aussi ; une autre clé lui avait donné accès à une petite cour. Elle avait trouvé un fiacre dans une rue voisine et était rentrée chez elle.

Ashebury aurait été vif comme l'éclair qu'il n'y avait aucune chance qu'il l'ait vue aux *Twin Dragons*. Cela signifiait donc qu'il la sondait. Qu'il s'interrogeait, se demandait si elle était lady V. Mais qu'est-ce qui l'avait trahie ? La forme de sa bouche ? Était-elle si particulière ? Son menton ? S'il était peut-être un peu trop carré pour son goût il n'avait rien de remarquable. Elle n'avait ni grain de beauté visible ni verrue. Il ne pouvait être absolument certain qu'elle était la femme du *Nightingale*. Peut-être agissait-il de même avec toutes celles qu'il rencontrait depuis la veille dans l'espoir de retrouver Lady V. Elle devait admettre qu'elle était plutôt flattée d'être sur sa liste des suspectes, mais elle était beaucoup moins certaine des raisons de sa quête. Que voulait-il ? Qu'espérait-il ? Elle joua avec l'idée d'entrer dans son jeu, histoire de voir où cela les conduirait... mais il était hors de question qu'elle lui donne la satisfaction d'avoir un levier sur elle. Mieux valait étouffer ses soupçons dans l'œuf. Elle devait dissiper ce qui n'était sans doute chez lui qu'une vague impression.

— Je ne vois pas comment vous auriez pu m'y voir, observa-t-elle calmement. Je n'y suis pas allée hier soir.

— Mais vous en êtes membre.

Comme nombre de femmes depuis que le club leur était ouvert.

— L'endroit appartenait à mon père avant qu'il ne le vende. Une des conditions de la vente était que ses descendants et lui en soient membres permanents. Donc, oui, je suis membre, et il m'arrive de m'y rendre à l'occasion. Mais pas hier.

Il pencha la tête d'un air pensif.

— J'aurais juré que c'était vous.

— La duchesse de Lovingdon jurera que j'ai dîné chez elle hier soir si jamais je devais apporter la preuve de mes allées et venues. J'avoue toutefois que j'aurais la pénible impression d'être une de ces personnes soupçonnées de meurtre que l'on retrouve à la une des journaux.

— Pardonnez-moi, mademoiselle Dodger. Rétrospectivement, je vois que je me suis trompé. La dame que j'espionnais ne possédait pas, comment dire... votre vivacité ?

— Je ne voulais pas vous offenser, Votre Grâce. C'est simplement que je sais où j'étais et où je n'étais pas.

— Une qualité admirable, assurément.

Elle se mordit la langue pour ne pas réagir à sa moquerie. Il était loin d'être aussi charmeur que la veille ; il est vrai qu'au *Nigthingale* il cherchait à séduire lady V, pas Minerva Dodger. C'était même étonnant qu'il l'ait abordée ce soir. Il était sans aucun doute à la recherche de quelqu'un de beaucoup plus séduisant. Il allait s'en aller à présent, elle en était certaine. Il ne l'avait abordée que pour essayer de découvrir si elle était lady V. Et elle était parvenue à détourner ses soupçons.

Quelle idiote d'être venue ici ce soir. Et il continuait à la fixer du regard comme s'il voulait absolument savoir à quoi elle pensait. À part la veille au soir, jamais un homme ne l'avait regardée avec une telle intensité. Elle essaya de ne pas se sentir trop flattée. Il ne l'avait pas approchée parce qu'elle l'attirait mais parce qu'elle représentait un mystère à résoudre. Qu'aurait-il fait si elle avait confirmé ses soupçons ? s'interrogea-t-elle. Pas grand-chose probablement, hormis d'en tirer la satisfaction d'avoir résolu une énigme. Les règles du *Nightingale* l'empêchaient de proclamer qu'il l'y avait vue.

— Nous ne nous sommes jamais vraiment parlé, n'est-ce pas ? s'enquit-il posément.

— Non.

Pas dans des circonstances socialement acceptables, du moins.

— Un manque qu'il me faut...

— Duc ?

La voix était perçante au point d'en être désagréable aux oreilles de Minerva, sans doute parce que sa propriétaire était parvenue à lui dérober l'attention d'Ashebury.

Il sourit avec chaleur, comme si la femme de ses rêves venait de se matérialiser devant lui.

— Lady Hyacinth. Vous êtes le charme incarné.

Minerva se retint de lui écraser son poing sur l'épaule. Voilà pourquoi ils ne s'étaient jamais vraiment parlé. Elle n'était pas le charme incarné. Ah, elle avait bien eu raison de le laisser insatisfait hier ! Et elle avait été idiote de le regretter tout à l'heure. Elle n'avait pas pensé que ce serait aussi pénible de voir un individu avec qui elle avait failli être intime flirter avec d'autres femmes. Elle s'était crue immunisée contre la jalousie, s'était imaginé qu'elle pourrait coucher avec un quasi-inconnu puis passer à autre chose. Mais comment faisaient les hommes ?

Lady Hyacinth rougit joliment et battit des paupières, avant d'adresser enfin un infime hochement de tête à Minerva et de braquer de nouveau ses yeux émeraude sur Ashebury.

— J'avais l'espoir que vous partageriez un rafraîchissement avec moi, si Mlle Dodger en a fini de monopoliser votre attention.

Minerva ravala une réplique cinglante, refusant de se laisser entraîner dans ce jeu mesquin auquel se livraient si souvent les dames, pour le plus grand plaisir de ces messieurs, semblait-il.

— C'est moi qui monopolisais la sienne, je le crains, répliqua Ashebury.

Elle s'efforça de cacher sa surprise. Pas étonnant que tant de femmes le trouvent irrésistible. Il avait réussi à la défendre sans froisser lady Hyacinth.

— Mais vous avez raison, enchaîna-t-il, nous risquons de devenir la proie des ragots si je m'attarde davantage.

Il prit la main gantée de Minerva pour y déposer un baiser. Elle sentit la chaleur de sa bouche la traverser jusqu'à la pointe des orteils.

— Merci d'apprécier mes pauvres efforts, mademoiselle Dodger. Si vous souhaitez voir ces images que lady Greyling trouve choquantes, il vous suffit de m'envoyer un mot.

Elle avait soudain perdu l'usage de sa voix. Il la dévisageait, le regard insistant, provocant, terriblement… charnel.

— Sans parler, reprit-il d'une voix qui évoquait le ronronnement d'un de ces grands félins africains, de ma collection privée.

Sur ce, il s'éloigna en compagnie de lady Hyacinth. Minerva regretta de ne pas avoir eu la présence d'esprit de rétorquer qu'elle n'avait pas la moindre idée de ce qu'était cette collection privée… alors qu'elle le savait pertinemment. Savait-il qu'elle savait ? Ce dernier commentaire était-il destiné à déterminer si elle était bel et bien la femme dont il avait tenu la cheville entre ses mains ? Ou était-elle parvenue à le convaincre ?

— Seigneur Dieu, c'était Ashebury !

Minerva fit volte-face. Depuis quand Grace était-elle là ? Qu'avait-elle entendu de sa conversation avec le duc ?

— Oui, et alors ? riposta-t-elle avec hauteur.

— C'est avec lui que tu étais au *Nightingale Club*. C'est lui qui t'a fait monter dans une chambre.

Minerva ravala sa salive. Elle n'aimait pas l'idée de mentir à son amie, mais une femme devait garder certains secrets, surtout ceux qui étaient trop délicieux pour être partagés. Ses moments avec Ashebury, par exemple.

— Ne sois pas ridicule. Nous parlions simplement de ses photographies. Je les trouve très réussies.

— J'ai vu comment tu le regardais. Tu es plus que séduite.

— Comment me le reprocher ? C'est un spécimen très séduisant. Cela ne signifie pas pour autant que j'étais avec lui hier soir. Pas de conclusion hâtive, Grace, ce serait vulgaire de ta part.

— Tu te défends avec trop de vigueur, insista son amie avant de chuchoter : Si c'était lui, tu as bien fait de ne pas laisser les choses aller plus loin. Il n'aurait jamais assumé ses responsabilités à ton endroit.

— Ce n'était pas ce que je recherchais, rétorqua Minerva à mi-voix. Mais l'endroit est mal choisi pour avoir une telle conversation. Admire plutôt ses photographies, Grace.

L'air dubitatif, celle-ci se tourna vers lesdites photographies.

— Il est fidèle à sa réputation, observa-t-elle. Il y a quelque chose de très sensuel dans son approche.

Sensuel, oui. La façon dont l'ombre et la lumière jouaient l'une avec l'autre. Comment les aurait-il utilisées avec elle ? ne put s'empêcher de se demander Minerva. Chassant en hâte cette pensée, elle déclara :

— Ce sont des portraits d'animaux, d'hommes qui travaillent ou d'enfants qui jouent.

— Mais le lion, fit Grace d'un ton admiratif. On dirait qu'il est en train de contempler la femelle sur laquelle il a jeté son dévolu. Il se prépare à la posséder, il attend, il guette le moment idéal.

— Je crois plutôt qu'il est en train de se demander si Ashebury ferait un bon repas.

— Oh, Minerva, ne sois pas naïve ! J'ai vu ce même regard chez bien des hommes à plus d'une occasion. Crois-moi, c'est du désir.

Minerva ne l'avait vu qu'une seule fois : la veille, dans la chambre à coucher avec Ashebury. Et elle s'était enfuie.

Une fois de plus, et bien malgré elle, elle ne put s'empêcher de se dire qu'elle avait eu tort.

Alors que ces dames ne cessaient de se disputer son attention, Ashe se demandait pourquoi son regard ne cessait de dériver vers Mlle Dodger, épiait le moindre de ses déplacements. Des messieurs tentaient bien de l'approcher, mais il était évident qu'ils ne le faisaient que par politesse ou par intérêt pour sa fabuleuse dot. Il était tout aussi évident qu'elle n'en était pas flattée. Aucune étincelle ne jaillissait, aucun regard langoureux n'était échangé.

Il ne parvenait pas à expliquer cet intérêt qu'il éprouvait soudain pour elle. Si elle dînait chez la duchesse de Lovingdon, elle ne pouvait être lady V. Cela dit, ce dîner s'était-il terminé très tard ?

Elle avait rougi quand il avait évoqué la beauté du corps, quand il l'avait invitée à voir ce qui était interdit dans un contexte mondain. À cet instant, il s'était dit qu'elle savait exactement à quelles photographies il faisait allusion. Et que donc, il l'avait, pour ainsi dire, démasquée.

Il voulait absolument retrouver lady V, n'arrivait pas à ne pas penser à elle. Pas même alors qu'une des plus belles débutantes de Londres, lady Regina, lui avouait, comme en cet instant, sa plus fervente admiration. Et faisait pour le moins étalage de ses appas...

Devant une telle attaque en règle, il se décida à lui accorder un peu d'attention. La chevelure n'éveilla pas son intérêt. La couleur des yeux, le buste trop mince, non plus. Il n'aurait sans doute aucun mal à l'inciter à poser pour lui, mais cette perspective ne l'enthousiasmait pas.

Non, il voulait celle qui s'était refusée à lui.

Parce qu'elle l'avait quitté ? Ou pour des raisons plus profondes ? Il ne tenait pas à examiner ses propres motifs. Il était peu probable que leurs chemins se croisent de nouveau. Elle ne reviendrait sans doute pas au *Nightingale*. Seule une visite aux *Twin Dragons* lui permettrait peut-être de la retrouver.

— Tu vois un peu ce que tu as manqué ? demanda Edward à son frère tandis qu'il contemplait les photographies.

— Me faire dévorer ? hasarda Grey.

Le décès brutal de leurs parents les avait affectés de façon très différente. Grey était devenu prudent, comme s'il craignait que la mort ne rôde partout. Alors qu'Edward était téméraire au point de se lancer les défis les plus insensés. Par Dieu, s'il devait mourir jeune, il comptait bien profiter au maximum de son passage sur cette terre.

— L'aventure, répliqua Edward.

— Je me rappelle une de tes lettres dans laquelle tu ne cessais de te plaindre de la chaleur, des moustiques et du manque de bon scotch.

— Je devais avoir la fièvre ce jour-là.

Il se souvenait des frissons, de la chaleur effroyable, de son corps perclus de douleurs.

— Alors que je savourais un excellent scotch, les agréments du confort moderne et la compagnie de ma femme.

Écœuré, Edward se retint de lever les yeux au ciel.

— Tu n'as pas envie d'une vie plus riche en sensations ? Cela te plaisait autrefois.

— Avant Julia, tu veux dire ? L'amour transforme un homme.

Edward grommela :

— L'amour a fait de toi une chiffe molle.

— Une chiffe molle heureuse. Elle est de nouveau enceinte. Je prie le ciel pour que tout se passe bien. J'ai bien cru qu'elle n'y survivrait pas, la dernière fois.

Voilà peut-être ce qui l'avait rendu si prudent. Il craignait d'avoir indisposé les dieux. En l'espace de deux ans, sa femme avait perdu trois bébés.

— Je voudrais simplement que nous allions quelque part, que nous nous lancions dans une aventure quelconque. Comme avant.

— Nous ne sommes plus des enfants, Edward. Il faut grandir.

— Parle pour toi.

— Je parle aussi pour moi. C'est ce que je m'efforce de faire.

— J'ai presque envie de te mettre mon poing dans la figure.

Grey sourit.

— Tu as une drôle de façon de montrer que tu m'aimes.

Edward grimaça, mais ne le contredit pas. Il aimait son frère plus que quiconque. Sans lui, sans ce frère qui l'avait tenu des heures durant dans ses bras, il aurait cessé d'exister à la mort de leurs parents. Il n'imaginait pas comment Ashe avait réussi à s'en sortir sans frère ni sœur avec qui partager son chagrin.

— Au fait, reprit Grey, je n'ai pas vu Locksley depuis votre retour. Il est encore à Londres ?

Edward secoua la tête.

— Non, il est allé voir son père.

— Je le plains. Tu te rappelles quand il a foncé dans le manoir sur son cheval ?

Edward s'esclaffa.

— Il a réussi à lui faire gravir l'escalier au beau milieu de la nuit pour pourchasser le fantôme de sa femme. De la folie pure. Quand nous avons quitté Havisham, il m'a fallu une éternité pour m'habituer au tic-tac des horloges.

Le marquis de Marsden avait arrêté toutes celles de sa demeure à l'heure exacte du décès de sa femme.

— À l'époque, ce n'était pas le cas, mais maintenant je comprends son chagrin. Je deviendrais fou si je perdais Julia. Je sais que vous ne vous entendez pas tous les deux, pourtant c'est une femme remarquable.

Remarquable pour gâcher tout plaisir.

— Si tu le dis.

— Tu devrais t'efforcer de mieux la connaître.

— Cela s'annonce difficile maintenant qu'elle m'a jeté dehors.

— Avec ma bénédiction. Tu es un ivrogne invétéré.

— Ce qui ne te dérangerait pas si tu buvais normalement. Ce n'est pas très sport de refuser de partager un verre ou deux avec ton propre frère.

— Sauf que tu ne t'arrêtes jamais au deuxième et tu le sais très bien. Et puis, je dois m'occuper du domaine. Je ne peux pas me laisser aller comme toi.

Grey se frotta l'oreille avant d'ajouter :

— Elle souhaiterait que je réduise ta rente.

— Fais-le, si cela peut préserver l'harmonie de ton mariage. Tu peux même me couper entièrement les vivres.

— Ne sois pas ridicule. Je ne ferai jamais cela. Mais ce n'est ni le lieu ni le moment d'en parler. Je n'aurais pas dû mettre ce sujet sur le tapis.

Edward n'aimait pas qu'ils soient fâchés. Peut-être ferait-il mieux de réduire un peu la boisson, mais il y avait en lui un trou noir qu'il lui fallait remplir et il ne savait pas avec quoi.

— Je suis heureux que tu l'aies trouvée, concéda-t-il. Que tu l'aimes.

— Je l'aime, oui. Énormément. Elle me fait du bien.

Mais elle n'en faisait aucun à Edward. Peut-être avait-il eu tort de lui voler ce baiser en se faisant passer pour Albert. Si cela n'avait été qu'une blague de sa part, elle l'avait fort mal pris – comme s'il avait soulevé ses jupes pour regarder ses chevilles. Une seule chose sauvait cette femme aux yeux d'Edward : elle ne parlerait jamais de cet incident à Albert.

— Messieurs, fit Ashe qui les avait rejoints, lady Greyling commence à trouver que cette soirée a assez duré. Pour ma part, je file aux *Twin Dragons*. Cela intéresse-t-il quelqu'un ?

— Absolument, répondit aussitôt Edward.

— Pas moi, dit Grey.

— Quelle surprise, commenta son frère.

— Un jour, tu te marieras et tu apprécieras de passer du temps avec ta femme.

— Je ne suis pas comte. Je n'ai pas d'héritier à fabriquer. Je ne vois pas pourquoi je prendrais une mesure aussi drastique que de m'enchaîner à une femme.

— L'amour est une bonne raison. N'est-ce pas, Ashe ?

— Personnellement, je trouve l'amour très changeant. J'aime la femme avec laquelle je suis jusqu'à ce que je ne sois plus avec elle. Je n'ai pas encore rencontré celle qui me donnera envie de ne pas l'abandonner.

— Vous y viendrez, tous les deux, affirma Grey. Un jour vous rencontrerez celle qui changera votre vie.

7

Minerva n'aurait su dire pourquoi elle avait décidé d'aller aux *Twin Dragons* ce soir. Peut-être parce qu'elle avait envisagé de retourner au *Nightingale*, mais elle redoutait de confirmer les soupçons d'Ashebury si jamais il s'y trouvait. Maudit soit son don d'observation. Après avoir vu ses photographies, elle comprenait qu'il était le pire choix possible comme amant d'une nuit. Il observait, étudiait, décortiquait tout en détail. S'il avait bien tenté de lui expliquer son travail, elle n'avait découvert l'étendue de son talent qu'après avoir admiré ses images. Elle s'imagina allongée sur un lit, ombres et lumières jouant sur son corps tandis qu'il l'examinait à travers son objectif. L'examinait avec une telle intensité...

La simple idée de ses yeux si bleus posés sur elle la mettait en feu.

Mais si elle était allée au *Nightingale*, elle ne l'aurait pas croisé, il n'y aurait pas eu de photographie possible, car il était ici même, aux *Twin Dragons*. D'ordinaire, elle jouait dans les salons privés où les mises étaient incomparablement plus importantes, toutefois, après l'avoir repéré, elle s'était installée à une table dans la zone ouverte à tous dans l'espoir qu'il la rejoigne.

Sauf qu'il semblait préférer la roulette.

Un jeu qu'elle trouvait ennuyeux, car il n'exigeait aucun talent, ne vous obligeait pas à affronter un adversaire. Elle appréciait ceux qui ne faisaient pas simplement appel au hasard. Ce qui expliquait en partie pourquoi elle était allée au *Nightingale*. Ce saut dans l'inconnu lui avait procuré une bonne dose d'excitation, tout en exigeant de sa part un peu d'habileté pour ne pas être reconnue.

Maintenant qu'il se trouvait ici, elle était folle de rester dans la salle commune, de prendre le risque qu'il devine qu'elle était lady V. Il pourrait la faire chanter, la menacer de détruire sa réputation si elle n'obéissait pas à ses exigences, si elle ne posait pas pour lui. Comme si elle était du genre à accorder à quiconque un tel pouvoir sur elle. C'était franchement risible...

— Pardon ? demanda lord Langdon.

Seigneur Dieu, avait-elle ri pour de bon ? Elle sourit aux messieurs réunis autour de la table.

— Les cartes ne m'aiment pas ce soir. Je vais tenter ma chance à la roulette.

— Vous détestez la roulette, remarqua Langdon, preuve s'il en était du désavantage de fréquenter certains amis depuis l'enfance.

Ils en savaient trop.

— J'ai envie de nouveauté, je crois.

Oui, d'un jeu complètement différent de ceux qu'elle connaissait, un jeu qui se pratiquait sans carte, ni dés, ni petite boule qui roule. Un jeu qui ne reposait que sur l'intelligence. Il avait peut-être eu des soupçons, elle était parvenue à le détromper. Quel mal y avait-il à croiser de nouveau sa route ?

— Messieurs, si vous voulez bien m'excuser...

Laissant ses cartes – deux reines et deux neuf qui, elle en était certaine, battraient les mains de tous ses partenaires –, elle fit signe à un garçon en livrée de rassembler ses jetons. Puis elle s'approcha de la roulette devant laquelle Ashebury semblait s'ennuyer prodigieusement en dépit de la présence de lady Hyacinth qui tentait de s'envelopper autour de lui telle une seconde peau.

N'ayant pas remarqué la dame avant cet instant, Minerva reconsidéra sa destination ; mais, à cet instant précis, le regard d'Ashebury se posa sur elle et toute trace d'ennui en disparut. Ses yeux bleus la considérèrent avec chaleur et insistance. Ou se faisait-elle des illusions ?

Elle rejoignit la table, se plaça juste en face de lui. Après l'avoir salué d'un bref signe de tête, elle attendit que le garçon lui apporte ses jetons. Sans hésiter, elle en déposa la moitié sur le vingt-cinq noir. Les autres joueurs firent leurs choix. Le croupier annonça la fin des mises, puis lança la bille et la roue d'une torsion du poignet. Elle regarda la bille rouler, rouler, sauter d'une case à l'autre, et s'arrêter...

Durant tout ce temps, le regard d'Ashebury ne l'avait pas quittée et elle espérait qu'il n'était pas en train de l'imaginer portant un domino blanc muni de plumes et de sequins blancs eux aussi. Peut-être était-ce une erreur de lui offrir une nouvelle occasion de l'observer. Elle n'était pas vaniteuse au point de croire qu'elle, Minerva Dodger, était assez séduisante pour retenir son attention pendant un temps aussi long, même si cela lui aurait immensément plu.

— Vingt-cinq noir, annonça le croupier.

Les autres joueurs autour de la table grommelèrent. Ashebury étrécit les yeux.

— Cela fait deux heures que je suis ici et je n'ai pas gagné une seule fois.

— J'ai une chance extraordinaire au jeu, dit-elle aussi humblement que possible.

— Mais pas avec les hommes, ajouta lady Hyacinth, narquoise.

Ceux qui étaient présents autour de la table se raidirent. Drake Darling n'avait pas envisagé en ouvrant les portes de son établissement aux dames, que certaines d'entre elles y sortiraient les griffes.

— Non, reconnut Minerva, pas avec les hommes. C'est donc une bonne chose que je ne passe pas mon temps drapée autour d'eux comme un article d'habillement.

Lady Hyacinth battit plusieurs fois des paupières, ouvrit la bouche, la referma, comme si elle avait du mal à comprendre cette remarque tout en la soupçonnant d'être insultante.

— Je crois que vous venez de me faire un affront.

— C'était plutôt une observation. Néanmoins, si vous le désirez, nous pouvons régler cela en bas, dans la salle de boxe.

— Oh, je paierais cher pour voir cela ! avoua Edward Alcott avec un grand sourire.

— Je mets toute ma fortune sur Mlle Dodger, annonça Ashebury.

Avec un hoquet, lady Hyacinth se détacha de lui avant de lancer un regard noir à Minerva.

— Une vraie dame ne règle pas ses problèmes sur un ring. Vous auriez dû naître avec un pantalon.

Était-ce ainsi qu'elle espérait l'offenser ? Bien que consciente qu'elle aurait dû cesser de la provoquer, Minerva ne put s'empêcher de répliquer :

— Qui dit que je ne peux pas en mettre un maintenant ? J'ai deux jambes. Cela suffit à n'importe quel pantalon. Peut-être même vais-je essayer. Je vous ferai savoir le résultat.

— Pas étonnant que vous soyez vieille fille, qu'aucun homme ne veuille de vous.

Alors que Minerva se disait qu'il n'y aurait rien à gagner à lui faire remarquer que plusieurs messieurs lui avaient offert le mariage, un homme solidement bâti posa une main charnue sur le bras de lady Hyacinth.

— Madame, votre voiture vous attend.

— Je n'ai pas demandé ma voiture.

— Elle vous attend néanmoins.

— Tout va bien, Greenaway, dit Minerva à celui qui était chargé de préserver la paix du club. Ce jeu commençait à m'ennuyer.

Elle fit signe au valet qui s'occupait de ses jetons – ce dernier rassembla aussitôt ses gains. Se penchant vers lui, elle chuchota :

— Ils sont pour toi.

Il écarquilla les yeux.

— Oh, merci, mademoiselle Dodger !

Se redressant, elle sourit à tous.

— Messieurs. Madame. J'espère que la chance vous sourira.

Ce ne fut qu'une fois loin de la table qu'elle laissa tomber ses défenses et sentit à quel point lady Hyacinth l'avait blessée. Aucun des hommes qui lui avaient demandé sa main ne la désirait. Ils n'en voulaient qu'à son argent. La plupart s'étaient montrés polis. Certains avaient même feint d'être intéressés. D'autres avaient été très directs. Elle préférait ceux-là, savoir ce qu'il en était, car du coup, ç'avait été plus facile de décliner leur offre sans craindre de les offenser ou de blesser leur fierté.

Même si la sienne était pour l'heure en lambeaux. Ashebury lui avait témoigné un réel intérêt la veille, mais il ignorait qui elle était. Elle s'était montrée mystérieuse et provocante. Certes, il avait été prêt à parier sur elle tout à l'heure et si, dans un premier temps, elle avait cru que c'était pour la soutenir, en y réfléchissant bien, elle était certaine que cela n'avait rien à voir. Il était certain de gagner une belle somme, voilà tout, car il était de notoriété publique que Mlle Dodger possédait une jolie droite. En fait, étant gauchère, c'était plutôt son poing gauche qu'il fallait redouter. Son père était un roturier, l'ancien propriétaire d'un club de jeux : ce genre de combats n'avait aucun secret pour elle.

— Vous ne vous dirigiez pas vers la salle de danse, je suppose ? demanda une voix familière derrière elle.

S'immobilisant, elle revêtit son armure protectrice avant de faire face à Ashebury.

— Votre Grâce, je n'avais pas encore décidé où j'allais tenter ma chance, mais je n'avais nullement envisagé de danser.

— Si vous le décidez, j'espère que vous me ferez l'honneur d'une danse.

Si jamais il la frôlait avec une plume, elle s'effondrerait.

— Après m'être donnée en spectacle comme je viens de le faire ? Je ne veux pas de votre pitié.

— Ce n'est pas de la pitié, c'est de l'admiration. Elle avait trop bu, sans parler de son manque d'esprit habituel. Vous, au contraire, avez été plus cinglante qu'un fouet. Vous auriez pu la réduire en charpie, pourtant vous vous en êtes abstenue.

Seigneur Dieu, quelle sorte de femmes méprisables avait-il donc l'habitude de fréquenter ? Elle était cependant flattée qu'il la trouve intelligente. Généralement, cela intimidait la plupart des hommes. Cela dit, Ashebury n'était pas la plupart des hommes.

— Il n'y a rien à gagner à infliger de telles vexations. Persifler était déjà indigne de moi.

— Il me semble que c'est plutôt elle qui s'est montrée indigne.

— Croyez-le ou pas, elle vient d'être présentée à la reine. Elle est très jeune. Je ne le suis pas et j'ai de l'expérience. J'aurais mieux fait de me taire.

— Je suis content que vous ne l'ayez pas fait. Je pense que tous ces messieurs présents à la roulette doivent à présent penser à des femmes en pantalon.

Il gratifia ses jupes d'un examen si long et paresseux qu'elle en eut la bouche sèche. C'était comme s'il voyait à travers ses vêtements et savait exactement à quoi ressemblaient ses jambes.

— Vous en avez déjà porté ?

Elle ne devrait pas l'avouer mais avec lui, elle ne cessait de faire ce qu'elle ne devrait pas faire.

— Chez mon demi-frère. Sur son domaine.

Il fronça les sourcils.

— Le duc de Lovingdon ?

— Je vous félicite. Notre arbre généalogique est assez embrouillé.

— Vous pourrez me l'expliquer en dansant.

Les paumes de Minerva qui n'étaient jamais moites le devinrent soudain. L'idée de valser avec cet homme suscitait des images très inconvenantes, des envies qu'elle aurait pu assouvir si elle ne s'était pas enfuie du *Nightingale*.

— Je suppose que je pourrais me rendre dans la salle de danse.

— Permettez-moi de vous escorter.

Il lui offrit son bras et elle le trouva aussi ferme et musclé que la veille. Sauf que maintenant, elle l'imaginait dans la jungle en train de se battre avec un lion.

— Quelle épaule ? demanda-t-elle.

Il la regarda. S'il était beaucoup plus grand qu'elle, il parvenait à ne pas donner l'impression de baisser les yeux sur elle. Sous son regard, elle se sentait délicate, alors qu'elle était sans doute la femme la moins délicate de Londres. Pourtant, elle appréciait cette sensation que lui seul savait susciter.

— Pardon ? fit-il.

— Le lion. Dans quelle épaule a-t-il planté ses crocs ?

— La gauche. Et il l'a juste éraflée. Edward a tendance à exagérer. Cela le rend à la fois passionnant et irritant, selon l'humeur dans laquelle on se trouve quand il raconte ses histoires.

— C'est pourtant votre ami.

Il eut un sourire ironique.

— Les tragédies suscitent parfois des amitiés étranges.

Il laissa passer un moment avant d'enchaîner.

— La roulette est-elle truquée ?

— Je vous demande pardon ?

— Comme je l'ai dit, j'ai passé deux heures à miser en vain. Vous arrivez à la table, vous choisissez un numéro et il sort. Quand on connaît vos liens avec cet endroit, on pourrait trouver cela curieux.

Ils pénétrèrent dans la salle de danse dont les murs étaient recouverts de miroirs. Minerva avait toujours pensé que c'était de l'espace perdu, car elle n'était guère fréquentée et ne rapportait pas d'argent.

— Je ne vois pas comment ils pourraient la truquer. Et ce serait ridicule de me faire délibérément gagner alors que c'est ici que mon père a fait sa fortune.

— Par sentimentalisme, peut-être ?

— Non. Drake Darling a bien trop le sens des affaires pour cela. C'est la raison pour laquelle mon père lui a vendu le club. Il avait confiance en ses capacités de gestion. En outre, le personnel me connaît, il sait que je n'aimerais pas qu'on me fasse gagner. J'aime les défis. Je ne vois pas l'intérêt de jouer si la partie est truquée en ma faveur.

Ayant dit cela, il lui vint à l'esprit que c'était peut-être la raison pour laquelle elle avait décidé de se lancer dans une nouvelle Saison. Avec sa dot, les chances de trouver un mari étaient truquées en sa faveur. Mais ce n'était pas simplement un mari qu'elle recherchait. Elle voulait l'amour.

— Vous étiez si sûre de vous quand vous avez placé votre mise, dit-il. Pas la moindre hésitation.

— À la roulette, je suis mon instinct, je ne réfléchis pas. C'est du pur hasard.

— Vous teniez tête à tous ces hommes, sans minauder, sans quêter le moindre avis.

— J'ai quasiment grandi entre ces murs. Il serait hypocrite de ma part de feindre d'être perdue. J'estime que chacun doit toujours assumer la responsabilité de ses actes. J'aurais accepté de perdre sans le moindre problème.

— Mais c'est toujours plus drôle de gagner. Ah, une valse ! Vous permettez ?

Elle avait à peine acquiescé que déjà il l'entraînait vers la piste de danse, la tenant scandaleusement serrée contre lui, la défiant du regard de protester. Ils se trouvaient dans un lieu de vice et de péché. Comme elle l'avait dit, elle n'allait pas jouer les hypocrites. Et puis, c'était très agréable d'être si proche de lui, de respirer son odeur de santal à laquelle se mêlait celle du scotch.

— Je ne vous ai jamais vu aux tables de cartes, Votre Grâce.

— Les cartes exigent trop d'attention. Il faut sans cesse réfléchir, deviner les intentions et le jeu des autres joueurs. J'aime la roulette parce que c'est un passe-temps très simple qui me laisse la liberté de me concentrer sur d'autres choses plus *intéressantes.*

Il la fixait sans ciller si bien qu'elle fut tentée de croire qu'il la trouvait intéressante.

— Comme lady Hyacinth ?

— Non. Comme vous.

Cela faisait un certain temps maintenant que Mlle Minerva Dodger évoluait à la périphérie du monde d'Ashe, mais ce n'est qu'en entendant lady Hyacinth la qualifier de vieille fille qu'elle avait compris que ce temps se chiffrait en années. Elle se voyait comme une femme expérimentée, et une femme expérimentée sans aucune perspective de mariage pouvait très bien choisir d'accorder une visite au *Nightingale*.

S'il lui posait ouvertement la question, elle nierait. Il en était convaincu. De même qu'il était convaincu qu'elle *était* lady V.

La salle de danse n'était pas aussi bien illuminée que le salon de lady Greyling et, à la lueur des chandelles, les cheveux de Mlle Dodger avaient des reflets très semblables à ceux de lady V. La tenant dans ses bras, il sentait mieux ses formes. Même si, bon sang, il aurait donné cher pour la voir en pantalon. Dans ce cas, il n'aurait plus eu le moindre doute. À vrai dire, celui qui l'habitait encore était infime. De nouveau, il sentit cette odeur de verveine.

Il se demanda s'il y avait la moindre chance qu'elle retourne au *Nightingale*, qu'elle accepte qu'un autre l'emmène dans sa chambre…

À cette idée, il se raidit, et dut prendre sur lui pour ne pas la broyer entre ses bras. Si un autre la touchait, il se sentait capable de commettre un meurtre. Il n'avait jamais rencontré une femme aussi audacieuse, aussi sûre d'elle. Elle ne reculait jamais. Dieu qu'il aurait aimé la voir sur un ring.

— Vous auriez su vous y prendre en bas, n'est-ce pas ? dit-il.

— Sur le ring ? Oui. Mon père m'a appris à me défendre. Comment donner un coup pour qu'il soit efficace. Il me laissait m'entraîner avec mes frères. Je n'ai jamais eu à supporter de leur part les moqueries que les garçons infligent souvent à leurs sœurs. Ils ont même un peu peur de moi. Encore maintenant.

Une femme possédant de tels talents ne craindrait pas d'aller au *Nightingale*. Et lady V avait déclaré qu'elle préférerait le tuer de ses propres mains plutôt que de laisser son père s'occuper de lui. C'était une guerrière, qu'il valait mieux ne pas prendre à la légère, ni sous-estimer, comme l'avaient fait beaucoup d'hommes. Comme il l'avait fait.

— Je suis en train d'imaginer une photo de vous, debout entre les cordes, les poings levés, luisante de sueur.

— Luisante de sueur ? Ce serait trop vulgaire. Disons plutôt que ma peau serait couverte d'un voile de transpiration.

— Encore mieux. Un peu décoiffée, avec quelques mèches folles. Est-ce une nuance de roux dans votre chevelure ?

— Tout dépend de la lumière. C'est peut-être le seul trait que j'ai hérité de ma mère. Le reste, je le crains, vient plutôt de mon père, ce qui ferait de moi une femme séduisante… à en croire un certain gentleman qui voulait gagner mes faveurs. Je n'ai pas trouvé cela particulièrement flatteur, car son ton indiquait qu'il n'était pas d'une sincérité absolue. Il semblait espérer que Dieu se montre miséricordieux quant au physique de notre éventuelle progéniture. Et je ne sais pas pourquoi je vous raconte cela.

— À vous entendre, je dirais que cet homme est un crétin.

Son sourire la transforma de façon extraordinaire. Il voulait le capturer sur une plaque photographique.

— Et je dirais que je suis d'accord avec vous, fit-elle. Je suis peut-être banale, mais pas hideuse.

— Vous n'êtes pas banale.

— C'est gentil de le dire.

Elle ne le croyait pas. Il trouva cela intéressant.

— Si vous parliez enfants avec ce crétin, j'en déduis que sa cour était sérieuse.

— Elle l'était. Cependant, quand j'ai décliné sa proposition, il m'a prévenue que je finirais vieille fille. Ce à quoi j'ai répondu que je préférais être vieille fille que mariée avec lui. De toute évidence, je ne maîtrise toujours pas l'art délicat de la séduction.

Possible, mais cela ne l'empêchait pas d'être fasciné par elle. Il aimait qu'elle soit sans artifices. Elle était honnête d'une façon qu'il n'avait encore jamais rencontrée chez une femme. C'était rafraîchissant. Stimulant. Il ne savait pas à quoi s'attendre avec elle.

— Vous ne paraissez pas assez âgée pour être vieille fille.

— Eh bien, je le suis. Je doute qu'on m'invite à de nombreux bals cette Saison.

— Dans ce cas, je suis heureux d'avoir l'occasion de danser avec vous ce soir.

— J'imagine que lady Hyacinth était désolée que vous l'abandonniez.

— Son frère a surgi aussitôt après votre départ et il l'a emmenée.

Ce qui, comprit-il au moment où ces mots sortaient de sa bouche, était insultant pour elle.

— Je l'aurais quittée de toute façon, ajouta-t-il en hâte lorsqu'il vit la lueur de déception dans son regard. Je supporte assez mal les très jeunes personnes. Peut-être parce que j'ai dû grandir vite.

— Je sais que cela fait des années, mais je suis désolée pour vos parents. Je n'ose imaginer ce qu'il adviendra de moi quand les miens partiront.

— Le chagrin demeure. C'est étrange de me dire que je ne les ai connus que pendant huit années de ma vie. Il y a des choses à leur sujet dont je me souviens à peine, et d'autres qui sont si nettes, si précises, que je jurerais les avoir vus hier. Mais cela ne m'attriste pas de parler d'eux, il est donc inutile de vous inquiéter.

— Ce que l'on dit à propos du marquis est-il vrai ?

— Qu'il est fou ?

Elle hocha la tête.

— Oui.

Il avait admis cela avec une telle simplicité. Sans préjugé, sans crainte ni réprobation dans la voix.

— Cela a dû être incroyablement difficile, murmura Minerva.

— Pas vraiment. Il n'était jamais cruel. Il ne faisait pas toujours très attention à nous, mais nous étions là les uns pour les autres alors cela ne nous dérangeait guère. La mort de sa femme l'a brisé.

— Il l'aimait donc tant que cela ? dit-elle, impressionnée.

— Je le pense, oui.

— Cela vous a-t-il donné envie de trouver un amour semblable ?

— Non. Au contraire.

Dans ce cas, pourquoi la serrait-il ainsi contre lui, la faisant virevolter à travers la pièce ? Par pur désir charnel, peut-être. Elle faillit éclater de rire. Quand, pour la dernière fois, un homme avait-il eu envie d'elle ?

La nuit dernière peut-être, juste un peu. Son baiser impliquait certes un minimum.

Il baissa les yeux sur ses lèvres et celles-ci se mirent à la picoter comme s'il avait le pouvoir de réveiller la sensation du contact des siennes. Il avait une si belle bouche. Grande et pleine, sculptée pour le péché, assez douée pour rendre les femmes folles. Elle soupçonnait que celles-ci avaient été innombrables. Elle avait failli s'inclure dans le groupe.

Non sans une certaine inquiétude, elle se rendit compte qu'il étudiait à présent sa mâchoire inférieure. Il était très observateur, elle le savait. Allait-il la reconnaître à la ligne de son menton ? Ce serait mortifiant.

Mais son regard remonta vers le sien sans que rien dans son expression n'ait changé. Encore qu'elle aurait juré y voir briller la même lueur de désir que dans les yeux du lion. Bon sang, d'où lui venait une idée pareille ?

La musique s'arrêta. Ils s'immobilisèrent, mais il ne la lâcha pas.

— J'ai du mal à comprendre pourquoi je ne vous ai jamais vraiment parlé avant ce soir, avoua-t-il.

— Vous êtes toujours très entouré. Les femmes vous vénèrent.

— Mais pas vous, mademoiselle Dodger ?

— Je n'ai jamais rencontré d'homme digne d'être vénéré, dit-elle, avant de laisser échapper un petit rire. Ce qui explique peut-être que je sois vieille fille.

— Ou peut-être est-ce simplement parce que les hommes sont des idiots.

— Cela va sans dire, non ?

Il s'esclaffa.

— Je devrais me sentir insulté.

— Mais ce n'est pas le cas.

— Non.

Il fit glisser un index ganté sur sa mâchoire et elle regretta que son doigt ne soit pas nu.

Quelle idiote de se laisser séduire aussi facilement que n'importe quelle autre. Elle s'éclaircit la voix.

— Merci pour la danse. Je dois vous quitter à présent. Il est très tard.

— Reviendrez-vous demain ?

Son cœur s'affola à l'idée qu'il s'intéressait peut-être à elle.

— Non, je dois me rendre ailleurs.

— Vous n'éviterez pas tous les bals de la Saison. Nous aurons l'occasion de danser de nouveau ensemble.

— Peut-être. Bonne nuit, Votre Grâce.

Portant sa main à ses lèvres, il la regarda droit dans les yeux.

— Bonne nuit, mademoiselle Dodger.

Puis, tant que ses jambes avaient encore la force de la soutenir, elle s'éloigna aussi dignement que possible alors qu'une seule image occupait son esprit : elle était allongée sur un lit tandis qu'il la photographiait.

Après le départ de Mlle Dodger, les *Twin Dragons* perdirent beaucoup de leur intérêt pour Ashe. Il erra dans la salle de jeu pendant une bonne demi-heure avant de passer dans le salon réservé aux hommes et de s'installer près de la cheminée. Il n'était pas assis depuis une minute que Thomas lui apportait deux doigts de scotch. Il ne reconnut pas le valet, mais dans cette pièce, ils s'appelaient tous Thomas – ce qui évitait aux membres de devoir se souvenir de leurs prénoms. Les préférences en matière de boisson de chaque client étaient en outre soigneusement répertoriées. Appréciant la première gorgée d'un whisky proprement excellent, Ashe laissa à nouveau ses pensées dériver vers Minerva Dodger.

Son odeur de verveine ne s'était pas complètement dissipée. Si elle n'était pas lady V, il était prêt à manger son chapeau sur Trafalgar Square. Et plus encore que ce qu'il avait découvert d'elle hier soir – ainsi sa cheville qu'il avait tenue dans sa main –, ce qu'il avait appris ce soir le ravissait.

Danser avec elle avait été délicieux. Parler avec elle plus encore.

— Mlle Minerva Dodger possède la bouche la plus déplaisante de tout Londres.

Ce commentaire, proféré d'une voix pâteuse, fut accueilli par des murmures approbateurs.

Ashe tourna lentement la tête vers un groupe de messieurs qui, à en juger par leurs faces congestionnées, avaient déjà largement abusé des réserves du bar. Déplaisante ? Il ne pensait pas en avoir jamais vu de plus séduisante. Ses lèvres étaient parfaites, pleines et délicieuses. Il les voyait encore telles qu'il les avait découvertes la veille au soir, d'autant plus remarquables qu'elle portait ce satané masque ; il les sentit de nouveau fondre sous les siennes quand il l'avait embrassée, s'entrouvrir...

— Je vous avais prévenu qu'elle n'accepterait pas votre cour, Sheridan, déclara lord Tottenham. À présent, il faut régler votre pari.

— C'est bon, je vais vous payer. Mais que d'impudences sortent de la bouche de cette maudite femme.

Ce n'était donc pas sa bouche en soi que Sheridan trouvait déplaisante mais les paroles qu'elle prononçait. Là aussi, Ashe était en total désaccord avec lui : jamais, il n'avait rencontré de femme à la conversation aussi intéressante. Il songea à sa conviction que les chimpanzés étaient amoureux. Si elle savait faire preuve d'une franchise brutale, elle ne manquait pas non plus ni de douceur, ni de fantaisie.

— Savez-vous que cette prétentieuse a eu l'audace de me dire que nous ne nous convenions pas ? reprit Sheridan.

Ashe faillit s'écrier : « À raison ! » Il ne l'imaginait pas une seconde avec ce crapaud arrogant. Tous deux auraient été malheureux. Puis il songea à Sheridan se glissant dans son lit et il dut reposer son verre pour ne pas le briser.

Le valet fut aussitôt à ses côtés pour le resservir. Alors que le jeune homme tournait les talons, Ashe le rappela :

— Thomas ?

Quand le serviteur le regarda, il tapota son verre. Thomas y rajouta deux doigts d'alcool. Ashe recommença le même geste.

— Jusqu'en haut, mon garçon.

— Grâce à moi, elle aurait pu être comtesse. Avec un père pareil, elle n'en mérite pas tant.

Un silence pesant accueillit cette remarque. Les gens qui souhaitaient jouir d'une vie longue et sans souci ne s'en prenaient pas à Jack Dodger, surtout dans le club de jeu qui avait été le sien. Sheridan manquait vraiment trop de subtilité pour une fille comme Mlle Dodger. Ashe, quant à lui, éprouvait un respect croissant pour elle. Beaucoup de femmes tenaient par-dessus tout à épouser un titre. Mlle Dodger avait d'autres intérêts.

— Peu m'importe son père, à vrai dire, marmonna Sheridan, peut-être conscient d'avoir commis un impair. Mais cette femme n'en fait qu'à sa tête. Qui voudrait d'une fille pareille ? Elle est pratiquement vieille fille, elle aurait dû m'implorer pour que je m'intéresse à elle.

— N'en faites pas une affaire personnelle, intervint lord Whitaker. Elle nous a refusé sa dot. Elle cherche l'amour.

— L'amour ? Cette mégère ne risque pas de le trouver. Quel homme voudrait d'une femme qui ne cesse de proclamer son avis sur tout au lieu de se ranger au sien ? Cela la rend diablement irritante.

— Vous avez bien raison sur ce point, acquiesça Tottenham. Lors de ma visite, elle a osé contredire chacune de mes opinions. Épousez-la, couchez avec elle, et expédiez-la à la campagne. Ce sera le seul moyen pour un gentleman de trouver la paix avec cette femme.

Ashe se leva...

— Je n'ai jamais rencontré de femme aussi désagréable, dit Sheridan.

... s'empara de son verre...

— Qu'elle reste vieille fille.

... rejoignit les hommes assis en cinq longues enjambées.

— Au diable, sa dot.

— Qui est, ma foi, assez impressionnante, reconnut Whitaker.

— La fille, elle, ne l'est pas du tout, riposta Sheridan. Ce n'est pas une beauté. Et comme je l'ai dit, dès qu'elle ouvre la bouche...

Ashe lui versa le contenu de son verre sur la tête. L'homme bondit de son fauteuil, furieux et postillonnant.

— Bon sang, Ashebury, qu'est-ce qui vous prend ?

— Mille excuses, milord. J'ai dû trébucher.

Un valet s'approcha et lui enleva discrètement le verre vide des mains.

— Et si vous continuez à dire du mal de Mlle Dodger, enchaîna Ashe, il est fort probable que je trébuche de nouveau, sauf que cette fois mon poing remplacera le scotch.

— En quoi cela vous concerne-t-il ? La petite peste...

Ledit poing entra en action. Et s'écrasa sur la mâchoire de Sheridan. Sa tête partit violemment en arrière, entraînant tout son corps à sa suite, et il se retrouva à terre. Ashe le toisa de toute sa hauteur.

— La *dame.*

Se tenant la mâchoire, Sheridan lui lança un regard noir.

— Ce n'est pas une dame. Son père ne possède aucun titre.

— Peut-être, mais elle se comporte comme telle, alors que vous ne pouvez prétendre agir en gentleman. En fait, vous vous conduisez comme une vulgaire commère. Faites preuve de dignité, monsieur, et gardez vos échecs pour vous.

Là-dessus, Ashe pivota sur ses talons et quitta la pièce. Il n'aurait su dire pourquoi il avait réagi de façon aussi viscérale. Mais si lady V était Mlle Dodger, il commençait à comprendre pourquoi elle avait tenu à venir au *Nightingale* : cela n'avait rien d'étonnant si elle devait fréquenter des prétentieux tels que Sheridan.

Alors qu'il dansait avec elle, il avait failli l'entraîner à l'écart pour lui voler un baiser. Il y avait renoncé, car il n'était pas certain d'avoir la force de s'en tenir là. D'un autre côté, s'il ne se trompait pas sur son identité, elle aurait peut-être été heureuse qu'il aille beaucoup plus loin, peut-être même qu'il la ramène chez lui.

Lui qui se flattait d'être un aventurier ! Il n'avait même pas tenté sa chance. Mais son instinct lui soufflait que cela ne se serait pas passé ainsi. Il était trop tôt. Elle n'était pas encore prête.

Il fallait continuer les manœuvres d'approche. Et lui qui s'était juré de ne connaître qu'une seule vierge dans sa vie – la femme qu'il épouserait – admettait à présent que ce vœu avait peut-être été prématuré.

8

— Tu es bien silencieuse ce matin.

Baissant son journal, Minerva regarda son père assis près d'elle, son propre exemplaire entre les mains. À l'instant où ses enfants avaient maîtrisé la lecture, il avait demandé au majordome de placer une édition du *Times* à leur place à table afin qu'ils puissent le lire dès qu'ils descendaient prendre leur petit déjeuner. Il tenait à ce qu'ils sachent ce qu'il se passait dans le monde. Et Jack Dodger ne pensait pas à la météo ou aux mondanités. Il voulait qu'ils soient capables de discuter de tout ce qui pouvait avoir un impact sur les affaires, sur l'économie, sur la nation, d'où la nécessité d'être informés. S'il s'était lui-même élevé si haut depuis les bas-fonds de Londres, il était bien décidé à ce que ses enfants réussissent et prospèrent dans un tout autre milieu.

— Je lis le journal, répondit-elle.

Son père avait pour règle de ne pas parler en lisant.

— Non, tu ne lis pas.

Rien n'échappait à sa vigilance. Voilà comment Jack Dodger avait survécu dans la rue, monté ses affaires et était devenu, prétendait-on, l'homme le plus riche d'Angleterre. Une hypothèse qu'il se refusait à confirmer ou à nier. C'était aussi un homme qui appréciait le secret, en possédait un certain nombre et excellait à les garder.

Et maintenant, voilà qu'elle-même en avait un qui pouvait se révéler plus que scandaleux. Oh, elle en avait d'autres ! Il lui arrivait de chiper des cigares ou de l'alcool. De proférer des jurons – jamais devant ses parents. Mais ils semblaient puérils et inoffensifs comparés à celui qui l'avait empêchée de fermer l'œil de la nuit, à savoir, que se passerait-il avec Ashebury si elle osait retourner au *Nightingale*. Si elle l'y retrouvait, elle ne pourrait pas battre en retraite une deuxième fois. Plus que tout le reste, sa fierté l'en empêcherait.

Son père replia son journal et le posa.

— Qu'est-ce qui te tracasse ? s'enquit-il.

Son obstination, qui était à la base de ses succès, ne laissait souvent aucune échappatoire à ses enfants dès qu'il les soupçonnait de lui cacher quelque chose. C'était certes une qualité admirable, que Minerva n'appréciait toutefois pas vraiment quand elle en faisait l'objet. Et il ne renoncerait pas tant qu'il n'aurait pas obtenu une réponse, elle le savait.

— Je pense qu'il est temps d'admettre que je ne suis pas du genre que les hommes épousent.

Sans cesser de la scruter, il resta silencieux un moment.

— Dois-je augmenter le montant de ta dot ?

Elle se permit un rire.

— Seigneur Dieu, non, papa ! Elle attire déjà toutes sortes de rapaces venus des quatre coins du continent. Non, le problème vient plutôt de moi.

Je ne suis pas de celles dont les hommes tombent follement amoureux. Je ne suis pas assez docile.

— S'ils ne t'apprécient pas, qu'ils crèvent. Ne change surtout pas pour eux.

Il était prêt à défendre ses enfants jusqu'à la mort. Et elle ne l'en aimait que davantage.

— Ce n'est pas mon intention. Mais pour te donner un exemple, hier soir aux *Twin Dragons*, j'ai lancé un défi à lady Hyacinth en lui proposant quelques reprises sur un ring.

Son père arqua un épais sourcil, hocha à peine la tête en signe d'approbation.

— Ce qui a dû attirer une sacrée foule. À combien as-tu fixé le droit d'entrée dans la salle ?

N'importe qui d'autre se serait moqué d'elle, mais elle le connaissait assez pour savoir qu'il était sérieux. Il n'écartait jamais une occasion d'accroître sa fortune. Un père normal aurait été choqué ou consterné ; lui appréciait son cran et son courage.

— À rien du tout. C'était juste une provocation. Elle avait fait un commentaire désagréable et j'ai mal réagi.

— Je vais en toucher deux mots à son père tout à l'heure. Elle viendra te présenter des excuses cet après-midi.

Il ne se vantait pas : il possédait réellement ce genre d'influence. Certains se pétrifiaient quand Jack Dodger arrivait chez eux.

— Ce n'est pas nécessaire. Je m'en suis déjà occupée.

Il l'observa un moment, essayant sans doute de deviner si ce différend avait été réglé d'une façon qu'il jugerait satisfaisante.

— Qu'avait-elle dit ?

— Je ne m'en souviens pas exactement. Quelque chose à propos du fait que je suis vieille fille. Peu importe. Ce qui compte, en revanche, c'est qu'une dame ne règle pas ses affaires avec ses poings et que j'ai pourtant évoqué cette possibilité comme si elle était parfaitement acceptable. Du coup, j'avais vraiment l'air d'un garçon manqué, alors qu'il aurait sans doute suffi que je la prenne de haut.

— J'ai plutôt l'impression que tu avais l'air d'une femme capable de se défendre sans l'aide de quiconque.

— Tous les hommes n'apprécient pas ce genre de qualité chez une dame.

— Je ne crois pas que tu voudrais d'un homme pareil.

— C'est bien là le problème. J'ai le sentiment que celui qui serait capable de m'apprécier telle que je suis n'existe pas. Du moins, pas au sein de l'aristocratie. Pas dans ce milieu où les convenances sont si importantes et où on exige des femmes qu'elles se plient à la volonté de leur mari. Je n'ai aucun talent pour cela.

— Alors n'épouse pas un aristocrate.

Jusqu'à cet instant, elle n'avait jamais envisagé de se marier avec un roturier.

— Tu ne serais pas déçu ? s'étonna-t-elle. Tu aurais pourtant de quoi être fier : un gamin des rues dont la fille épouse un noble.

— Beaucoup de choses peuvent faire ma fierté mais pas celle-là, répondit-il avec un sourire entendu. Épouse un boucher, un boulanger, un fabricant de chandelles. Ou personne. Je m'en moque. Ta mère aussi. La seule chose qui compte pour nous, c'est que tu sois heureuse.

Elle aurait pu en pleurer. En dépit de sa rudesse, il lui arrivait parfois de prononcer des paroles incroyablement sentimentales et touchantes.

— Même si mon bonheur exigeait que je fasse des choses que je ne devrais pas faire ?

— Comme voler mes cigares ?

Elle ouvrit des yeux ronds.

— Tu savais ?

— Je sais faire un inventaire.

— Ç'aurait pu être mes frères.

Il lui adressa un regard sévère.

— Aucun n'est aussi téméraire que toi.

Ce qui était assez vrai ; ils ne menaient cependant pas non plus leur père par le bout du nez. Elle aurait pu faire bien pire sans s'attirer ses foudres et ils étaient assez intelligents pour s'en rendre compte.

— D'accord, tu m'as eue. Mais, revenons-en à ces choses que je ne devrais pas faire.

— Ta mère n'aurait pas dû m'épouser, dit-il en récupérant son journal avant de faire semblant de s'absorber dans sa lecture. Et ça n'a pas si mal tourné.

Ce qui était, supposait-elle, sa manière de dire qu'il la soutiendrait quoi qu'il arrive.

— Comment cela, ma situation financière est catastrophique ? rugit Ashe en levant les yeux du livre de comptes que son homme d'affaires avait soumis à son examen.

Peine perdue : les chiffres continuaient à danser devant ses yeux.

— Ce sont les investissements, Votre Grâce. Comme vous pouvez le constater, en nous basant sur ce que j'ai souligné ici, ils ne sont pas aussi productifs que nous l'espérions.

Ce qu'il avait souligné n'était qu'un fatras de nombres et Ashe n'avait jamais été capable de dompter les chiffres, ce qui lui avait valu d'innombrables coups de règle sur les doigts de la part de son précepteur. L'homme aurait pu s'en sortir avec un seul élève, mais quatre s'était révélé un défi impossible. Au début, Ashe lui en avait voulu de son incapacité à lui enseigner le calcul. Il avait souffert de la même manière dans son école précédente où il avait fini par maîtriser l'art de la tricherie afin d'éviter certaines situations trop embarrassantes. En grandissant, il avait toutefois compris que le problème ne provenait pas de ses professeurs, mais de lui. Il était tout simplement incapable de comprendre les mathématiques. Le latin, oui. Assez facilement. Il excellait aussi en calligraphie. Il était un lecteur vorace. Il pouvait réciter sans peine l'histoire de l'Angleterre et le nom de tous ses monarques. Il était capable de rédiger un compte rendu détaillé de chacun de ses voyages. Il maîtrisait plusieurs langues étrangères. Lors de leurs aventures dans des contrées lointaines, il servait régulièrement d'interprète. S'ils tombaient sur des gens dont ils n'avaient jamais entendu la langue, il en saisissait très vite les rudiments si bien qu'il parvenait à communiquer avec eux. Mais dès qu'il se retrouvait avec une série de chiffres devant les yeux, c'était comme si des milliers de fourmis s'agitaient en tous sens.

Et c'était la raison pour laquelle il évitait les jeux de cartes. Saisir la valeur qui était attribuée à chacune était pour lui un véritable cauchemar. À la roulette, en revanche, il lui suffisait de placer sa mise dans un carré ou sur une colonne.

Quittant sa chaise, il se mit à arpenter la pièce.

— Comment cela a-t-il pu arriver ? Je paie vos conseils suffisamment cher. C'est vous qui m'avez recommandé ces investissements.

— Vous souhaitiez d'importants retours, ce qui exigeait de prendre de plus grands risques. Vous avez sans doute analysé les chiffres que je vous ai fournis.

Il pouvait analyser les jeux d'ombres et de lumière sur le corps d'une femme. En revanche ces un, ces trois, ces huit qui se débattaient en tous sens échappaient à son entendement. S'il les fixait un tant soit peu, il avait l'impression d'assister à un frénétique ballet d'insectes, raison pour laquelle il exigeait toujours de Nesbitt des rapports verbaux. En véritable adorateur des chiffres, qu'il manipulait pendant des heures, celui-ci avait fini par les inscrire en toutes lettres dans ses comptes rendus. Ce qui n'aidait Ashe en rien : il devait se concentrer sur chaque mot pour prendre ses décisions. Il avait compris que les revenus provenant de ses trois propriétés diminuaient, les fermiers quittant la campagne pour s'installer près des usines en ville car l'agriculture ne rapportait plus maintenant que les importations d'Amérique étaient si peu chères. Il était temps de diversifier ses activités. Voilà pourquoi il avait choisi d'investir.

Il avait envisagé de demander conseil à Grey ou à Locksley. Le premier gérant ses domaines avec succès et le second assumant les devoirs qui auraient dû être ceux de son père depuis un bon moment déjà. Mais ç'aurait été reconnaître son incapacité. Toujours cette maudite fierté.

Il pouvait gravir une montagne, survivre dans le désert, guider un bateau quasiment jusqu'aux sources du Nil. Il était rapide à la course, ne reculait jamais au combat et protégeait ce qui lui appartenait. Les domaines lui appartenaient. Il allait donc régler cette histoire, quoi qu'il lui en coûte.

Il s'immobilisa et se retourna vers l'homme assis derrière le bureau.

— Nous allons vendre nos parts dans ces compagnies.

— Nous n'en tirerons pas grand-chose. Mieux vaut les garder, voir comment le vent tourne.

Ne jamais risquer ce qu'on ne peut se permettre de perdre. Il connaissait bien cette règle. Ces investissements avaient paru plus que prometteurs quand Nesbitt les lui avait présentés.

— Vous n'êtes pas complètement démuni, Votre Grâce. Il faut juste que vous resserriez les cordons de la bourse.

Qu'il les couse plutôt. Ashe connaissait parfaitement le coût de l'entretien de ses domaines. Ils avaient été rentables du temps de son père, fournissant assez de revenus pour couvrir les dépenses. Ce n'était plus le cas. Il ne pouvait se permettre le moindre investissement nouveau, ne pouvait plus prendre le risque de perdre davantage d'argent. Il avait besoin de sécurité, d'un moyen de s'assurer un bénéfice certain. Et le plus tôt serait le mieux.

Son entretien avec Nesbitt l'avait agacé. Il avait bien envisagé d'aller aux *Twin Dragons*, mais il ne voulait plus voir le moindre chiffre pour ce soir, pas même ceux d'une table de roulette. Il était bien trop énervé. Il lui fallait quelque chose qui lui apporterait une joie absolue et sans entrave... ce qui ne lui laissait que deux options possibles : une femme ou une photographie. Et pourquoi ne pas faire d'une pierre deux coups ? Cette réflexion l'avait inévitablement ramené au *Nightingale*.

Adossé au mur et sirotant son scotch, il examinait les choix qui s'offraient à lui. Cela faisait près d'une heure qu'il observait ces dames sans en trouver une seule qui conviendrait à ses desseins. Celle-ci était trop grande... Celle-là trop petite... Trop enrobée... Trop maigre... Trop disgracieuse... Cette dernière était totalement dépourvue d'élégance.

Mais, bon sang, qu'est-ce qui clochait chez lui, ce soir ? D'ordinaire, il n'était pas si difficile. Il appréciait le défi qui consistait à sublimer les défauts de ses sujets. Il maîtrisait l'ombre et la lumière, les soumettait à ses caprices, les commandait.

Il ferait mieux d'oublier la photographie pour se concentrer sur le sexe. Des femmes l'avaient abordé, mais son désintérêt était si patent qu'elles n'avaient pas insisté. Aucune ne lui plaisait. Aucune...

La vérité le frappa comme un coup de massue. Il avait besoin d'*elle*. Il n'aurait su dire pourquoi mais c'était une certitude.

Avec ou sans masque, il s'en moquait. Il voulait lady V.

Avec elle, et pendant un court instant, il pourrait oublier ses soucis et cesser de se reprocher son incapacité à faire fructifier son héritage, à le gérer. Il avait essayé de préserver ses domaines, d'améliorer les conditions de vie des fermiers qui étaient restés, de garder tout le personnel – pas tant pour ses propres besoins que pour les leurs. Certains étaient là depuis des décennies. Pour leur témoigner sa gratitude, il tentait d'assurer leurs vieux jours. Et puis, il y avait la question de l'épouse à se trouver, d'engendrer un héritier et, éventuellement, d'autres enfants. Il ne voulait pas d'un fils unique. Il avait connu huit années de solitude sans personne avec qui jouer ni inventer des tours pendables. Bien sûr, la disparition de ses parents avait été un coup terrible, abominable, mais il y avait gagné trois frères, trois amis. Il aurait pu se tourner vers eux après les mauvaises nouvelles apportées par Nesbitt, toutefois sa fierté le lui interdisait.

Il aurait dû aller aux *Twin Dragons*, même si elle avait dit qu'elle n'irait pas. Aucun bal, ni aucune soirée n'était prévu ce soir. Alors, où se trouvait-elle ? Au théâtre, peut-être, ou avec des amis. Bon sang, il avait besoin d'elle.

— Votre Grâce.

À contrecœur, il tourna la tête. Une femme portant un masque violet orné de pierres et de plumes noires lui souriait. Il tendit la main et lui toucha le menton, détestant le fait que seul un petit carré de peau autour de sa bouche soit visible. Ces derniers temps, les masques devenaient plus grands et bien plus complexes. Celui qui les créait devait gagner des fortunes.

— Chérie.

Il les appelait toutes « chérie », à l'exception de lady V. Pourquoi lui avait-il demandé son nom ? Comment avait-il su à l'instant où il l'avait vue qu'elle serait différente des autres ?

Les doigts de Violette frôlèrent son bras.

— Je vous observe depuis un certain temps et j'ai entendu dire que vous étiez doué pour donner du plaisir.

Elle s'interrompit pour s'humecter les lèvres, des lèvres qui ne le tentaient pas comme celles de lady V.

— C'est aussi mon cas, reprit-elle. Nous ferions une excellente paire.

Il n'en doutait pas. Elle était presque aussi grande que lui et dotée d'une corpulence qui devait procurer un certain confort. Et ses jambes longues, si longues... mais ce n'étaient pas celles qu'il voulait sentir s'enrouler autour de ses hanches.

— J'attends quelqu'un.

Il allait sans doute attendre toute la nuit.

Violette pinça les lèvres. Comme beaucoup de ses semblables, elle n'accueillait pas les rebuffades avec grâce.

— Je ne vous offrirai pas de seconde chance, l'avertit-elle, le regard dur. Ni maintenant ni jamais.

— Tant pis pour moi, répondit-il calmement.

Elle haussa le menton.

— En effet.

Elle tourna les talons et s'éloigna d'une démarche qui n'avait rien de très gracieux. Après avoir traversé la moitié de la salle, elle retrouva sa sérénité et aborda Rexton avec confiance et aplomb. À l'évidence, elle n'était pas du genre à se laisser dépérir.

Ashe ne s'en offusqua pas. L'un des buts de cet endroit était d'offrir de la variété dans le choix des partenaires. Mais il refusait d'envisager que lady V, si elle découvrait les plaisirs charnels, s'offre tout un assortiment d'amants. Pourquoi revenait-elle sans cesse dans ses pensées ? Il aurait dû aller aux *Twin Dragons*...

Soudain, une vision angélique vêtue de blanc traversa le salon. Elle semblait flotter, comme si ses pieds ne touchaient pas le sol. Taille parfaite, silhouette parfaite, démarche parfaite, tout était parfait. Il se dirigeait déjà vers elle quand il se rendit compte de ce qu'il était en train de faire. Quelque part au fond de lui, alors qu'il se languissait de la voir, il avait espéré qu'elle ne viendrait pas, qu'elle était assez intelligente pour éviter cette débauche déguisée en rituel acceptable. Un endroit pour initiés, un cercle secret qui se rebellait contre les mœurs de la bonne société et les règles de la morale. Rien n'était sacré ici sinon le privilège d'agir uniquement selon son bon plaisir.

Une notion qu'il avait toujours soutenue, qu'il considérait comme progressiste, mais qu'il ne voulait pas qu'elle partage. Pourtant, il ne pouvait s'empêcher d'être heureux de sa venue. Incapable de détacher les yeux de sa silhouette, il dut prendre sur lui pour ne pas l'enlacer dès qu'il fut assez proche pour sentir sa fragrance de verveine. Des lèvres, d'un rose des plus pâles, s'incurvèrent à peine quand il se matérialisa à ses côtés.

— Lady V.

— Votre Grâce.

Sa voix, un peu rauque, l'envoûtait, venait caresser son âme au plus profond, là où il y avait un grand vide depuis si longtemps. C'était l'unique détail chez elle qui le faisait hésiter : et s'il se trompait en croyant l'avoir identifiée ? Mais cette femme-là était intelligente, et tout à fait capable d'adopter un timbre différent dans l'espoir de parfaire son déguisement.

— J'avoue que je suis étonné de vous revoir ici, dit-il.

— J'y suis déjà revenue depuis notre rencontre.

Quelque chose se noua dans son ventre, au point qu'il faillit se plier en deux de douleur.

— Pardon ?

Le sourire de nouveau, un peu plus large cette fois.

— J'étais ici hier soir.

— Vraiment ?

— Oui. Jusqu'à minuit.

Impossible. Elle dansait avec lui. À moins qu'il ne se *trompe* bel et bien quant à son identité. Il pouvait certes enquêter au *Nightingale*, mais il ne tenait pas à attirer l'attention sur elle. Et il n'oubliait pas qu'elle possédait une intelligence redoutable : il était aussi possible qu'elle invente ce mensonge pour le mystifier. Toutefois si elle disait vrai, s'il se trompait...

Elle avait ignoré son conseil ; elle avait connu un homme, l'avait enserrée entre ses cuisses...

Il fut soudain pris d'une irrésistible envie d'écraser son poing sur un nez, une mâchoire ou un œil. Mais surtout il la voulait, elle, plus que tout au monde.

— J'ai une chambre, dit-il.

Sans attendre sa réponse, il la saisit par le bras et se dirigea vers l'escalier.

Minerva n'aurait pas dû apprécier ses manières cavalières, pourtant, elle se sentait flattée qu'il soit si pressé de se retrouver seul avec elle.

Elle avait menti, bien sûr. Elle n'était pas venue ici la veille, mais il lui fallait étouffer dans l'œuf tout soupçon qu'il pourrait nourrir à propos de lady V et de Minerva Dodger. Ses questions chez Greyling l'avaient troublée et ç'avait été bien pire quand ils avaient dansé aux *Twin Dragons*. Elle était en train de se livrer à un jeu dangereux, elle le savait. Elle aurait mieux fait de s'abstenir de revenir, mais elle voulait lui offrir sa photographie, et peut-être, un peu plus.

Tandis qu'ils gravissaient l'escalier, son propre calme la surprit. Les images qu'il avait capturées en Afrique la hantaient. Leur beauté, les histoires qu'elles racontaient. Tout cela était désormais préservé pour l'éternité. Si elle ne s'était jamais considérée comme vaniteuse – dans la mesure où elle ne possédait aucune qualité dont elle aurait pu tirer vanité –, elle n'était pas insensible à l'idée de devenir une femme mystérieuse dont l'image traverserait les époques.

Sur le palier, ils empruntèrent le même couloir, sa grande main serrant la sienne. Avant que cette nuit ne soit achevée, il se pourrait qu'il la touche ailleurs. Elle n'avait pas encore décidé s'ils iraient aussi loin. Elle était venue dans l'intention de poser pour lui. Au-delà, elle n'avait aucune certitude.

Elle ne pouvait nier l'attirance qu'il exerçait sur elle. Mais que pensait-il des femmes qui posaient pour lui ? Les méprisait-il après coup ? Ou les admirait-il ? Que ressentirait-il à son égard une fois qu'il aurait obtenu ce qu'il désirait ?

Il gagna la même chambre que la fois précédente, inséra la clé, ouvrit la porte. Après avoir franchi le seuil, elle s'immobilisa. Le battant se referma.

Aussitôt, elle se retrouva plaquée contre le bois, la bouche du duc dévorant la sienne. Elle aurait dû le repousser. Au lieu de quoi, elle noua les bras autour de son cou, et quand sa langue pressa contre ses dents, elle l'accueillit sans la moindre hésitation. C'était un baiser si intense, si brûlant qu'elle ne pouvait que s'y perdre. Voilà ce qu'elle avait toujours espéré : la passion débridée, la folie pure, le désir incandescent.

Elle eut conscience qu'il lui saisissait les mains, les forçait à remonter encore et encore, jusqu'à ce qu'elles se retrouvent clouées au battant au-dessus de sa tête. Alors il lui emprisonna les poignets, plongea sa main libre dans sa chevelure et la referma sur l'arrière de son crâne avant de prendre possession de sa bouche avec plus de ferveur encore comme s'il était son seul maître.

L'idée lui traversa l'esprit qu'elle aimerait voyager avec lui, découvrir à ses côtés toutes les expériences que le monde avait à offrir. Puis elle se concentra sur le présent, sur lui. Elle goûta le scotch sur sa langue, se laissa envahir par son odeur de santal. Elle voulait le toucher mais ne pouvait nier le plaisir qu'elle prenait à être immobilisée ainsi, son grand corps lui écrasant la poitrine. Il grondait tel un animal sauvage qui, ayant capturé sa proie, était maintenant libre de jouer avec elle, de la provoquer, de la rendre heureuse d'avoir été capturée.

Sa bouche glissa vers son menton, vers sa gorge, vers l'ouverture dans la soie où ses seins l'attendaient.

— Qui ? articula-t-il d'une voix rauque d'une émotion qu'elle ne sut identifier.

Haletante, elle pouvait à peine parler.

— Qui quoi ?

— Hier. Avec qui avez-vous couché ?

Elle crut entendre une douleur absolue dans sa voix. Mais pourquoi aurait-il une réaction aussi viscérale ? Et cependant, elle ne pouvait s'empêcher de trouver sa possessivité délicieusement plaisante.

— Personne. Je n'étais pas venue pour cela.

Le problème avec un mensonge, c'est qu'il faut sans cesse le nourrir, sinon il s'effondre. Pourquoi jouait-elle un jeu aussi dangereux ? Pourquoi ne pouvait-elle être totalement sincère avec lui ? Parce qu'il avait dansé avec elle ? Comme tant d'autres qui ne lui avaient valu, au bout du compte, qu'amertume et déception.

Il redressa vivement la tête. Elle sentit plus qu'elle ne vit l'intensité de son regard.

— Alors pourquoi étiez-vous là ?

— J'avais changé d'avis. J'étais prête à poser pour vous. Il m'était venu à l'esprit que je ne me rendais peut-être pas service en faisant preuve d'une telle couardise. Si j'étais incapable d'accepter une requête aussi simple, comment pourrais-je me glisser entre des draps avec un inconnu ?

— Cela n'arrivera pas. Vous ne coucherez qu'avec moi.

Elle songea d'abord à protester. Elle était trop indépendante pour accepter qu'on lui dise quoi faire. Mais elle avait déjà décidé que, quand ce moment viendrait, ce serait avec lui. Qu'il la désire ne faisait que confirmer son choix.

— Vous ne couchez pas avec des vierges, lui rappela-t-elle.

— J'ai décidé de faire une exception. Dieu me vienne en aide, je n'arrête pas de penser à vous.

Puis sa bouche s'écrasa de nouveau sur la sienne, dure, exigeante, comme s'il avait en tête de la dévorer entièrement.

Comme une idiote, elle était fière d'être à ce point désirée. Peu importait qu'il ne sache rien d'elle, qu'il ne connaisse que la surface, son corps et ses membres. Enfin – enfin ! – un homme voulait l'emmener dans son lit. La désirait. Était fou à l'idée de la posséder.

Ce n'était ni complet ni parfait. Ce n'était pas profond. Un feu de paille, peut-être... mais un feu dont elle avait besoin.

Elle aurait aimé l'enlacer, mais il continuait à la tenir, à garder le contrôle, à l'explorer sans pitié. Quand il interrompit leur baiser, il avait le souffle aussi court qu'elle.

— Enlevez ce masque, ordonna-t-il.

Elle secoua lentement la tête. Il ne se contrôlait pas si bien que cela, après tout.

— Non.

— Pourquoi ?

Parce que cela briserait l'illusion et vous n'auriez plus envie de moi.

— Vous ne devez pas savoir qui je suis. C'est la magie de ce lieu. Les femmes demeurent anonymes et leur réputation préservée.

— Je veux savoir qui vous êtes.

Elle secoua de nouveau la tête.

— Impossible. Je ne pourrais pas continuer. Je ne pourrais même pas poser pour vous.

— Vous craignez que je ne vous juge ?

Non, je crains que vous ne changiez d'avis.

— Je me sens simplement plus à l'aise derrière le masque.

Elle compta ses battements de cœur, attendant sa réaction, qu'il dise quelque chose, n'importe quoi.

— Alors gardez-le, déclara-t-il finalement, et il lui lâcha les poignets.

Il recula.

Elle baissa les bras.

— Vous êtes fâché ?

— Déçu. Mais nous avons tous nos secrets et nous avons tous le droit de les préserver.

— Je ne vous imagine pas cachant le moindre secret.

Il esquissa un sourire presque triste.

— C'est que vous manquez d'imagination, répliqua-t-il en se dirigeant vers la desserte. Scotch ou cognac ?

— Cognac.

— Vous ne me donniez pas l'impression d'être timide, dit-il en versant le liquide ambré dans deux petits verres de dégustation.

— La raison pour laquelle nous sommes dans ce lieu… je crains de me sentir exposée une fois que tout sera fini. Je ne suis pas à l'aise avec cette idée, mais je ne supporte pas non plus de laisser la peur me gouverner.

Revenant vers elle, il lui tendit un verre. Elle en but une gorgée, savourant la chaleur qui se diffusait en elle – une chaleur loin d'être aussi agréable que celle provoquée par son baiser, toutefois.

— Donc, ce soir, vous n'êtes ici que pour être photographiée ?

— C'est mon idée première, oui. Je ne sais si je suis prête à aller plus loin et je comprends que cela puisse être frustrant...

— J'aurai ma photographie.

Glissant le doigt sous son menton, il la força doucement à lui offrir sa bouche et y déposa un baiser qui ne fut pas aussi passionné que les précédents. Ce n'était plus le feu dévorant, mais plutôt des braises qui couvaient. Puis il soutint son regard avec un sourire diabolique.

— Et peut-être aurais-je un peu plus.

Quand il la regardait ainsi, il était impossible de lui résister. Nier cette attirance, le repousser alors qu'elle était venue la première fois avec la volonté de coucher avec un homme était stupide.

— À présent, mettez-vous au lit.

L'estomac de Minerva se noua.

9

Elle savait, bien sûr, que cela finirait par arriver, mais maintenant que le moment était venu, elle était quelque peu déstabilisée. Le lit lui paraissait soudain énorme et très, très lointain.

— Où voulez-vous que je me mette exactement ? demanda-t-elle, oubliant presque de modifier sa voix.

Elle n'aimait pas ne pas contrôler ce qu'il lui arrivait. Ce soir, pourtant, elle soupçonnait qu'elle ne serait qu'une marionnette, sa marionnette ; ce qui aurait dû l'emplir de colère ou de crainte. Mais il ne la forcerait pas, ne la contraindrait pas. Elle en était convaincue. Cet homme savait ce qu'il voulait, c'est tout. Et elle trouvait cela très attirant.

Il enveloppa ses mains autour des siennes, qui tenaient le verre. Elle découvrit, surprise, que celles-ci étaient glacées, mais qu'elles se réchauffaient à une vitesse hallucinante à son contact. Elle s'imagina blottie contre lui en hiver, quand la neige tombait.

— Pour le moment, asseyez-vous simplement au pied du lit.

Il la débarrassa de son cognac, se tourna pour aller le poser sur une table, lui accordant du même coup un peu d'intimité.

Elle franchit la courte distance qui la séparait du lit à baldaquin et grimpa sur le matelas. Une fois assise, les jambes pendant dans le vide, elle leva les yeux et cessa de respirer. Debout près de la cheminée, les yeux braqués sur elle, Ashebury dénouait lentement sa cravate ; sa veste était déjà posée sur le dossier d'un fauteuil. Il s'attaqua ensuite aux boutons de son gilet.

— Je travaille mieux quand je suis à l'aise, dit-il comme s'il devinait qu'elle avait besoin d'une explication.

Refusant d'afficher son trouble, elle ne lui demanda pas jusqu'où il comptait aller pour être vraiment « à l'aise ». Bonté divine, elle s'était déjà risquée seule et sans escorte dans les bas-fonds de Londres. Elle n'était pas une mijaurée.

Sa température corporelle monta encore de quelques degrés quand il se débarrassa de son gilet, et cela ne fit qu'empirer quand il déboutonna le col de sa chemise. Le lin blanc forma un V, révélant un fragment de peau. Il s'occupa ensuite de ses manches, les roula tout en s'approchant d'elle sans la quitter des yeux. Elle eut l'idée folle qu'il allait se jeter sur elle, l'écraser sur le lit et couvrir de baisers brûlants chaque centimètre de son corps.

Il ne s'arrêta que lorsque ses cuisses frôlèrent ses genoux.

— Je vais ôter les épingles de vos cheveux.

— Ils vont s'effondrer.

Un coin de sa bouche se releva. Pourquoi fallait-il que son cœur s'emballe chaque fois qu'il souriait ainsi ?

— C'est l'effet recherché. Je m'en servirai pour dissimuler votre masque.

— Je peux les enlever moi-même.

Elle leva les mains et, de nouveau, il les emprisonna.

— Je m'en charge, dit-il d'un ton sans réplique.

Sauf que l'idée qu'il la touche aussi intimement... Bon sang, quelle imbécile ! C'était justement pour cela qu'elle était ici : pour connaître ce genre d'intimité avec un homme.

— Très bien, dit-elle, histoire de se faire croire qu'elle avait au moins son mot à dire.

Quand il lui relâcha les mains, elle les laissa retomber sur ses cuisses alors qu'elle aurait, de loin, préféré les plaquer sur son torse. Tandis qu'il fouillait dans sa chevelure, ses doigts l'effleurant à peine, elle contempla le triangle de peau à la base de son cou. Elle n'avait jamais vu d'homme aussi bronzé. Il ne devait sans doute porter qu'une simple chemise sous le soleil d'Afrique. Ou d'Orient. Ou Dieu sait où il s'était aventuré. Elle avait très envie de déposer un baiser sur cette peau hâlée, d'en sentir la chaleur, la douceur sous ses lèvres, mais avant qu'elle ne trouve l'audace, elle entendit une de ses épingles tomber sur le sol.

Elle lui saisit le poignet et il la cloua de son regard.

— Donnez-les-moi. Sinon, nous allons devoir les chercher pour que je puisse me recoiffer avant de partir.

— Un ruban fera l'affaire. Je présume que vous ne comptez pas vous rendre à une soirée mondaine.

— À cette heure de la nuit ? C'est peu probable.

— Bien, alors le problème est résolu. J'en ai un autre : votre masque me gêne.

— Je ne l'enlèverai pas.

— Dans ce cas tenez-le.

Elle s'exécuta. Doucement, il tira sur le nœud. Le ruban se détacha, le masque bougea. S'il ne l'avait pas avertie, son visage aurait été révélé. Elle éprouva un formidable soulagement. Il n'allait pas prendre ce qu'elle n'était pas encore prête à lui donner. Il s'était déjà remis au travail sur les épingles. *Cling. Cling. Cling.* Sa chevelure déferla sur ses épaules.

— Superbe, murmura-t-il.

Puis elle sentit qu'il tirait sur le ruban du masque pour le renouer.

Baissant les mains, elle le regarda à travers les petits trous contre lesquels ses cils ne cessaient de frotter. Peut-être ferait-elle mieux de se débarrasser de ce truc une fois pour toutes, mais il la dévisageait d'un air tellement appréciateur qu'elle se figea. Avec deux de ses doigts, il lissait plusieurs mèches comme s'il n'avait encore jamais touché les cheveux d'une femme.

— Vous auriez pu découvrir qui je suis, dit-elle enfin.

Son regard quitta sa chevelure pour croiser son regard. Une caresse.

— Vous tenez à votre anonymat. Ce que je comprends. Dieu sait qu'il y a eu des moments dans ma vie où j'aurais aimé rester anonyme.

— Quand ?

— Quand j'étais plus jeune. Je n'étais pas toujours le plus brillant des élèves. Quand je ne trouvais pas les réponses, je regrettais qu'on sache qui j'étais. Je parie que vous étiez une étudiante exceptionnelle.

— Pourquoi pensez-vous une chose pareille ?

— Vous avez un regard intelligent, expressif. Vous êtes sans cesse en train d'observer, d'étudier, d'évaluer.

— Vous avez déduit tout cela durant le peu de temps que nous avons passé ensemble ?

— Je suis, moi aussi, un observateur attentif, lady V. C'est pour cela que je suis si bon dans ce que je fais.

Son regard brûlant ne laissait aucun doute : il ne faisait pas seulement allusion à la photographie.

— Avant que nous n'en ayons terminé ici, reprit-il, j'espère que vous aurez eu l'occasion d'expérimenter tous mes talents.

— Seriez-vous abominablement arrogant ? Chaque fois que je suis venue ici, vous étiez seul dans votre coin. Aucune femme ne rôdait autour de vous.

— Parce que la plupart savent que c'est moi qui choisis. Et je ne choisis chaque femme qu'une seule fois.

— Pourtant vous m'avez choisie deux fois.

— Quand il s'agit de vous, je suis apparemment prêt à faire de nombreuses exceptions. D'un autre côté, nous n'avons encore ni l'un ni l'autre accompli ce pour quoi nous sommes ici. Il s'agit donc peut-être simplement d'une prolongation de notre première rencontre. Maintenant allongez-vous.

C'était idiot de vouloir parler avec lui, d'essayer de mieux le connaître. Grace, maudite soit-elle, avait raison. Comment être intime avec un homme qui vous était complètement étranger ?

— Vous renoncez, lady V ?

— Non, je... une simple hésitation, qui est passée à présent.

Elle s'allongea sur le dos, leva les yeux...

Et se redressa aussitôt.

— Bonté divine, il y a un miroir au plafond !

Il éclata d'un rire si sonore qu'elle en sourit. C'était agréable de provoquer une telle réaction, même si c'était à ses dépens.

— J'aurais sans doute dû vous avertir, dit-il.

— *Pourquoi* est-il là-haut ?

— Certaines personnes aiment se regarder quand elles... *copulent*.

— Ah.

À l'origine, elle avait prévu de fermer les yeux pendant... l'acte, mais dans ce cas, elle se priverait de la beauté de son corps. Elle réfléchit à ce qu'elle savait à ce sujet.

— Les dames, vous voulez dire, reprit-elle. Certaines dames aiment regarder.

— Les hommes aussi.

— Cela paraît assez difficile dans la mesure où ils sont dessus.

— Je ne suis pas toujours dessus.

— Non ?

— Non. Il m'arrive d'être dessous. À côté. Debout, même.

Il posa une main solide sur l'un des montants du lit.

— Parfois aussi, je suis à genoux. Il y a toutes sortes de positions.

— Et vous les connaissez toutes ?

— J'en doute. Mais j'en connais beaucoup. Nous pourrons les essayer quand vous serez prête.

Elle ignorait si elle serait jamais prête à cela, toutefois les possibilités l'intriguaient. Elle avait envisagé de ne coucher avec à lui qu'une seule fois, mais, de même qu'elle commençait à se rendre compte qu'elle ne se rassasierait jamais de ses baisers, il était possible qu'il y ait chez lui d'autres choses dont elle ne pourrait plus se passer.

Soudain, sans avoir vraiment eu conscience qu'il avait bougé, elle se retrouva dans ses bras.

— Que faites-vous ?

— Je vais vous installer dans la position que je souhaite avant que vous ne perdiez tous vos moyens. D'habitude, mes modèles ne parlent pas autant. Nous sommes là dans un but précis et il vaut mieux s'y mettre. Je vais vous toucher, mais vous pourrez m'arrêter à tout moment si mes gestes vous gênent.

Il la souleva dans ses bras, et tandis qu'il contournait le coin du lit elle se sentit délicate, ce qui ne lui était jamais arrivé. Ayant hérité des traits de son père, elle s'était toujours sentie peu féminine. Le fait qu'elle aime grimper aux arbres et courir la campagne avec ses frères n'avait rien arrangé.

Il la déposa doucement au milieu du lit, comme si elle était taillée dans le plus fin des cristaux. Une main posée sur son épaule, l'autre sur sa hanche, il la fit rouler légèrement sur elle-même.

— Sur le ventre, mais pas complètement. Tendez le bras gauche vers le haut. Vous pouvez poser la tête dessus. Votre main droite ici, près de vos côtes pour vous soutenir.

Une fois de plus, elle s'exécuta. Puis, comme promis, il arrangea ses cheveux, les déployant sur ce masque qu'elle commençait à détester. Et si elle l'enlevait ? Voudrait-il encore coucher avec elle, ou changerait-il d'avis à l'idée d'être avec une femme que nul homme n'avait jamais aimée ? De façon tout à fait surprenante, elle voulait désespérément que ce soit lui qui la déflore. Debout, à genoux, à côté, dessous, dessus. Peu importait. Elle voulait être sa première vierge. Qu'il soit son premier amant. Même pour une seule nuit.

À travers le rideau de ses cheveux, elle le regarda reculer jusqu'au pied du lit. Il referma les mains sur ses pieds, et bien que cela n'ait aucun sens, elle eut l'impression qu'eux aussi étaient délicats.

— Jambe gauche tendue, la droite légèrement repliée.

Lui tenant les chevilles, il la guida.

— Là. Parfait.

Un mot qu'on n'avait encore jamais utilisé à son sujet. C'était plutôt agréable.

— Je vais remonter votre robe à présent parce que je veux mettre l'accent sur vos jambes. Le reste de votre corps restera dans l'ombre. On ne le verra pas. Je m'arrêterai si vous éprouvez la moindre gêne. Mais j'espère que vous serez assez audacieuse pour me laisser atteindre ma destination. Ce sera agréable pour nous deux.

Elle ne s'y trompa pas, il la défiait.

Il repoussa la soie avec les poignets, gardant les mains sur ses jambes tandis qu'il remontait sur ses mollets, ses genoux...

Un petit geste pour libérer le tissu coincé entre eux. Puis le voyage se poursuivit sur ses cuisses, lentement, très lentement, lui donnant le temps de protester. Sauf qu'elle ne protestait pas. Elle était la fille de son père, un homme considéré comme un bandit dans sa jeunesse et qui lui avait appris à ne jamais reculer.

Les mains d'Ashebury s'arrêtèrent juste sous la courbe de ses fesses.

— Bonne fille, murmura-t-il, approbateur. Et brave avec cela.

La joie qui la submergea à l'idée de lui avoir fait plaisir était plutôt troublante. Le rendre heureux la rendait heureuse.

Il ajusta le tissu, le remontant davantage sur un côté.

— Vous savez que vous avez un petit grain de beauté en forme de cœur sur la hanche ?

Il y déposa un baiser qui fit gémir sa chair et son âme.

— Ne bougez plus un muscle, ordonna-t-il.

Il partit et elle faillit pleurer.

Ashe était aussi dur que du granit. En général, son corps ne réagissait pas quand il travaillait sur la pose de ses modèles. Il était trop concentré sur sa tâche, à la recherche de la posture idéale. Mais, avec elle, c'était différent. Tout était différent avec elle. Il aurait voulu ne pas s'arrêter à ses hanches. La découverte de la petite tache de naissance lui avait donné envie de continuer son exploration, de dévoiler les secrets de son corps.

À peine capable de marcher, il se plaça derrière l'appareil, regarda dans l'objectif. Exquise, parfaite. Cela non plus n'était pas habituel. Normalement, il devait toujours intervenir de nouveau, déplacer tel ou tel membre. Mais il avait eu deux jours pour fantasmer à son sujet, pour réfléchir à la façon dont il disposerait ses jambes si jamais l'occasion de les photographier se présentait. À présent, il ne lui restait plus qu'à régler l'éclairage.

Déplaçant des chaises et quelques petites tables, il approcha des lampes au premier plan, en éloigna d'autres, maîtrisant les ombres, les déployant ou les chassant à son gré.

Il avait été presque tenté de tester sa théorie et de l'appeler Mlle Dodger. Il refusait cependant de la mettre mal à l'aise, de gâcher cette occasion. Il ne voulait pas la perdre.

Il allait coucher avec elle. Peut-être pas ce soir, mais très bientôt. Il ignorait quand cette certitude lui était venue, il savait juste qu'il ne laisserait cette femme à aucun autre. Ni ici, ni ailleurs, pas pour sa première fois. Avec son audace, sa folle détermination à obtenir ce qu'elle voulait, elle méritait mieux qu'un débauché ne cherchant qu'à assouvir son désir. Ashe reconnaissait aussi qu'il était motivé par un désir tel qu'il n'en avait encore jamais connu.

Elle était une contradiction. Assez hardie pour venir ici à la recherche d'un partenaire, mais réservée au point de refuser de dévoiler son identité même à son amant. Parce qu'elle avait peur qu'il lui fasse du mal ? Quelqu'un lui en avait-il déjà fait ?

Pourtant, elle avait assez confiance pour être avec lui, pour le laisser la toucher. Elle devait avoir une autre raison pour refuser d'enlever son masque. Et c'était un mystère qu'il comptait bien résoudre. Lentement, en prenant tout son temps, en savourant les instants et les baisers passionnés. Sous sa réserve, elle était un feu. Qu'il avait le pouvoir de déchaîner.

Il aurait pu rester ainsi toute la nuit, à la contempler. Il aurait aimé tout capturer. La pâleur de sa peau, l'auburn de sa chevelure. La caresse des ombres sur son corps, là où il voulait la toucher. Les splendeurs que révélait la lumière.

Et tout cela était à lui, rien qu'à lui. Non, personne d'autre ne devait voir ce qu'il avait la chance d'admirer. Il ne partagerait jamais avec qui que ce soit la finesse de ses jambes, la courbe de son dos, l'arrondi de ses hanches, le grain de beauté. Personne d'autre ne la connaîtrait comme il la connaissait en cet instant.

Il abandonna l'appareil photographique.

— Vous pouvez vous détendre. C'est terminé.

Elle se hissa sur le coude et il ne put s'empêcher de penser qu'elle lui offrait là la possibilité d'une nouvelle image remarquable... si seulement elle enlevait ce masque.

— Je n'ai pas entendu le déclic.

— C'est un modèle très récent. Aussi silencieux qu'un murmure, mentit-il.

Elle ne comprendrait pas les motifs qui le poussaient à ne pas capturer son image. Lui-même n'était pas certain de les comprendre.

Elle fit mine de quitter le lit.

— Ne bougez pas, ordonna-t-il.

Elle se figea, et même ce maudit masque de soie et de plume ne pouvait dissimuler sa surprise.

— Je n'en ai pas fini avec vous.

Minerva s'efforça de ne pas s'affoler quand il glissa un genou entre ses jambes. Puis l'autre. Ses mains se posèrent de part et d'autre de son corps et il se mit à ramper, l'effleurant à peine, jusqu'à ce que son visage se trouve juste au-dessus du sien. Elle ne voyait rien d'autre. Sa mâchoire, son regard intense, la ligne de ses lèvres à peine entrouvertes. Elle ne pouvait même pas apercevoir son propre reflet dans le miroir là-haut. Cet homme emplissait tout son champ de vision.

Cet homme qui lui faisait ressentir ce qu'elle se croyait incapable d'éprouver. Qui lui donnait la certitude d'être une femme dont on pouvait tomber amoureux. Enfin, il lui était donné de comprendre ce que cela faisait… Et même dans ce lieu où tout n'était qu'un jeu, c'était déjà énorme. Elle aurait pu ne jamais savoir, ne jamais sentir.

Toujours appuyé sur les mains, son torse lui frôlant les seins, il captura sa bouche. Ses tétons durcis frottaient douloureusement contre la soie. Elle avait envie de se presser contre lui. Au lieu de quoi, elle enfouit les doigts dans son épaisse chevelure sombre tandis qu'il la fouaillait de la langue. La reddition était une si douce victoire.

Être désirée ainsi dépassait tout ce qu'elle avait imaginé. Toutes ses réserves s'évaporaient. Il ne lui était plus étranger. Elle connaissait son odeur. Elle connaissait le contact de sa joue rugueuse après une journée sans se raser. Elle connaissait son rire grave, les délices qu'il faisait naître en elle dès qu'il la contemplait. Elle savait que la beauté l'émerveillait et qu'il voulait la capturer. Quand elle était avec lui, elle savait ce que cela faisait d'être l'unique objet de l'attention d'un homme.

— Retirez ce masque.

La requête était un murmure empli de promesses. Elle refusait cependant de prendre le risque de briser le sortilège.

— Non.

Il posa ses lèvres sous son menton. Comment la chair pouvait-elle être aussi sensible à cet endroit ?

— Dans ce cas, je ne prendrai pas votre virginité, mais je vous offrirai avec joie un témoignage de ma gratitude pour avoir accepté de poser pour moi.

Sa bouche brûlante descendit le long de son cou, frôla le creux où se rejoignaient les clavicules, l'ouverture dans la soie qui menait à ses seins. Il la gratifia d'un regard sensuel qui lui donna des fourmillements jusque dans les orteils, et sourit comme s'il savait avec quelle facilité il pouvait la déchiffrer. À travers la soie, il referma les lèvres sur la pointe durcie de son sein et se mit à le lécher. Un torrent de délices déferla en elle. Puis il attrapa son téton entre ses dents et, avec la plus douce des morsures, il lui souleva les hanches pour qu'elles viennent à son contact, la pressa contre la bosse dure qui déformait son pantalon.

— Pas tout de suite, chuchota-t-il. Pas tout de suite.

D'un lent mouvement provocant, il glissa le long de son corps, appuyant juste assez pour la rendre folle, l'avertissant ainsi qu'elle avait besoin de davantage pour assouvir son désir. Finalement, il se retrouva debout au pied du lit. L'empoignant par les hanches, il l'attira tout au bord du matelas.

— Maintenant, vous allez découvrir ce qu'il se passe quand je suis à genoux.

Son regard rivé au sien, il s'agenouilla, cala les jambes de Minerva sur ses épaules, puis retroussa la soie, dévoilant ce qu'elle n'avait jamais révélé à personne. Pas une seconde, elle ne songea à protester. Comment lui refuser quoi que ce soit quand il la regardait ainsi ? Quand il lui promettait des plaisirs dont elle ne soupçonnait même pas l'existence...

Tournant la tête, il déposa un baiser léger sur sa cuisse, juste au-dessus du genou. C'était merveilleux. Si scandaleux. Il offrit la même récompense à son autre cuisse, mais un peu plus haut. Cette fois, sa langue décrivit un cercle paresseux sur sa peau. Une sensation extraordinaire la traversa, du bout des seins à la pointe des orteils. Il continua, remontant lentement, comme sur une échelle menant au plaisir, au paradis. Parvenu au creux de ses cuisses, il la fixa d'un regard torride, attendit une fraction de seconde.

Puis pressa la bouche sur sa féminité. Oh, Seigneur ! Levant les yeux vers le miroir, elle se vit offerte devant lui tel un festin, sa tête sombre nichée entre ses cuisses, ses mains la serrant aux hanches tandis qu'il lui infligeait les plus délicieux tourments. C'était… décadent ; c'était magnifique.

Sa langue tournoyait, ses dents titillaient doucement le petit bouton charnu caché entre les replis veloutés. Sa chaleur la brûlait et la ravissait en même temps. Il suçait, léchait, aspirait et touchait là où il le fallait, quand il le fallait. Comme s'il ne faisait plus qu'un avec elle, comme s'il ressentait ce qu'elle ressentait. Ce qui était impossible. Dieu du ciel, comment pouvait-on survivre à un tel plaisir ?

Un plaisir qui allait croissant, plus incroyable, plus insoutenable encore à chaque seconde, au point qu'elle eut peur de se briser. Et soudain, ce fut exactement ce qu'il se passa. Elle explosa en une multitude d'éclats d'extase, et c'était tellement riche, tellement remarquable qu'elle crut un instant que c'était cela, mourir. Ses cris résonnaient dans le silence, son dos s'était cambré alors que de longs spasmes la secouaient de la tête aux pieds. Haletante, elle eut à peine conscience qu'il revenait sur le lit, la prenait dans ses bras, la serrait étroitement contre lui tandis que le monde reprenait peu à peu sa place.

— Si nous devons rester ainsi, murmura-t-il au bout d'un moment, il va falloir enlever ces plumes. Elles me chatouillent le nez.

Avec un petit rire, elle s'écarta légèrement, regarda le miroir au plafond : Ashebury était étalé sur le lit tel un grand félin paresseux. Ses doigts jouaient avec des mèches de ses cheveux, qu'il examinait avec attention. Leur couleur pouvait-elle la trahir ? Non, ils n'avaient rien de remarquable.

— Je veux que vous posiez encore pour moi.

— Maintenant ?

Il quitta le lit.

— Non. Un autre soir, répondit-il en reboutonnant sa chemise.

Il récupéra son gilet sur le fauteuil, l'enfila et entreprit de renouer sa cravate.

Elle le rejoignit et lui écarta les mains.

— Laissez-moi faire.

— Une vierge qui sait nouer une cravate ?

— Je ne suis pas sûre d'être toujours vierge, dit-elle, ayant beaucoup de mal à se concentrer sur sa tâche alors qu'il était si proche, que son odeur la tétanisait, mais j'ai un frère qui n'a jamais été très doué.

— Combien de frères avez-vous ?

Étourdiment, elle s'était laissée aller à cette confidence, car elle se sentait incroyablement à l'aise avec lui. Cette confiance était dangereuse. Elle devait veiller à ne pas lui fournir trop d'indices révélateurs quant à son identité. Sa réputation, celle de sa famille n'y survivraient pas.

— Un seul digne d'être mentionné en cet instant.

Il prit sa joue en coupe, la forçant à le regarder.

— Vous êtes prête à me confier votre corps, mais pas votre nom.

— J'ai osé venir ici parce que je pensais qu'il resterait secret.

— Rien ne reste éternellement secret.

Son cœur se serra quand elle songea à la déception de ses parents s'ils découvraient qu'elle fréquentait le *Nightingale*. À quel point elle serait mortifiée que son désespoir devienne de notoriété publique. Elle était la demi-sœur d'un duc. Elle ne pouvait pas lui infliger cette humiliation.

— Celui-ci doit le rester, déclara-t-elle avec détermination, en serrant le nœud avec un peu plus de force que nécessaire.

— J'ai envie de vous... désespérément, avoua-t-il. Mais je veux tout de vous, que rien ne demeure caché.

Se retournant, il attrapa sa veste et l'enfila avant d'ajouter :

— Vous me trouverez ici demain soir si vous désirez que nous allions plus loin. Mais le masque devra tomber.

— Je ne...

Il pressa un doigt sur ses lèvres.

— Ne répondez pas maintenant. Laissez la nuit vous porter conseil. Et demain soir, à minuit, votre présence ou votre absence me donneront ma réponse.

Le reste de la nuit pour y réfléchir, pour y rêver.

— Eh bien, dans ce cas, nous verrons.

— Oui, nous verrons. Mon cocher va vous raccompagner chez vous.

Il savait déjà qu'elle ne se ferait pas reconduire chez elle, mais elle ne pouvait lui en faire la remarque, car c'était Minerva qu'il avait prétendu voir aux *Twin Dragons*, pas lady V. Seigneur, préserver cette double identité risquait de devenir un vrai casse-tête. Toutefois, après ce qu'il venait de lui faire découvrir, c'était un prix bien faible à payer !

Debout dans la rue, Ashe regarda sa voiture s'éloigner en direction des *Twin Dragons*. Il envisagea de prendre un fiacre pour y arriver tout de suite après elle. Encore une fois, elle était en vert. Il lui serait facile de repérer la robe et la femme qui la portait. Si c'était Mlle Minerva Dodger, le doute serait levé. Sinon, il saurait qui elle était. Dans un cas comme dans l'autre, il pourrait prolonger cette soirée avec elle. Elle le fascinait. Il voulait qu'elle revienne, qu'ils achèvent ce qu'ils avaient commencé.

Mais s'il la démasquait, il était aussi possible qu'elle le déteste. Il resta là donc où il était.

10

Tard, le lendemain matin, Ashe lisait le *Times* à la table du petit déjeuner quand Edward apparut. Il avait une mine de déterré – cernes sombres, teint grisâtre.

— Il me faut un café très fort, marmonna-t-il en se laissant tomber sur une chaise.

Un valet, cafetière en argent à la main, vint le servir.

— Apportez-moi des toasts, ordonna Edward avant de se tourner vers Ashe. C'est à peu près tout ce que je pourrai avaler.

— Une nuit un peu trop arrosée ?

Edward porta la tasse à sa bouche, huma l'arôme et but.

— Entre autres. Alors, qui était la blanche colombe ?

Ashe fut aussitôt sur ses gardes.

— Pardon ?

— Je suis arrivé au *Nightingale* hier soir à l'instant où tu entraînais une dame dans l'escalier. Soie blanche, masque blanc. Tu semblais très possessif. Ou étais-tu simplement très impatient ?

Bonté divine. Il était si pressé d'être seul avec elle qu'il en avait oublié que d'autres l'observaient, d'autres hommes qui pouvaient eux aussi avoir envie de la séduire.

— Crois-le ou pas, je ne sais pas qui c'est.

Il avait des soupçons, certes, mais aucune certitude. En outre, elle souhaitait garder son secret, et il comptait se plier à sa requête.

— Cela ne te ressemble pas. En général, ton charme suffit à ce qu'elles renoncent au masque.

Plus jeunes, il leur arrivait souvent de se vanter de leurs conquêtes. Ashe n'en éprouvait plus le besoin désormais. Il avait ses propres secrets concernant le *Nightingale*.

— Ce n'est pas la première à ne pas vouloir révéler son identité.

— Ce n'est pas très fair-play de leur part. J'aime bien savoir de qui la femme avec qui je couche est l'épouse.

— Je te rappelle qu'elles ne sont pas toutes mariées.

Edward leva les yeux, sa curiosité éveillée.

— Ta colombe ne l'est pas ?

— Aucune idée.

— Veuve ou célibataire ?

— Encore une fois, je n'en sais rien.

— Sauvage dans un lit, ou elle se contente de te laisser faire ?

Sauvage. Sans entrave. Il ne rêvait que d'être en elle, de sentir ses muscles intimes se contracter autour de lui, l'aspirer en elle.

— Cela ne te regarde pas.

— Oh oh, tu es bien protecteur ! Étrange s'agissant d'une femme dont tu ne connais même pas le nom.

— Les dames qui vont là-bas s'attendent que nous soyons discrets. Une règle non écrite à laquelle j'adhère.

— Elle est aventureuse ?

— Je ne discuterai pas d'elle avec toi.

— Peut-être que tu n'y es pas arrivé. Que tu es resté tout mou.

Il lui avait fallu une bonne demi-heure après son départ pour être moins dur.

— Pourquoi un tel intérêt ?

— Je me demande si, moi aussi, je n'aurais pas envie de passer une nuit avec elle.

Ashe eut conscience de ses mains se crispant sur le journal.

— Si tu l'approches à moins de trois mètres, je t'étale.

Edward haussa un sourcil.

— Elle doit être assez unique. Je ne me souviens pas de t'avoir jamais vu aussi possessif.

Il ne l'avait jamais été. Il ignorait pourquoi il l'était à présent. Peut-être parce qu'il ne la « connaissait » pas encore complètement, qu'il ne l'avait pas encore possédée, qu'il n'avait pas senti sa chaleur de femme autour de lui.

Il avait surtout envie de ne plus parler de lady V.

— Je vais résilier le bail de cette résidence, annonça-t-il.

— Quoi ? Attends. Pourquoi, au nom du ciel ?

— C'est ridicule de dépenser autant d'argent pour cette maison alors que celle de mes parents est libre.

C'était là où il les avait vus pour la dernière fois. Depuis sa majorité, il ne s'y était rendu qu'une seule fois. Les murs gardaient encore l'écho de ses cris. Mais il ne pouvait plus se permettre de telles extravagances financières.

— Je déménagerai d'ici à quelques jours. Si tu veux reprendre le bail, je serai ravi de te laisser à un bon prix le mobilier qui t'intéresse.

Le fait de meubler entièrement une seconde résidence n'avait pas été très sage. À l'époque cependant, il espérait que ses investissements tripleraient ses revenus.

— La rente que m'accorde mon frère est généreuse, quoique pas à ce point. Et sa diablesse de femme ne cesse de lui conseiller de se montrer plus radin. Cela dit, je devrais quand même pouvoir me permettre de payer ce loyer. C'est plutôt bien arrangé ici, ajouta-t-il en balayant la pièce du regard. Je pourrais peut-être te régler le mobilier à crédit ?

Ashe se pencha de nouveau sur l'article qu'il lisait.

— Pourquoi ne pas choisir les meubles que tu souhaites vraiment garder ? Je m'occuperai des autres.

— Est-ce que tout va bien ?

— On ne peut mieux.

— Ashe.

Il baissa son journal et découvrit le regard d'Edward fixé sur lui. En plus de toutes les aventures, des moqueries et des bons moments qu'ils avaient partagés, ils étaient aussi devenus frères à l'instant où on les avait déposés chez le marquis de Marsden. Quoique ce fût humiliant et extrêmement difficile, il se força à admettre :

— Je me suis peut-être cru plus riche que je ne le suis.

— Parle à Grey ou même à Locke. Ils ne savent plus quoi faire de leur argent. Je suis sûr qu'ils pourraient t'aider.

— Je refuse de leur demander de l'argent.

— Un prêt. Tu les rembourseras quand tu pourras.

— Rien n'est plus sordide que d'emprunter de l'argent à un ami. Et puis, je me suis mis tout seul dans cette situation. À moi de m'en sortir.

— Et comment comptes-tu y parvenir ?

— En me mariant.

Minerva arriva chez Grace peu après le petit déjeuner. Après avoir salué son demi-frère, elle proposa à son amie une promenade dans le jardin. Lovingdon se contenta de sourire.

— Ah, les femmes et leurs secrets !

Et il reporta son attention sur les papiers qui encombraient son bureau.

Minerva ne se confessa à mi-voix que quand elles furent devant les rosiers :

— J'ai peut-être fait une grosse bêtise.

— Seigneur Dieu !

La prenant par le bras, Grace l'entraîna derrière une treille avant de l'étudier avec soin comme si ses actes avaient laissé une trace sur son visage.

— Raconte.

Minerva prit une longue inspiration.

— J'ai laissé Ashebury photographier mes chevilles nues.

— Tu lui as montré tes chevilles nues ? s'exclama Grace, abasourdie et affolée.

Minverva acquiesça.

— Et peut-être aussi mes mollets.

Les yeux de Grace s'écarquillèrent considérablement.

— Tu n'en es pas certaine ?

— Si, j'en suis sûre. Donc, mes mollets...

Elle grimaça.

— Et mes cuisses, aussi. La naissance de mon postérieur.

— Minerva, tu es folle ? Tu lui as permis de photographier tout cela ? Comment est-ce arrivé ?

— Je suis retournée au *Nightingale* hier soir.

Grace étrécit les yeux.

— Alors, c'était bien lui, le premier soir.

Minerva soupira.

— Oui. Et il aime... Non, fit-elle en secouant la tête, je ne suis pas censée parler de ce qu'il se passe là-bas.

— Tes secrets ne risquent rien avec moi.

— Je sais, mais ceux-ci lui appartiennent.

Grace leva les yeux au ciel, comme pour y puiser un peu de patience.

— Je ne les trahirai pas, eux non plus, dit-elle.

S'il découvrait qu'elle en avait parlé à quelqu'un, il risquait de ne jamais le lui pardonner. D'un autre côté, elle n'était pas la première qu'il avait conduite dans sa chambre, donc d'autres femmes savaient. Et elle aurait confié sa vie à Grace.

— Il aime prendre des photographies des dames qui acceptent de le rejoindre dans sa chambre.

Grace en resta bouche bée. Une seconde seulement.

— C'est totalement lubrique et parfaitement inconvenant.

— Je l'ai cru aussi, le premier soir. Et j'ai refusé de me plier à son souhait. Et puis, quand j'ai vu ses images d'Afrique... Je n'ai plus cessé d'y penser. Elles ne ressemblent en rien aux photographies que nous prenions quand nous étions enfants et que nous restions juste là, debout sans rien faire. Hier soir… oh, Grace, il y mettait tant de soin, il faisait preuve d'un tel respect ! À le voir, à voir sa concentration, il était évident que c'était important pour lui. Et il m'a assuré que la pose était de bon goût.

— Je ne suis pas sûre que cela soit très rassurant dans la mesure où je ne suis pas sûre qu'on puisse poser nue avec bon goût.

— Il y avait des ombres, tellement d'ombres que je me sentais… presque couverte. Si quelqu'un devait voir cette photo, il ne pourrait pas deviner que c'est moi.

— Tu en es certaine ?

— Je portais un masque. Il est vrai que j'ai un petit grain de beauté auquel je n'ai jamais accordé aucune importance, mais maintenant… Non, je suis persuadée qu'il ne la montrera à personne.

— Qui d'autre connaît l'existence de ce grain de beauté ?

— Ma mère, sûrement. Mon père, sans doute. Il y a une infime chance que mes frères l'aient vu. S'il nous arrivait de prendre notre bain ensemble quand nous étions petits, je doute qu'ils s'en souviennent.

— Ce n'est pas certain. À qui montre-t-il de telles images ?

— À personne. Il les garde pour lui. Mais ce n'est pas ce qui m'inquiète.

— Quoi, alors ?

— Je crois qu'il me soupçonne d'être lady V.

— Lady V ?

Minerva s'esclaffa.

— C'est moi. Il a fallu que je m'invente un nom. J'ai pensé à Lady Vierge.

Grace sourit.

— Lady Vierge ? Vraiment ? Minerva, quel culot.

— Pas tant que cela, en fait. Je suis toujours vierge. Il a proposé de me déflorer ce soir.

Le sourire de Grace disparut.

— Que comptes-tu faire ? s'enquit-elle, l'air soucieuse.

— Il sait s'y prendre. C'est sûrement un amant remarquable. Je ne suis cependant pas très à l'aise à l'idée qu'il sache qui je suis. Pour le moment, le mystère dont je m'entoure l'intrigue. La réalité le décevra.

— Mais tu viens de dire qu'il a des soupçons... Honnêtement, tu ne peux pas espérer garder ce secret. Pas grâce à un masque de rien du tout.

— En fait, il est plutôt couvrant, il ne révèle pas grand-chose.

— Il n'empêche qu'il verra...

Grace la balaya du regard.

— ... tout.

— On ne peut pas faire cela dans l'obscurité ?

— Si, bien sûr, mais tu n'as pas envie de le voir ?

Elle plaqua la main sur sa bouche.

— Seigneur, qu'est-ce que je raconte ? Je ne veux surtout pas t'encourager. Je regrette de t'avoir donné cette adresse.

— Comment l'avais-tu obtenue, déjà ?

— Par mon frère. Je suis persuadée qu'il y retrouve sa maîtresse. Tu l'y as vu, n'est-ce pas ?

— Je ne peux pas te répondre.

Grace fit la moue.

— Tous ces secrets. Il n'en résultera rien de bon.

— Tu m'aimeras encore si je continue ?

— Bien sûr. Mais s'il a des soupçons, pourquoi ne pas les confirmer en lui révélant ton identité, histoire de voir comment il réagit ?

— Et risquer qu'il soit déçu ? Quand je porte ce masque, je lis du désir dans ses yeux. J'ai passé six années à regarder les autres tomber amoureuses ou se marier avec des hommes qui ne couraient pas après leur dot. Je veux un homme qui me regarde comme mon père regarde ma mère, comme Lovingdon te regarde. Comme si personne d'autre ne comptait, comme si tu étais un trésor. Mon frère mourrait pour toi.

— Il a bien failli. Finalement, il a survécu et c'est tant mieux. Minerva, est-ce qu'Ashebury te plaît ?

— Beaucoup.

— Tu n'as jamais été du genre à reculer, admit-elle avec un grand sourire. Si tu le veux, alors va le chercher. C'est comme cela que j'ai eu Lovingdon. Je suis prête à parier sur toi.

— Je ne parierais pas grand-chose à ta place. Les chances sont contre moi. Il pourrait avoir n'importe qui. Mais au moins, je sais qu'il apprécie mes jambes.

Debout sur le perron, Ashe contemplait la porte d'acajou qui donnait accès à la demeure de ses parents. C'était idiot d'y penser en ces termes : ils n'avaient pas franchi ce seuil depuis vingt ans.

Avec un soupir, il inséra la clé dans la serrure. Les gonds gémirent. Il s'avança dans l'entrée, repoussa la porte, s'enfermant du même coup avec ses souvenirs.

Des grains de poussière flottaient dans la lumière filtrant à travers les fenêtres à meneaux. L'air était lourd d'humidité, le silence, épais. Une demeure délaissée, ni aimée ni appréciée. Tout ici évoquait l'abandon.

Cette maison avait fait la fierté et la joie de sa mère ; elle était le symbole de la richesse et de la situation de son père. Même à huit ans, Ashe comprenait déjà la signification de cette exquise demeure. À présent, chaque meuble était recouvert d'un linceul blanc.

Ses pas résonnèrent sur le marbre noir tandis qu'il se dirigeait vers l'escalier. Comme s'il avait besoin de soutien, il posa la main sur la boule en verre sur le premier poteau de la rampe et fixa la sixième marche, celle sur laquelle il se tenait quand il avait vu ses parents pour la dernière fois, celle où il leur avait crié qu'il les détestait et qu'il espérait ne plus jamais les revoir.

La douleur du souvenir lui fit l'effet d'un coup direct au plexus. Il crut entendre à nouveau ses paroles pleines de haine résonner dans l'entrée, rebondir sur les murs et les moulures du plafond, suivre ses parents dehors. Sur le seuil, quand elle lui avait lancé un dernier regard par-dessus son épaule, les yeux bleus de sa mère étaient emplis de tristesse. Sans un mot, son père l'avait entraînée vers la voiture qui les attendait. Qu'avait-elle pensé de lui à cet instant ? Probablement ce qu'il pensait maintenant.

Enfant gâté, héritier trop choyé, gamin abject.

C'étaient en tout cas les mots qu'avait employés sa gouvernante en le ramenant à la nursery.

Il devrait vendre cet endroit, et tout ce qu'il contenait. Sauf que cela ressemblerait à une défaite. Il était un homme à présent, capable d'affronter le passé et de continuer à avancer. Ceci représentait une partie de son héritage, de son histoire.

D'un pas vif, comme s'il pouvait échapper aux démons du souvenir et des regrets, il gagna le salon où il fut accueilli par d'autres draps blancs recouverts de poussière. C'était ici, en fin d'après-midi, qu'on l'amenait auprès de sa mère afin qu'il lui raconte sa journée. Ses promenades dans le parc, ses leçons d'équitation, ses cours. Il entendait encore son précepteur déclarer qu'il n'était pas un enfant brillant, se souvenait de la déception dans les yeux de sa mère. Bien sûr, il avait essayé de se défendre, d'expliquer que les chiffres lui jouaient des tours. Mais chaque fois qu'il parlait de ces fourmis qui rampaient en tous sens sur la feuille, elle tournait la tête et regardait les oiseaux qui gazouillaient de l'autre côté de la fenêtre. Il avait donc appris à tenir sa langue de crainte de perdre son affection.

Elle serait aujourd'hui profondément affligée de le découvrir incapable de gérer le patrimoine qui lui avait été confié. Et son père aussi. Le souvenir le plus vif qu'il gardait de l'ancien duc, c'était sa raideur, sa façon de marcher sans bouger la partie supérieure du corps et ce sourcil qui se haussait, réprobateur. Ashe redoutait toujours le moment où ce sourcil commençait sa course vers le haut. Cet infime mouvement était généralement suivi par ces mots : « Qu'on m'apporte une badine. »

Il se souvenait de la morsure de celle-ci sur son postérieur ou ses cuisses nus. Pourtant, malgré la froideur et la rigidité de ses parents, il s'était senti perdu en apprenant leur mort. Il avait hurlé, et pleuré, et juré de bien se comporter jusqu'à la fin de sa vie si seulement on les lui rendait.

Hélas, les meilleures manières du monde ne pouvaient changer ce qu'il s'était passé.

Il eut beau faire, il ne put s'empêcher de se remémorer la dernière fois où il s'était trouvé dans cette pièce, veillant devant le cercueil où l'on avait mis ses deux parents, car on n'avait pas retrouvé de quoi en remplir deux. C'était du moins ce qu'on lui avait dit. Il était resté stoïque et silencieux tandis que les gens venaient rendre leur dernier hommage. Trop jeune, trop hébété pour vraiment comprendre ce qui se déroulait autour de lui. Des décisions avaient été prises sans lui. Il était soudain orphelin, seul au monde, sans famille proche. Il n'avait pas reconnu ceux qui lui avaient été présentés comme tels. Il n'en avait par la suite jamais revu un seul. Aucun n'était venu le voir pour s'assurer qu'il allait bien. Aucun n'avait envoyé de lettre pour demander de ses nouvelles. Aucun ne s'était enquis de sa santé ou de son bien-être. Aucun.

Ces pensées moroses menaçaient de l'accabler et c'était pour cette raison qu'il ne s'était jamais installé ici. Oui, il ferait mieux de vendre cette maison.

Mais il savait qu'il ne le ferait pas.

C'était une belle journée pour une promenade dans le parc. Minerva fut reconnaissante à lord John Simpson, frère du duc de Kittingham, d'être passé la voir et d'avoir suggéré cette sortie. Il faisait bien trop beau pour rester assise dans son boudoir à ressasser ses doutes. Elle n'avait pas encore pris sa décision, elle ignorait si elle rejoindrait Ashebury ce soir. Si elle n'avait pas été attirée par lui, elle n'aurait pas eu de décision à prendre, mais après ce qui s'était passé entre eux la veille, elle voulait connaître tout ce qu'il avait à lui offrir. Et puis, même s'il avait des soupçons à son sujet, il n'avait aucune certitude. Cette situation ambiguë lui plaisait assez.

— ... vous voyez.

Elle se tourna vers son compagnon, qui avait tout juste dix-neuf ans. Blond et grand, et des favoris qui ressemblaient encore à du duvet de pêche.

— Je suis navrée. Que disiez-vous ?

Il eut un sourire indulgent.

— Mon frère et moi ne nous sommes jamais bien entendus. Il est mesquin, méprisant. Franchement antipathique, à vrai dire. Il compte me supprimer ma rente à ma majorité, ce qui me mettra dans un certain embarras.

— Je le devine. Mais il est parfaitement acceptable pour un deuxième fils de devenir membre du clergé.

Il grimaça.

— Le problème, c'est qu'il faut toujours s'enquérir des problèmes des gens.

— Ce doit tout de même être gratifiant d'offrir du réconfort.

Il secoua la tête.

— Cela ne me plaît pas trop.

— L'armée, peut-être ?

— Tout ce travail, ces marches forcées, ces ordres auxquels il faut obéir.

— Cela vaut toujours mieux que de vivre dans la rue.

Il ralentit le pas et finit par s'arrêter.

— J'espérais que vous me feriez l'honneur de m'épouser.

Elle ravala un rire.

— Je suis nettement plus âgée que vous.

— Je sais, mais vous ne seriez plus vieille fille.

— Je n'ai aucun problème avec l'état de vieille fille. En fait, j'apprécie plutôt l'indépendance qu'il m'offre.

Une lueur d'espoir s'alluma dans les yeux du jeune lord.

— Je ne vous la retirerais pas. Ce ne serait qu'un mariage de convenance. Pour le reste, je n'exige pas d'héritier. Donc, vous échapperiez au devoir conjugal.

— Ce qui est le cas actuellement.

— Sauf que tout Londres le sait. Quand nous serons mariés, ce sera notre petit secret.

Sa proposition devenait de plus en plus ridicule. Il était peut-être temps pour elle de passer une annonce dans le *Times*, pour expliquer qu'elle n'était pas en quête d'un mari.

— Vous y gagneriez ma dot. Je ne vois pas ce que moi, j'y gagnerais.

— Vous ne seriez plus vieille fille. Vous seriez *ma femme*. Vous aurez donc un titre et ma protection.

— Je suis déjà protégée.

— Votre père ne vivra pas éternellement.

— Après lui, mes frères veilleront sur moi ; de plus, j'ai un très bon crochet du gauche.

Il battit des paupières, ébahi.

— Vous seriez prête à faire le coup de poing ?

— S'il le faut, oui.

Ses épaules s'affaissèrent, il soupira :

— N'y a-t-il rien que je puisse vous offrir et qui vous rendrait cette union plus attirante ?

— L'amour.

Cette fois, elle crut qu'il allait s'effondrer.

— J'en aime une autre.

— Épousez-la.

— Sa dot est négligeable. Je comptais me servir de la vôtre pour lui offrir tout ce qu'il m'est impossible de lui offrir maintenant.

— Nous ferions sans doute mieux de mettre un terme à cette conversation avant que je ne vous fasse découvrir mon crochet du gauche.

Il lui adressa un sourire en coin.

— J'ai tout gâché.

Il semblait si jeune et elle se sentait remarquablement vieille.

— Envisagez l'armée, monsieur, cela vous raffermira.

Tournant les talons, elle entama la longue marche de retour.

Il fallut plusieurs minutes à lord John Simpson pour se décider à la rejoindre.

— Vous ne parlerez à personne de ma proposition, n'est-ce pas ?

— Absolument pas.

— Merci, mademoiselle Dodger.

Ils marchèrent un moment en silence avant qu'il n'ajoute :

— Et si je ne parviens pas à m'en sortir par moi-même ?

— J'ai foi en vous, milord. Ce ne sera pas facile, mais si vous aimez vraiment cette jeune fille, vous trouverez un moyen... qui ne nécessitera pas la dot d'une autre.

Songeuse, elle se demanda comment sa vie en était arrivée là. La nuit dernière n'avait été que joie et plaisir, pas la moindre déception.

Oui, elle voulait une autre nuit avec Ashebury – à ses conditions.

— Vous m'avez fait appeler, Votre Grâce ?

Debout devant la fenêtre de sa bibliothèque, un verre de scotch à la main, Ashe regardait le crépuscule envahir les jardins. Ce calme allait lui manquer, ainsi que le fait de ne pas se cogner à un souvenir dans chaque pièce. Des heures durant, il avait erré dans les couloirs familiers de son enfance, retrouvant quand même quelques moments agréables. Sa mère l'aspergeant de son parfum, le chatouillant jusqu'à ce qu'il pleure de rire et la supplie d'arrêter. Son père reliant un fil attaché autour de sa première dent branlante à une poignée de porte, avant de claquer violemment celle-ci pour l'arracher. Puis lui tapotant l'épaule : « Brave garçon. Tu feras un bon duc. »

Après, Ashe ne l'avait plus jamais averti qu'une de ses dents menaçait de tomber. Il n'en avait plus eu l'occasion.

— Nous emménageons à Ashebury Place. Que le personnel prépare la maison pour notre arrivée. J'aimerais que ce soit fait d'ici à la fin de la semaine.

— Bien, monsieur. Il nous faudra embaucher quelques personnes.

Parce qu'Ashebury Place était deux fois plus grande que cette maison.

— Nous nous débrouillerons avec ce que nous avons pour l'instant.

— Comme vous voulez.

Il ne le voulait pas. En vérité, il ferait sans doute mieux de réduire son personnel. Mais il ne pouvait se résoudre à licencier des gens dont le seul tort était d'avoir un employeur qui connaissait des moments difficiles.

— Autre chose, Votre Grâce ?

— Non, ce sera tout, Wilson.

Wilson quitta la pièce aussi discrètement qu'il était entré.

Ashe appuya le front contre la vitre. Il n'avait aucune envie de passer son temps à revivre les souvenirs qui lui étaient revenus aujourd'hui : c'était comme s'il était enfermé dans un tonneau roulant dans une pente. Cette pensée le fit sourire pour la première fois de la journée. À Havisham, il leur arrivait souvent de s'enfermer dans un tonneau pour dévaler une colline. C'était une sensation qu'il connaissait bien. Il tirait une grande fierté à être le seul à n'avoir jamais rendu son petit déjeuner.

Cette fierté lui fit penser à ses photographies, qui étaient son seul réel motif de satisfaction. Aussitôt s'imposa à lui la vision de lady V allongée sur un lit, les jambes dévoilées, attendant qu'il les écarte pour s'enfouir entre elles.

Il avait besoin d'elle ce soir. Il espérait de toute son âme qu'elle viendrait.

11

Elle avait trois minutes de retard, à peine cent quatre-vingts secondes après le dernier coup de gong qui annonçait minuit, et il lui avait déjà trouvé une remplaçante. Le cœur battant, affreusement déçue, elle s'était pétrifiée à l'entrée du grand salon du *Nightingale* en découvrant Ashe qui hochait la tête et souriait à une femme portant un masque violet et une élégante robe de soirée assortie. Il ne lui vint même pas à l'esprit de s'interroger sur le fait qu'elle ne portait pas la tenue plus sommaire des autres femmes présentes.

Non, Minerva se demanda pourquoi diable elle s'était imaginée avoir suscité son intérêt, pourquoi elle avait accordé du crédit à son invitation, pourquoi elle l'avait cru lorsqu'il avait affirmé qu'il était prêt à faire beaucoup d'exceptions pour elle. Sa belle bouche si sensuelle proférait autant de mensonges que toutes les autres. Loin des yeux, loin du cœur.

Elle s'en voulait. Comment avait-elle pu imaginer qu'elle allait susciter une affection sincère chez un homme dans un endroit pareil ?

Puis soudain il traversa la salle dans sa direction, son sourire s'élargit et elle comprit qu'il n'avait jamais été adressé à la femme en violet. Qu'il avait souri à l'instant où il l'avait aperçue sur le seuil.

Elle avait eu trois minutes de retard. Et moins d'une minute plus tard, il était avec elle.

— On dirait que vous n'avez pas besoin d'une partenaire ce soir, lâcha-t-elle, s'en voulant de se montrer d'aussi mauvaise humeur.

Elle aurait préféré ne pas lui révéler son agacement, pourtant elle ne put s'empêcher de repousser sa main si chaude sur son épaule, cette main qu'elle avait tant espéré sentir sur elle.

Son sourire perdit un peu de son éclat, mais son regard se fit impérieux, ne l'autorisant pas à détourner les yeux.

— Lady Eliza est la propriétaire des lieux. Elle était en train de m'assurer que mes demandes avaient été satisfaites.

— Qu'aviez-vous demandé ?

Il fit glisser sa main le long de son bras, s'empara de la sienne qu'il porta à ses lèvres. Elle sentit la douceur de son souffle.

— Vous voudriez gâcher la surprise que je vous réserve ?

Toutes ses réticences fondirent comme par enchantement.

— Et si je n'étais pas venue ?

— J'aurais quitté ce club le cœur brisé.

Elle esquissa un sourire moqueur.

— J'en doute.

— Eh bien, sinon brisé, du moins fêlé. Nous montons ?

Le moment était venu. Elle prit une longue inspiration pour tenter de se calmer. Elle n'allait pas – ne pouvait pas – reculer une fois de plus. Elle avait pris la décision de venir ici, de le retrouver ce soir, parce qu'il était celui qu'elle attendait, celui avec qui elle voulait découvrir le royaume du plaisir. Elle lui faisait confiance. Il aurait pu profiter d'elle, aurait pu faire pression sur elle, aurait pu se mettre en colère quand elle avait changé d'avis. Or depuis le début, il n'avait cessé de faire preuve de patience, de compréhension, de gentillesse – même s'il lui avait dit préférer l'ardeur et la passion : le baiser échangé contre la porte en témoignait.

Elle n'avait pas été effrayée à ce moment-là et elle ne l'était pas davantage à présent. Elle voulait être avec lui. Pour ce soir, elle s'accordait le plaisir de croire que son désir était partagé.

Elle acquiesça. Enroulant le bras autour de sa taille, il la serra contre lui tandis qu'ils gravissaient les marches. À l'étage, il lui fit emprunter un couloir différent au bout duquel se trouvait un autre escalier qui menait à une porte unique.

Le temps qu'il mit à la déverrouiller et à l'ouvrir lui parut effroyablement long. Mais cette fois, quand elle franchit le seuil, elle ne fut pas surprise d'entendre la porte claquer derrière elle, de se retrouver plaquée contre le battant, les mains emprisonnées au-dessus de la tête, tandis qu'il capturait sa bouche comme s'il voulait la dévorer. Et cette fois, elle accueillit son baiser sans hésitation, sans la moindre réserve.

— Vous étiez en retard, gronda-t-il.

Elle rit.

— De trois minutes.

Elle avait failli ne pas venir. Elle était montée dans la voiture, en était descendue. Y était remontée. Elle s'était fait déposer à quelques rues du *Nightingale*, puis avait renvoyé son cocher en espérant qu'il ne dirait rien à son père. Mais pourquoi l'aurait-il fait ? Il ignorait où elle se rendait.

— Chacune d'entre elles était une éternité, marmonna Ashebury.

La joie qui la submergea ne fit que croître encore quand il l'embrassa de nouveau. Il la voulait, il la désirait. Avec lui, elle se sentait belle, élégante. Importante.

— Enlevez le masque, exigea-t-il, la bouche brûlante contre sa gorge.

— Non.

Cette nuit n'était que fantasme, le rêve d'une fille banale qui n'avait jamais connu l'ivresse de la passion, qui ne s'était jamais sentie désirable.

S'écartant légèrement, il croisa son regard, refermant les mains de part et d'autre de son cou il lui frôla le menton de ses pouces.

— Après tout ce que nous avons partagé, pourquoi refusez-vous de vous révéler à moi ?

— Parce que cela changerait tout.

— En mieux.

— Je ne crois pas. Je serais mal à l'aise. Il est même probable que je n'aille pas jusqu'au bout. Mais je veux vraiment être avec vous, ajouta-t-elle en lui caressant la joue. Laissez-moi ce mystère. J'en ai besoin.

Lui prenant sa main, il déposa un baiser sur sa paume.

— Comment expliquerez-vous que vous ne soyez plus vierge lors de votre nuit de noces ?

— Je ne me marierai pas.

Il ne la quittait pas des yeux.

— Et si on vous demande votre main ?

— Je doute qu'aucun homme veuille sincèrement de moi. Aucun n'a jamais prétendu m'aimer.

Elle referma les doigts sur le revers de sa veste.

— Ne parlez pas d'amour ce soir, ajouta-t-elle. Je n'en ai pas besoin. Entre nous, je ne veux que de la sincérité.

— Dit la femme qui porte un masque.

— Il n'est pas malhonnête de ma part d'obéir aux règles de ce lieu. N'avez-vous pas accepté ces conditions avec d'autres femmes ?

— Mais aucune ne m'intriguait autant que vous. Cependant, si le choix est d'accepter vos conditions ou ne pas vous avoir... je les accepte.

Il la lâcha, s'écarta.

— À présent profitons des préparatifs de lady Eliza.

Minerva examina enfin la chambre qui était bien plus grande que celle de la veille. Les lourdes tentures de velours rouges qui pendaient du baldaquin formaient un contraste saisissant avec les draps de satin blancs qui luisaient à la lumière des chandelles. Des braises rougeoyaient dans la cheminée. Près de la fenêtre, sur une table couverte d'une nappe, quelques mets et une bouteille de vin les attendaient. Ashebury était déjà en train de remplir deux verres.

Le rejoignant, elle annonça :

— Je ne pense pas que je pourrais manger.

Il la dévisagea.

— Peut-être pas maintenant, mais plus tard. Vous aurez besoin de reprendre des forces. Nous avons toute la nuit.

Elle faillit lui répondre qu'elle devait être rentrée avant que ses parents ne se lèvent, et que son père n'avait pas pour habitude de traîner au lit. Elle se retint à temps et accepta le vin.

— Délicieux, dit-elle avec un sourire.

— Content qu'il vous plaise.

Elle jeta un regard circulaire.

— Pourquoi cette chambre ?

— Elle ne sert que pour des occasions particulières. Elle est décorée avec davantage de goût. Et elle est insonorisée, ce qui vous permettra de hurler de plaisir sans la moindre gêne.

Après la nuit dernière, elle n'avait aucun doute : il était tout à fait capable de la faire hurler. Elle avala une autre gorgée de vin, se lécha les lèvres, vit le bleu de ses yeux s'assombrir.

— Vous n'avez pas installé votre appareil.

— Ce soir, je ne suis pas là pour la photographie.

— Comment est celle que vous avez prise de moi ?

— C'est sans aucun doute la plus belle que j'aie jamais faite.

— J'espérais que vous me la montreriez.

Il secoua la tête.

— Je ne la partagerai avec personne, pas même avec vous.

— Cela ne paraît pas très juste. Je vais peut-être vous demander de m'apprendre à me servir d'un appareil pour pouvoir vous photographier à mon tour.

Il s'empara d'une fraise avec laquelle il lui effleura les lèvres.

— Je serais heureux d'ajouter cela à la liste des choses que je compte vous enseigner.

Elle mordit dans le fruit ; il mangea ce qu'il en restait, lentement, très lentement. En fait, tout se déroulait beaucoup plus lentement qu'elle ne s'y attendait.

— Je croyais que nous allions le faire tout de suite.

— Je vous ai déjà dit que l'attente décuple le plaisir.

— Mais l'attente n'a-t-elle pas commencé il y a deux nuits déjà ?

Il lui sourit, machiavélique.

— Il n'y a qu'une première fois, V.

Soudain, elle eut la bouche très sèche.

— Dois-je vous appeler A ?

— Ashe. Préféreriez-vous que je vous appelle autrement ? Mon ange, par exemple ?

— Je ne veux pas de mots doux qui soient faux.

— Si je les prononce, croyez-moi, ils ne seront pas faux. Quand j'emmène une femme dans mon lit, je prends cela très au sérieux.

Reposant son verre, il s'approcha d'elle, la transperçant du regard.

— Et votre masque tombera. Si vous voulez faire toutes ces vilaines choses avec moi, il le faudra.

Il lui frôla le visage du bout du doigt, sous le rebord inférieur du masque.

— Je vais vous déshabiller, puis je soufflerai les chandelles et je tirerai les rideaux autour du lit de sorte qu'il y règne la plus totale obscurité. Vous vous y glisserez et vous enlèverez votre masque. Quand vous serez prête, je vous rejoindrai.

Il se pencha davantage pour murmurer :

— Et quand nous serons prêts tous les deux, je vous pénétrerai.

Elle frémit de désir tandis que des images jaillissaient des tréfonds de son esprit. Elle termina son verre dans l'espoir de ralentir les battements effrénés de son cœur.

— Mais, d'abord, reprit-il en se redressant, j'ai là quelque chose que vous porterez afin de ne pas vous sentir trop exposée.

Il sortit de sa poche une petite chaîne en or aux maillons de laquelle pendaient de minuscules pompons, en or eux aussi.

— Quel superbe bracelet ! s'exclama-t-elle. Vous ne songez quand même pas à me le donner.

— Ce n'est pas exactement un bracelet, dit-il en s'accroupissant. Il se porte autour de la cheville. Je l'ai acheté lors d'un voyage en Inde. Je ne savais trop pour quelle raison à l'époque ; à présent je sais que c'était pour vous.

— Honnêtement, je ne peux accepter un tel présent.

— Dans très peu de temps, je vais vous prendre quelque chose. Il me paraît normal de vous offrir ceci en retour.

Il se tapota la cuisse.

— Allons. Je sais qu'il vous plaît, et ce sera notre secret. Vous pourrez le porter sans que personne le voie sous votre jupe.

Il avait dit, elle s'en souvenait, qu'elle devrait être au moins un peu amoureuse du premier homme avec qui elle coucherait. Essayait-il de s'assurer qu'elle l'était ? Parce qu'elle était certainement en train de tomber amoureuse de lui. Elle posa son verre sur la table. Puis, se retenant d'une main à son épaule pour garder l'équilibre, elle posa le pied sur sa cuisse si ferme. Il fixa la chaîne autour de sa cheville. Jamais encore celle-ci ne lui avait paru si délicate.

— La plupart des messieurs auraient sans doute offert un bracelet, un collier ou des boucles d'oreilles, observa-t-elle.

— Je ne suis pas la plupart des gentlemen, fit-il en dépliant lentement son magnifique corps d'athlète. Et vous n'êtes certes pas la plupart des femmes.

Les yeux au fond des siens, il glissa les doigts sous les bretelles de sa robe de soie et commença à les repousser.

Elle prit une brève inspiration. Le moment qu'elle avait tant attendu était arrivé. Aurait-elle dû se sentir nerveuse ou effrayée ? En vérité, elle n'éprouvait que de la curiosité, une folle envie de connaître la suite.

Sa robe glissa de quelques centimètres. Le regard d'Ashe la suivit avant de se river de nouveau au sien.

— Je vais vous l'enlever, finit-il par dire. Puis je vous porterai dans le lit.

— Pas avant que je ne vous aie déshabillé, répliqua-t-elle avec une assurance qu'elle était loin d'éprouver.

Son sourire s'élargit, ses yeux étincelèrent de plaisir.

— Et moi qui croyais les vierges timides.

— Je ne le suis pas quand je sais ce que je veux. Et je vous veux.

Avec un grondement féroce, il écarta les bretelles, encadra son visage de ses mains et réclama sa bouche tandis que la robe si légère flottait jusqu'au sol. Elle aurait dû se sentir exposée, or ce n'était pas le cas. Il l'enlaça, la plaqua contre lui sans cesser de l'embrasser. Avec ardeur et passion, comme il le lui avait dit une fois, et elle le soupçonna de refréner son désir de peur de l'affoler. Mais elle n'avait aucun scrupule, aucune appréhension, aucun doute. Elle avait autant besoin de cet homme qu'elle avait besoin de respirer.

S'arrachant à sa bouche, il la souleva dans ses bras et se dirigea vers le lit.

— Vos vêtements, lui rappela-t-elle.

— Il vaut mieux que je vous rapproche du lit tant que j'en suis encore capable. Vous me videz de mes forces.

S'esclaffant, elle lui caressa le menton. Il avait dû se raser juste avant de venir. Cela ne l'aurait pas dérangée s'il ne l'avait pas fait, elle éprouva cependant un réel plaisir qu'il se soit donné cette peine. Elle respira son odeur de savon et de bois de santal. Il s'était préparé à cette soirée avec autant de soin qu'elle.

La reposant à terre, il balaya son corps d'un regard lent.

— Vous êtes exquise.

Une déclaration toute simple mais qui la fit se sentir parfaite, aimée et appréciée. Du bout du doigt, il dessina un huit autour de ses seins. Les pointes se dressèrent aussitôt.

— Libérez vos cheveux, ordonna-t-il.

— Je croyais que vous aimiez enlever mes épingles.

— Je veux voir vos seins bouger quand vous lèverez les bras. Tout à l'heure, il fera trop sombre pour que je voie quoi que ce soit. Accordez-moi ce plaisir.

Elle n'avait pas réfléchi à cela. À tout ce qu'elle ne verrait pas.

— Cela ne se fait pas dans le noir, normalement ?

Ses yeux continuaient d'errer sur son corps.

— Pas toujours. Parfois, l'obscurité ajoute à la sensualité de l'acte, parfois aussi le faire en pleine lumière est encore plus provocant. Cela dépend. Je suis à l'aise dans les deux cas.

Elle aurait pu l'accuser de se vanter si elle n'avait constaté la vérité de cette affirmation dans ses photographies. Après une dernière hésitation, elle leva les bras et vit ses narines frémir, ses lèvres s'entrouvrir. Tandis qu'elle cherchait les épingles, elle commença à regretter d'avoir gardé son masque. Elle aussi, à vrai dire, aurait voulu l'enlever. Il devenait une gêne.

Elle laissa tomber les épingles sur le sol sans cérémonie. Quand elle sentit ses mèches se libérer, le masque bouger, elle lui tourna le dos au cas où celui-ci glisserait. Elle l'entendit retenir son souffle lorsque sa chevelure cascada dans son dos. Tenant son masque à deux mains, elle lui fit de nouveau face.

— Je pensais savoir à quoi vous ressemblez, dit-il. En me fondant sur la soie qui vous moulait. Je me trompais. Vous êtes encore bien plus jolie que je ne l'imaginais.

Elle ne sut que répondre à un tel compliment. Elle baissa les bras lentement, en proie à une enivrante sensation de puissance : son corps avait donc le pouvoir de le captiver.

— Qu'attendez-vous ? demanda-t-il.

— Pardon ?

— Mes vêtements. Vous ne vouliez pas me les arracher ?

— Et que porteriez-vous pour rentrer chez vous si je le faisais ? dit-elle en glissant les mains sous sa veste, prenant une fois de plus un immense plaisir à le sentir retenir son souffle.

Ses mains remontèrent vers ses épaules, glissèrent le long de ses bras, sans jamais saisir la veste qui finit par tomber à terre.

Elle commença à déboutonner son gilet, surprise de découvrir que ses doigts ne tremblaient pas.

— Vous n'êtes pas nerveuse.

Lui aussi l'avait remarqué.

Levant les yeux vers lui, elle lui offrit ce qu'elle espérait être un sourire suggestif.

— J'ai envie de cela.

— C'est trop long.

Pendant qu'elle dénouait sa cravate, il s'occupa des boutons de sa chemise. Puis il fit passer le tout par-dessus sa tête, révélant un torse finement musclé.

Elle effleura l'affreuse cicatrice sur son épaule gauche. Cette fois, ses mains tremblaient un peu.

— M. Alcott n'exagérait pas.

— Pardon ?

Elle tressaillit. Elle avait failli se trahir.

— Je me trouvais chez lady Greyling lors de la soirée qu'elle a donnée pour votre retour. J'ai entendu son récit de votre voyage, j'ai vu vos photographies. C'est à cause d'elles que j'ai changé d'avis et accepté de poser pour vous.

— Nous ne nous sommes pas parlé lors de cette soirée. Je m'en serais souvenu. Votre timbre de voix est très particulier.

Elle réprima un soupir de soulagement.

— Dans ce genre de soirées, je fais pour ainsi dire tapisserie.

— C'est très dommage. Et il semble que ma cicatrice ait gâché l'ambiance. Grimpez sur le lit. Je m'occupe du reste.

— Je ne la trouve pas laide. Elle témoigne de votre courage.

— De mon arrogance, plutôt. Quand leur beauté me fascine, il m'est assez facile d'oublier que les créatures de la jungle sont sauvages.

Il lui prit le menton, l'embrassa.

— Je suis impatient de découvrir à quel point vous l'êtes vous aussi.

Pas tant que cela, car elle n'osait pas lui ôter son pantalon. Elle hocha brièvement la tête. Tandis qu'elle rampait sur les draps de satin, consciente du tintement de la petite chaîne à sa cheville, il s'affaira autour du lit, libérant les tentures, l'enfermant dans une cage obscure.

Assise là dans le noir, elle ramena les jambes contre sa poitrine, les entoura de ses bras et écouta le bruit étouffé de ses pas dans la pièce. Elle entendit le choc d'une botte sur le sol, puis l'autre. Tendant l'oreille, elle perçut un froissement de tissu, puis ce fut le silence.

— Le masque est tombé ?

Elle sursauta. Sa voix semblait surgir du rideau lui-même.

— Et votre pantalon ?

— Oui.

Elle aurait juré qu'il riait.

— Allons, V, je meurs d'impatience.

Après avoir pris une longue inspiration, elle dénoua les rubans qui maintenaient son masque, puis le rangea dans un coin au pied du lit. Afin de le retrouver facilement.

— Je suis prête, dit-elle doucement.

Les ténèbres s'ouvrirent sur des ombres. Elle distingua à peine l'imposante silhouette masculine. Le lit gémit quand il grimpa sur le matelas, les rideaux retombèrent derrière lui.

Enroulant un bras autour d'elle, il l'attira à lui, chair contre chair, des épaules aux orteils, sa virilité pressée contre son ventre. Sa bouche trouva la sienne et sa langue plongea en elle.

Elle avait failli se trahir. Et il avait failli lui dire qu'il connaissait son identité. Mais pour Dieu savait quelle raison, elle avait besoin du secret, ne voulait pas lui confier la vérité. Cela dit, dans l'état qui était le sien en cet instant, seul comptait le fait qu'elle était prête à lui confier son corps.

Ashe avait bien l'intention de faire en sorte qu'elle ne le regrette pas.

Il maudissait cette fichue obscurité. Quand elle s'était dénudée, il avait eu envie de bien plus que de laisser courir un doigt sur elle ; il savait cependant que s'il avait touché un sein parfait, pincé un téton pâle, enfoui les doigts dans le triangle bouclé au creux de ses cuisses, il aurait été incapable de se contrôler. Qu'il l'aurait jetée sur le lit pour la prendre sur-le-champ.

Mais il ne voulait plus de ce satané masque.

À présent, plus rien ne l'empêchait de jouir d'elle complètement. Les doigts dans son épaisse chevelure, les paumes sur ses joues, il explorait sa bouche. Elle avait un goût de vin et de fraise, d'abandon et de désir. Et telle une créature sauvage, elle ne se retenait nullement. Elle l'embrassait avec une fougue inouïe, les doigts enfoncés dans ses épaules, son dos. Les hommes ne lui faisaient pas peur et certains le lui reprochaient. Les imbéciles. Son enthousiasme était exceptionnel, son impatience incomparable. Et dire qu'il avait failli lui tourner le dos parce qu'elle était vierge.

Mais dès qu'il lui avait parlé chez les Greyling, il avait été intrigué. Une femme qui savait ce qu'elle voulait, audacieuse, courageuse et sincère. Enfin, peut-être pas tout à fait sincère. Elle ne voulait pas révéler son identité. Et bien qu'il le regrette, il comprenait qu'elle hésite. La bonne société ne tolérerait pas ce qu'il se passait entre eux. Si ses visites au *Nightingale* devenaient de notoriété publique, se marier – même si elle affirmait ne pas le souhaiter – serait absolument impossible. Elle serait un paria que plus personne n'inviterait à une soirée ou à un thé.

Oui, elle avait raison d'être prudente, et il préserverait ses secrets. Chacun d'entre eux. Et notamment ceux qu'il était en train de découvrir.

La douceur de sa peau tandis qu'il lui caressait le dos. La rondeur et la fermeté de ses fesses qu'il saisit et pétrit doucement. La façon dont son sein emplissait sa paume. La sensibilité de cette zone juste sous l'oreille comme il l'embrassait. Ses petits gémissements tandis qu'elle se pressait contre lui. La pointe dure de son téton sous sa langue, puis dans sa bouche. L'écho de ses soupirs, la sensation de son pied se frottant contre son mollet. La chaude moiteur qui couvrit ses doigts quand il voulut vérifier si elle était prête.

Prenant appui sur ses mains, il pressa le visage entre ses seins. Il détestait l'idée qu'elle puisse éprouver le moindre inconfort.

Elle plongea les doigts dans ses cheveux.

— Ashe ?

— Êtes-vous certaine que vous n'aurez aucun regret ?

— Je n'aurais de regrets que si vous arrêtez.

Une pause, puis :

— Je vous veux en moi.

En dépit de l'obscurité, il ferma les yeux et laissa échapper un grondement. Ses mots ne faisaient que l'exciter davantage. Déjà, son sexe rôdait à l'orée de son corps. Il baisa un sein, puis l'autre.

— Alors, prépare-toi, mon cœur. Je vais te rendre folle.

Il *allait* ? Oh non, elle était déjà folle ! Chaque centimètre carré de sa peau exigeait qu'il la torture de nouveau dès qu'il l'avait touchée, chacune de ses terminaisons nerveuses se tendait dans l'attente de ce que lui seul était capable de susciter, ce plaisir qui avait explosé en elle la veille et qui grondait de nouveau. Le caresser était une expérience magnifique, ces muscles qui roulaient sous ses doigts, si souples et si fermes à la fois.

Il se servait de sa bouche, de ses doigts. Il embrassait, suçait, léchait. Jusqu'à ce qu'elle se torde sous lui, jusqu'à ce que son corps entier fonde pour se mêler au sien, jusqu'à ce qu'elle sente... son sexe dur s'insinuer en elle. Elle se figea.

— Ne te raidis pas, ordonna-t-il en se retirant. Ne pense pas à ce qui va arriver, uniquement à ce qui se passe.

Elle acquiesça avant de se rappeler qu'il ne la voyait pas. Levant les jambes, elle les enroula autour de ses hanches, entendit le tintement du bracelet à sa cheville.

— Bien. Je suis prête. Je le sais.

— Je le sais aussi, mais rien ne presse.

— Je croyais que tu aimais la passion et l'ardeur.

— Cela viendra. Nous avons le temps.

— Je ne veux pas te décevoir.

Il s'introduisit à peine en elle, lui mordilla le lobe de son oreille. Elle gémit.

— Tu es dans mes bras, articula-t-il d'une voix enrouée. Comment pourrais-je être déçu ?

Elle l'étreignit avec force. En cet instant, elle avait tout ce dont elle avait rêvé : la dévotion d'un homme, de cet homme-*là* ; son désir. Le souvenir de cette nuit l'accompagnerait jusqu'à sa mort.

Elle redevint consciente de la pression, de l'infime va-et-vient. Sa bouche sur la sienne et cette seule évidence : la gloire de ce moment. Quel homme parmi ses prétendants aurait été si patient ? se demanda-t-elle.

Il se hissa au-dessus d'elle, ses hanches ne cessant d'onduler, s'enfonçant davantage en elle à chaque mouvement. Elle sentit ses chairs se distendre pour l'accueillir. Il se montrait si doux que l'inconfort était plus que supportable. Son souffle se fit plus irrégulier, ses bras tremblèrent légèrement. Elle lui caressa le torse, consciente de la dureté de ses muscles, de leur tension.

Et soudain, il plongea entièrement en elle. Et se figea. Sous ses doigts, elle le sentit se détendre. Il déposa un rapide baiser sur sa bouche.

— Tu n'as pas crié.

Elle serra les jambes autour de ses hanches.

— Ce n'était pas si horrible.

— Quel sacré compliment.

Elle laissa échapper un petit rire avant de saisir son visage entre ses mains.

— J'aime te sentir en moi.

Son grondement retentit autour d'eux.

— Une chose est sûre : j'adore ta franchise.

Leurs bouches se cherchèrent de nouveau et il commença à aller et venir en elle, lentement d'abord, puis à mesure qu'elle se déchaînait, avec ardeur et passion, comme promis. Des sensations qui rôdaient depuis un moment éclatèrent en un maelström de plaisir. Tout en elle se réunissait, se préparait.

S'arrachant à ses lèvres, il accéléra encore l'allure, et elle se perdit dans la jouissance, vaguement consciente qu'elle hurlait son nom tandis que le cataclysme l'emportait. Ashe laissa échapper un grondement sourd, féroce, puis plongea en elle une dernière fois, frémissant de tout son corps. Pantelant, il appuya son front contre le sien.

— Ce n'est pas juste, haleta-t-elle. Tu n'as pas crié mon nom.

— Parce que tu m'as coupé le souffle.

La délestant de son poids, il l'attira contre lui, lui souleva la jambe pour la draper sur sa cuisse. Elle aurait voulu dire quelque chose, le remercier. Mais un sommeil irrésistible la terrassait déjà.

Elle ignorait combien de temps elle avait dormi, mais elle se réveilla dans la même position, blottie contre lui tandis que, de sa main libre, il jouait avec une mèche de ses cheveux. Si, une fois de plus, elle regretta d'avoir exigé l'obscurité, elle ne s'attarda pas sur cette pensée. Rien ne devait gâcher ce qu'il venait de se passer entre eux.

— C'était comme tu l'espérais ? s'enquit-il.

— Comment sais-tu que je suis réveillée ?

— Tes cils viennent de bouger contre ma peau, dit-il en repoussant la mèche derrière son oreille. Alors ?

— Plus que cela. Cela semble injuste que les femmes ne puissent connaître ce bonheur en dehors du mariage.

— À l'évidence, certaines femmes ne s'en privent pas

— Sauf que si cela se sait, il y a des conséquences.

Elle se redressa, cala le menton sur son torse, les paupières plissées pour tenter de discerner sa silhouette.

— Pour quelqu'un qui a une certaine aversion pour les vierges, tu sais vraiment t'y prendre.

— Tu as mal ?

— À peine. Comment savais-tu quoi faire pour me rendre les choses aussi faciles ?

— J'ai un ami qui ne partage pas mon aversion. Je lui ai demandé de me faire part de ses expériences.

Elle se raidit.

— Détends-toi. Je ne lui ai pas dit pourquoi et il était saoul. Il ne se rappellera pas notre conversation.

Edward Alcott, sans doute.

— Si tu as faim, je peux t'apporter quelque chose à manger.

— Non, il vaudrait sans doute mieux que je rentre chez moi. Mon père se lève tôt.

— Tu veux dire que tu en as fini avec moi ? Ou serais-tu prête à accepter une autre nuit ?

Sa déception était perceptible. Se hissant à demi sur lui, elle lui caressa la joue. Elle était rugueuse à présent.

— Je n'aurais jamais cru être capable d'être aussi à l'aise en étant complètement nue avec un homme.

— Tu n'es pas complètement nue.

Elle secoua doucement la jambe pour faire tinter le bracelet.

— Je ne sais pas s'il serait sage de se revoir. Je risque de me faire prendre en venant ici. Ce n'était censé arriver qu'une seule fois.

Il lui empoigna les cheveux, l'attira à lui pour un baiser.

— Et si je veux davantage ?

Il n'y avait pas que le risque de se faire prendre. Il y avait aussi celui de tomber enceinte.

— Je croyais que tu ne revoyais jamais deux fois la même femme.

— Je te l'ai déjà dit, pour toi je fais des exceptions. Et puis, tu n'es pas stupide. Tu sais qu'aucun autre homme ne peut te satisfaire comme je le fais.

— Tu es si arrogant. Et c'est vrai : à cause de toi, je ne veux pas d'un autre.

— Nous ne sommes pas forcés de nous retrouver ici. Nous pourrions nous voir chez moi. Mais je veux savoir qui tu es.

Elle secoua la tête.

— Impossible.

— Envoie-moi un mot si tu changes d'avis. Tu sais où me trouver.

— Tu es en colère ?

— Déçu. Même si, après tout, je mérite bien que tu ne veuilles de moi que pour une nuit. Je n'ai jamais pensé à ce que devaient ressentir ces femmes que je délaissais après cette soirée passée ensemble. C'était assez crapuleux de ma part, je le reconnais.

Il déposa un baiser sur ses lèvres.

— Remettez votre masque, mon ange, je vous ramène chez vous.

Sur ce, il se leva. Elle envisagea de le suivre sans son masque. Puis y renonça. Elle le retrouva là où elle l'avait laissé et le remit en place.

Cette fois, il effectua le trajet en voiture avec elle, le bras autour de ses épaules tandis qu'elle était lovée contre lui. Ils n'échangèrent pas un mot. Sans doute parce qu'il n'y avait rien à dire.

Quand la voiture s'arrêta devant les *Twin Dragons*, il ne réagit pas. Elle décida d'en tirer profit. Se redressant en attendant que le cocher vienne ouvrir la portière, elle fit remarquer :

— Vous ne paraissez pas du tout surpris par notre destination. Vous avez demandé l'adresse à votre cocher.

— Je vous ai donné ma parole que je le ne ferais pas.

— Alors pourquoi n'êtes-vous pas surpris ?

— Parce que je lui ai demandé de me conduire à l'adresse que vous lui aviez donnée. Je n'ai donc pas trahi ma promesse.

La porte s'ouvrit.

— Vous êtes aussi habile avec votre cerveau que vous l'êtes avec vos mains, et le reste.

Elle sortit, accompagnée d'un éclat de rire qui la fit sourire. Ayant gravi la moitié des marches, elle enleva son masque. À la porte, elle fut tentée de se retourner, car elle savait qu'il l'observait, sentait son regard sur elle comme elle aurait senti une caresse. Et, oui, elle eut très envie de se retourner.

Elle s'en abstint pourtant et franchit le seuil, sachant que désormais, plus rien ne serait pareil.

12

Minerva se réveilla légèrement endolorie, quoique beaucoup moins qu'elle ne l'avait craint. Ashe avait pris le temps de la préparer à le recevoir. Il s'était montré un amant attentif, parfait pour une femme pour qui c'était la première fois. Et qui pensait que ce serait la dernière. Elle comprenait maintenant combien c'était stupide d'avoir cru cela possible. Pourquoi renoncer à un plaisir pareil ?

Elle voulait cependant changer certaines choses. Elle ne souhaitait certes pas continuer à vivre dans la crainte qu'il ne découvre son identité. C'était une chose d'être masquée dans le grand salon du *Nightingale*, mais quand ils étaient en tête à tête dans une chambre à coucher, elle devait trouver le courage de se montrer à visage découvert. Une fois qu'il saurait qui elle était, ils pourraient se retrouver chez lui comme il l'avait suggéré. Elle n'avait jamais envisagé que le *Nightingale Club* fasse partie de sa vie. Elle voulait juste qu'il lui offre une introduction au plaisir.

Et c'était exactement ce qu'il s'était passé. Le sourire aux lèvres, elle sonna sa femme de chambre.

Elle devait trouver le meilleur moyen de lui dire qui elle était. De toute évidence, il aimait être avec elle. Elle ne l'avait pas déçu, une pensée qui la grisait tandis qu'elle se perdait dans le souvenir de lui. Si elle était honnête, il était même possible qu'elle soit un peu tombée amoureuse de lui.

Exactement comme il le lui avait conseillé le premier soir. Être un peu amoureuse de son partenaire.

Se pouvait-il que lui aussi soit tombé un peu amoureux de lady V la nuit dernière ? À la griserie succéda la déception. Elle voulait qu'il tombe un peu amoureux de Minerva Dodger.

Elle était en train de mener des vies parallèles et si jamais celles-ci finissaient par se croiser, rien ne la sauverait. Ni l'argent de son père, ni la situation de sa famille, ni le statut de son demi-frère dans la haute société. Pire, elle risquait de les entraîner tous dans sa chute.

Si Ashe ne comptait plus les bals à son actif, jamais il n'y était allé dans l'intention d'y dénicher une épouse. Il y venait pour séduire, pour offrir ses attentions et en obtenir, pour passer un bon moment, en somme. Quelques danses, une partie de cartes ou de billard, une conversation avec quelques messieurs, d'autres, beaucoup plus fréquentes, avec des femmes jeunes, âgées, ou entre les deux.

En sa qualité de Vaurien, c'était ce qu'on attendait de lui. Les gens étaient fascinés par leur passé, leurs voyages, leurs aventures. Dès qu'ils seraient annoncés et qu'ils descendraient le grand escalier menant à la salle de bal des Lovingdon, il était peu probable qu'on les laisse tranquilles, Edward et lui. Voilà pourquoi, pendant que d'autres se présentaient d'emblée en haut des marches, ils restaient légèrement à l'écart, observant la bonne société de Londres.

Même si Mlle Dodger avait déclaré qu'elle assisterait à peu de bals cette saison, Ashe était convaincu qu'elle serait là ce soir. Ne serait-ce qu'en raison de son amitié avec la duchesse de Lovingdon.

— Si tu veux ne plus jamais avoir à te soucier de tes finances, tu devrais épouser la fille Dodger, chuchota Edward.

Cette remarque l'irrita. Peut-être parce qu'il sentait encore son goût dans sa bouche et comment elle frémissait entre ses bras.

— Sais-tu seulement son prénom ?

— Quelle importance ? Je connais le montant de sa dot. Il est faramineux. Suffisant en tout cas pour ne pas tenir compte de ses imperfections.

— Et quelles seraient-elles, selon toi ?

Edward lui adressa un regard perçant, ne s'attendant pas à une telle véhémence de sa part.

— Un père qui te tuerait lentement et douloureusement sans le moindre remords si jamais il se murmurait que sa fille est malheureuse. De plus, la réserve n'est pas sa qualité première, elle a tendance à dire ce qu'elle pense et à discuter de sujets plutôt réservés aux hommes.

Quelque chose qui ressemblait fort à de la jalousie lui transperça la poitrine.

— Comment le sais-tu ? Il t'est déjà arrivé de lui parler ?

— Oh, ici et là ! À la petite réception de Julia l'autre soir, elle a eu l'audace de mettre en doute la véracité de mon récit.

— On ne peut pas vraiment l'en blâmer. Tu prenais quelques libertés avec la vérité.

— Il n'empêche que le fond de l'histoire était vrai. Seuls quelques détails ont peut-être été embellis. C'était quand même assez impoli de sa part de sous-entendre que j'étais un menteur.

— Elle est très directe.

— C'est sûr. Savais-tu qu'elle a écrit un livre ? *Un Guide à l'intention des dames pour démasquer les coureurs de dot.* Une initiative qui oblige les hommes qui souhaitent courtiser une femme à faire de gros efforts, paraît-il. J'en ai entendu pas mal s'en plaindre. Tu devrais sans doute le lire. D'un autre côté, à ta place, je l'éviterais comme le lait sur le feu. Elle devinerait tes motifs en un clin d'œil. Elle est bien trop maligne pour faire une bonne épouse. Sans compter que ce n'est pas la plus jolie du lot. Même si, dans le noir, cela n'a pas grande importance.

Ashe commençait à avoir mal à la main. À un moment donné au cours de cet exposé, son poing s'était serré. Il avait très envie de l'écraser sur le nez d'Edward.

— Il y a des moments, Edward, où tu es vraiment un crétin.

— J'ai l'impression d'entendre ma belle-sœur. Et justement, la voilà. Seigneur Dieu, je suppose que je vais devoir danser avec elle ! Par politesse et pour ne pas donner l'impression que j'aimerais la voir disparaître de la surface de la terre.

— Je la trouve plutôt agréable. Pourquoi tant de haine ?

— Elle m'a pris mon frère, marmonna Edward en détournant le regard comme s'il était gêné. On devrait descendre. J'ai besoin d'un verre.

Elle avait été partagée entre l'espoir qu'il vienne et l'envie qu'il ne vienne pas, mais dès qu'elle entendit son nom, un délicieux frisson la parcourut ; une réaction qu'elle se reprocha aussitôt. C'était ridicule d'imaginer qu'il lui accorderait la moindre attention ce soir. Il ignorait qu'elle était la femme qu'il avait tenue dans ses bras la nuit précédente. Et l'aurait-il su que cela n'aurait rien changé. Tous deux étaient à la recherche d'une rencontre sans lendemain. Rien qui n'ait de conséquences en dehors du *Nightingale,* rien qui ne les incite à rechercher la compagnie de l'autre en public. Encore que ses propres yeux ne semblent pas de cet avis, car ils ne cessaient de se tourner vers lui.

Des femmes s'étaient déjà agglutinées autour de lui, agitant leurs carnets de bal sous son nez. Souriant, il semblait apprécier ces attentions, touchant un menton ici, une joue là, flattant chacune en lui accordant quelques mots. Elle s'efforçait de ne pas être jalouse, de ne pas se sentir blessée et offensée. Sans grand succès. Il n'était à elle qu'au *Nightingale*. Ailleurs, il appartenait à toute la gent féminine de la capitale.

Jusqu'à son arrivée, elle passait un moment plutôt agréable. Avec son demi-frère et deux autres messieurs qu'elle considérait comme des proches de la famille, elle discutait des mérites d'investir dans l'élevage de bétail au Texas.

— L'idée me plaît, avoua lord Langdon. J'hésite toutefois à me lancer à l'aveuglette. Je pense que quelqu'un devrait aller voir sur place ce qu'il en est.

Drake Darling sourit.

— Et auriez-vous la moindre idée de qui serait cette personne ?

— Je ne pensais pas du tout à moi, répondit Langdon en lançant un regard éloquent à Minerva.

Elle éclata de rire.

— Moi ? Vous voulez que ce soit moi qui y aille ?

— C'est une bonne idée, dit Lovingdon. Tu sais mieux que quiconque analyser ce genre d'opportunités et c'est toi qui as rédigé le compte rendu soulignant les avantages de cette opération. En outre, il paraît que les femmes sont rares là-bas.

Il avait dit cela avec les meilleures intentions du monde, elle le savait, mais cette remarque ne l'en blessa pas moins.

— Du coup, parmi tous ces hommes désespérés, il me sera plus facile de trouver un mari ? C'est ce que tu insinues ?

— Ce n'est pas ce que je voulais dire.

— Cela en avait pourtant bien l'air.

— Je ne sais pas pourquoi vous prenez la mouche, intervint Darling. Si je me fie aux quelques Américains que j'ai rencontrés, il semble que là-bas on aime les femmes volontaires et déterminées.

— Vous vous y mettez, vous aussi. Si c'est le fait d'être célibataire qui compte, Langdon peut tout aussi bien y aller, bon sang.

— Aller où ? demanda une voix familière.

Son cœur se serra : elle ne s'attendait pas qu'Ashebury les rejoigne. Elle sentit ses joues s'échauffer. Avec ces messieurs, elle ne se comportait pas toujours en dame. Il lui arrivait, comme à l'instant, d'utiliser des termes assez crus. Et elle ne comprenait pas pourquoi cela la gênait tant qu'il l'ait entendue, pourquoi elle tenait tellement à lui faire bonne impression. Franchement, c'était ridicule.

Il était splendide ce soir, absolument splendide en queue-de-pie noire et gilet. Sa chemise était d'un blanc immaculé. Sa cravate, nouée à la perfection. Elle ne put s'empêcher de se rappeler cet instant où elle avait refait son nœud. Il était rasé de près, mais elle préférait que ses joues soient ombrées d'une barbe naissante. Cela lui conférait un petit je-ne-sais-quoi de dangereux, d'excitant, de moins respectable.

— Pardonnez mon intrusion, dit-il. C'était impoli de ma part d'écouter votre conversation, mais les voyages sont une de mes passions. Où envisagiez-vous de vous rendre ?

Tout le monde semblait attendre qu'elle réponde. Et comment le pourrait-elle alors qu'il était si proche, qu'il respirait le même air qu'elle et qu'elle sentait sa chaleur ? Et cette bouche incurvée sur un sourire en coin, ces lèvres si parfaites qui avaient embrassé les endroits les plus intimes de son corps jusqu'à la faire crier. La chaleur se transforma en brûlure, menaçant de la consumer sur place. Non, il ignorait qu'elle était lady V. Que c'était elle qu'il avait léchée, torturée et caressée. Oh, Seigneur, elle avait eu tort de venir ce soir ! Et il était trop tard à présent.

Lovingdon s'éclaircit la voix.

— Nous envisagions un investissement dans l'élevage du bétail au Texas. Minerva a rassemblé quelques chiffres qui laissent envisager des profits substantiels.

« Oh oui, je t'en prie ! le supplia-t-elle en silence. Explique-lui à quel point je suis douée pour les bilans et les calculs. C'est une qualité que les hommes trouvent fascinante chez une femme. »

— Mais nous pensions que quelqu'un devrait se rendre sur place pour mieux évaluer la situation, ajouta Langdon. Nous débattions des mérites...

— Nous ne débattions pas, intervint Minerva, pour qui ce terme faisait trop penser à « ergoter », un autre défaut que les hommes associaient trop souvent aux femmes. *Nous discutions.*

Elle commençait à comprendre pourquoi elle était encore vieille fille. Ces trois-là n'aidaient en rien sa cause. Non pas qu'elle soit encore à la recherche d'un époux, mais elle éprouvait un besoin insensé d'impressionner Ashebury.

Les lèvres de celui-ci se relevèrent à peine et, aussitôt, elle pensa à leur contact sur sa peau, fouillant, explorant, baisant. Elle le revit lui montrer ce qu'un homme était capable de faire quand il était à genoux. Une position qui n'avait rien à voir avec la reddition et tout avec la conquête.

— Discutions, d'accord, concéda Langdon. De savoir qui de Minerva ou de moi devrait y aller.

— Vous, dit aussitôt Ashe d'un ton sans appel. Mlle Dodger est bien trop délicate...

— Je ne suis pas trop délicate.

Une autre des raisons pour lesquelles elle était vieille fille. Elle n'aimait pas qu'on la croie incapable ou sujette à la moindre faiblesse. Elle trouvait grotesque que certaines organisent des réunions au cours desquelles elles s'entraînaient à défaillir. Une femme devrait être capable de tenir sur ses deux pieds. Et elle avait tendance à l'affirmer aux moments les moins opportuns, comme maintenant.

Ashebury arqua un sourcil.

— Pardonnez-moi, vous sembliez troublée à l'idée d'y aller. J'ai dû mal interpréter ce que j'ai entendu.

— Pas troublée. Irritée. Je ne veux pas y aller, mais ce n'est pas parce que je ne saurais pas me débrouiller seule.

Il était temps de ranger la pelle maintenant, elle avait déjà creusé un trou assez grand.

— Peut-être, reprit-elle, devrions-nous changer de sujet. Je ne pense pas qu'Ashebury soit intéressé par nos projets d'affaires.

Et une dame de qualité ne discute pas de projets d'affaires.

— Je préfère Ashe, dit-il sans la quitter des yeux. Et même si le sujet me fascine, je suis encore plus intéressé par une danse avec Mlle Dodger. Auriez-vous une place pour moi dans votre carnet de bal ?

Plus qu'une, à vrai dire. Ce qui n'avait pas été le cas lors de ses premières Saisons, quand les hommes faisaient la queue pour avoir la chance de faire main basse sur sa dot. Ils avaient dû déchanter et désormais ceux qui désiraient danser avec elle étaient rares.

— Je suis certaine que je devrais réussir à vous en dénicher une, mais vu les attentions que vous portent ces dames, je suis surprise que *vous* ayez encore une danse disponible.

— Ah, vous avez remarqué ?

— Difficile de ne pas le faire. Alors, quelles danses vous reste-t-il ?

— Toutes.

Elle eut soudain conscience que son demi-frère les fixait, Ashe et elle, avec une grande attention. Elle pouvait difficilement le lui reprocher. La réponse d'Ashe n'était pas du tout celle qu'on attendait de lui. L'espace d'un instant, elle en eut véritablement le tournis, puis le naturel reprit le dessus et, avec lui, des soupçons concernant ses motifs. Pour autant qu'elle sache, cependant, il n'avait pas de dettes.

— Je suis libre pour la prochaine.

— Dans ce cas, je vais attendre ici. Avec votre frère nous servant de chaperon ?

— En fait, je crois que ces messieurs étaient eux aussi sur le point de rejoindre leurs cavalières. N'est-ce pas ? ajouta-t-elle en les considérant l'un après l'autre.

Après les avoir salués, le duc et elle, chacun s'en alla, la laissant seule avec Ashe, du moins aussi seule qu'on pouvait l'être dans une salle de bal bondée. Le duc et la duchesse de Lovingdon formaient un des couples les plus appréciés de Grande-Bretagne. Nul ne déclinait leurs invitations.

— Pourquoi ne pas avoir accepté d'autres danses ? s'étonna-t-elle.

— J'ai apprécié celle que nous avons partagée aux *Twin Dragons*. Je voulais être certain de pouvoir recommencer. Je remplirai des carnets après. Sinon, les ragots se déchaîneront.

— Ils se déchaîneront de toute façon.

— Sans doute.

— Pourquoi me portez-vous soudain une telle attention ?

— Vous êtes très directe.

— C'est un de mes nombreux défauts.

— Ai-je dit que c'était un défaut ?

— D'autres hommes l'ont fait.

— Je croyais que nous avions établi que certains sont des crétins.

Elle ne put s'empêcher de sourire.

— Je le crois aussi.

Il était facile d'apprécier sa présence quand elle n'avait pas à craindre la menace d'une éventuelle demande en mariage. Elle pouvait être elle-même. D'autant qu'il ne la jugeait pas, ne lui faisait aucun reproche. Avec lui, elle se sentait libre. Ou peut-être était-ce parce qu'ils avaient déjà partagé une intimité qui avait révélé leur vraie personnalité. S'il l'ignorait, pas elle. Et cela changeait sa manière de le regarder, l'aisance qu'elle éprouvait en sa compagnie. Il avait embrassé son grain de beauté ; il l'avait embrassée comme jamais elle n'avait cru possible qu'un homme l'embrasse.

— On m'a appris que vous aviez écrit un livre sur les coureurs de dot, reprit-il.

— C'était plutôt le fruit d'une collaboration entre la duchesse de Lovingdon et moi-même, fondée sur sa quête d'un mari.

— Et votre quête à vous ?

— Je ne suis plus en quête de quoi que ce soit.

— Mais vous l'avez été.

Elle réfléchit.

— Je ne le pense pas. Pas vraiment. Pas d'un mari, en tout cas. Pour certaines femmes, un mari est plus important que l'amour. Pour moi, c'est le contraire. Je ne suis pas convaincue qu'on puisse se mettre en quête de cela. L'amour arrive, c'est tout. Si vous avez de la chance.

— Avez-vous jamais été amoureuse ?

Elle aurait pu lui répliquer que c'était là une question trop personnelle, mais, au fond, quel mal y avait-il à lui répondre ?

— Non. J'ai peut-être trop tendance à analyser. Par exemple, en cet instant, je me demande pourquoi vous vous intéressez à moi.

— Vous vous méfiez des hommes.

C'était une constatation plus qu'une question.

— Je me méfie de leurs motifs.

La musique se tut et le silence qui s'ensuivit lui parut assourdissant tandis qu'elle attendait qu'il lui donne une autre explication que celle d'avoir déjà dansé avec elle. Pourquoi l'avait-il abordée ce soir ? Pourquoi se tenait-il auprès d'elle maintenant ?

— Dans ce cas, il va falloir que je redouble d'efforts pour que vous ayez confiance dans les miens, dit-il tandis que les premières mesures d'une valse commençaient.

Il lui offrit son bras.

— Quels sont vos motifs ? demanda-t-elle.

— Je vous l'ai dit. Vous me plaisez.

— Non, vous avez dit que vous aviez apprécié de danser avec moi. Ce n'est pas du tout la même chose.

— Vous jouez sur les mots.

— Disons que j'aime la précision.

— Dans ce cas, revenons-en à ma première réponse et accordez-moi ce plaisir.

Elle hésita une fraction de seconde avant d'accepter son bras. D'où lui venait ce besoin irrépressible de comprendre pourquoi il était avec elle ? Elle était attirée par lui et, une fois de plus, elle allait se retrouver dans ses bras. Pourquoi ne pouvait-elle se satisfaire de cela pour le moment ?

Il n'était pas du genre à offrir son attention à une seule femme pendant très longtemps. Tant qu'il était dans cette disposition d'esprit avec elle, autant en profiter.

Est-ce qu'elle lui plaisait ? Ses jambes lui plaisaient, c'était certain, la passion qui se déchaînait en elle aussi, les échos de ses cris au moment de l'orgasme encore plus. Il aimait danser avec elle, l'observer lors d'une discussion, voir comment elle argumentait. Il avait aimé sa façon d'étudier ses photographies. S'il l'épousait pour son argent, l'avoir pour femme ne serait pas si pénible. D'autant qu'il bénéficierait de l'avantage supplémentaire de l'avoir dans son lit… sans ce satané masque.

Mais lui *plaisait*-elle ?

Bon sang, elle méritait de trouver quelqu'un avec qui ce serait le cas. Mais elle l'avait dit : elle ne voulait pas simplement plaire. Elle voulait être aimée.

Toute femme est digne d'être aimée et ne devrait pas se résoudre à moins de la part d'un homme qu'elle a accepté d'épouser.

Les premières lignes de son fichu livre. Il en connaissait déjà l'existence avant qu'Edward n'en fasse mention. À vrai dire, il avait fait le déplacement dans une librairie pour l'acquérir dès qu'il avait décidé de s'intéresser à elle. Il s'était senti quelque peu coupable quand il avait déclaré que toutes ses danses étaient disponibles. S'il n'avait pas lu *Un guide pour dames* – qui n'était pas très long, les coureurs de dot étant apparemment faciles à identifier –, il aurait apposé sa signature sur plusieurs carnets de bal et lui aurait laissé les restes. Sauf que selon elle : *une dame mérite plus que des restes de la part d'un gentleman qui la courtise sérieusement.*

Si elle n'était pas prête à révéler son identité au *Nightingale*, il semblait juste qu'il n'avoue pas qu'il était là pour remplir ses coffres. Elle s'était servie de lui dans l'obscurité – non qu'il s'en plaignît. Il se servait d'elle sous cet éclairage éblouissant. Connaissant maintenant son extraordinaire sensualité, elle gagnerait énormément à être sa femme : il pouvait la satisfaire mieux qu'aucun autre. Même s'il ne l'aimait pas, elle ne serait jamais en manque d'attention dans ses bras. Et elle se retrouverait très, très souvent dans ses bras.

Ce soir, elle portait une robe lilas ourlée de violet qui faisait ressortir la chaleur de ses yeux presque noirs. Ses bras étaient nus, hormis ces gants ridiculement longs qui montaient au-dessus du coude. Pourquoi la bonne société éprouvait-elle une telle aversion pour les peaux dénudées ? Cette répulsion n'avait cependant rien d'absolu. Il était tout à fait acceptable de provoquer un homme avec un décolleté plongeant. Son sexe durcit au souvenir de son téton entre ses dents. D'autres pensées défilèrent tels de bons petits soldats déterminés à lui faire revivre chaque minute qu'elle avait passée avec lui dans ce lit. S'il n'y mettait pas un terme tout de suite, il n'allait pas pouvoir danser.

— Quelle était la raison ? s'enquit-il.

— Je vous demande pardon ?

— La raison pour laquelle vous ne vouliez pas aller au Texas. Quelle était-elle ?

Elle fronça les sourcils, ses narines se pincèrent.

— Ce n'est pas que je ne voulais pas y aller. Mais je refuse de m'y rendre pour les raisons évoquées par mon frère.

Elle s'humecta les lèvres et il fut soudain pris d'une envie insensée de les embrasser.

— Les femmes y sont rares, poursuivit-elle. Il estimait que cela me permettrait de trouver un mari plus facilement. Il ne pensait pas à mal, mais...

— C'était insultant, de penser que vous n'avez aucune chance ici.

Elle tressaillit, comme si elle était surprise qu'il soit parvenu à cette conclusion.

— Je n'irais pas jusqu'à dire que c'était insultant. Un peu blessant, peut-être. Irritant, surtout. Cela fait six Saisons maintenant que de plus en plus de gens m'offrent leurs conseils sur la meilleure façon de trouver l'amour. Certains sont parfaitement grotesques.

— Par exemple ?

Une étincelle brilla dans les yeux de Minerva.

— Vous tenez vraiment à le savoir ?

Étrangement, oui.

— Ne rajeunissant pas moi non plus, cela pourrait m'être utile un jour.

— Les hommes ne sont pas obligés de se marier jeunes. C'est un fardeau qui n'incombe qu'aux femmes, comme si, passé un certain âge, nous étions périmées. *Cela*, c'est insultant, mais vous n'avez pas envie d'entendre ma diatribe sur ce sujet, j'en suis sûre. Quant à ces fameux conseils pour trouver l'amour : eh bien suspendre, par exemple, un bréchet de poulet au-dessus de la porte de ma chambre. Notre cuisinière m'a même fourni l'os en question quand elle m'a soumis cette énigmatique solution.

Il sourit.

— Et cela n'a pas marché ?

Elle lui coula un regard noir.

— Je n'ai pas essayé. Ma femme de chambre essaie toujours de glisser un miroir sous mon oreiller. Apparemment, cela permettrait à mon véritable amour d'apparaître dans mes rêves. Et, oui, je me débarrasse de ce fichu miroir toutes les nuits. Je n'en ai pas besoin pour découvrir celui que j'aime vraiment.

De nouveau, il éprouva cette bouffée de jalousie qui l'avait envahi un peu plus tôt avec Edward.

— Qui est-ce ? s'entendit-il demander en s'efforçant de ne pas serrer les dents.

Elle secoua la tête.

— Il n'existe pas vraiment, c'est plutôt un idéal. Bon, généreux, charmant. En un mot, totalement irréaliste. Son haleine n'empeste jamais, son corps est toujours parfait. Une statue serait plus vivante.

Ashe s'esclaffa.

— Très semblable aux femmes de mes rêves. Elles ne rouspètent jamais, n'ont jamais mauvais caractère, et ne veulent qu'une chose... enfin, disons simplement qu'elles sont très accommodantes.

Un joli rose monta aux joues de Minerva et il nota sa progression. S'il devait un jour la revoir avec un masque, il saurait maintenant où cette coloration prenait naissance, à quelle vitesse elle parvenait au masque avant de disparaître dans sa chevelure.

— Je n'arrive pas à croire que je vous ai dit tout cela, murmura-t-elle. Les vieilles filles ne sont pas censées attirer l'attention sur leur célibat.

— Vous portez le vôtre comme un trophée.

— Je suis réaliste, répondit-elle avec un sourire enfantin. Sauf dans mes rêves.

Non sans regret, il se rendit compte que la musique s'était tue et que leur danse s'achevait. Il aimait discuter avec elle. Elle ne l'ennuyait pas.

— Allons faire un tour dans le jardin.

Elle l'étudia comme si elle cherchait quelque chose. Allait-il trop vite en besogne ? Allait-elle deviner ses intentions ?

— D'accord, répondit-elle finalement. Il n'y a aucun mal à cela.

Si elle n'y voyait aucun mal, c'est qu'elle ne connaissait pas très bien les hommes.

13

Tandis qu'ils déambulaient parmi le dédale d'allées qui serpentaient dans les jardins de son frère, Minerva ne pouvait s'empêcher de se demander s'il l'avait percée à jour. Mais dans ce cas, ne l'aurait-il pas déjà dit ? N'aurait-il pas simplement déclaré : « Ah, ah, je sais que vous êtes lady V ! »

Et si ce n'était pas le cas, pourquoi étaient-ils ici ? Les hommes les plus séduisants de la haute société ne l'emmenaient jamais faire un tour dans les jardins.

Elle n'était pas habituée à ce qu'un homme s'intéresse à elle de cette manière. Oh, elle avait eu sa part de promenades ! Hélas, celles-ci s'étaient toujours révélées assez déprimantes, son partenaire finissant toujours par glisser une remarque pataude – ou parfois assez finaude – sur sa « superbe » dot, comme si c'était la dot qu'ils courtisaient et non elle. Elle ne voulait pas que cela se reproduise ce soir, elle ne voulait pas qu'il ternisse ses souvenirs de la nuit passée.

— J'ai du mal à croire qu'on ne vous ait jamais demandée en mariage, lâcha-t-il soudain.

— Je n'ai jamais dit cela.

— Alors lady Hyacinth s'est trompée, quelqu'un vous a demandé votre main ?

— Plus d'un homme.

— Mais aucun n'était à votre goût ?

— L'un me plaisait beaucoup jusqu'à ce qu'il m'informe qu'il me faudrait tomber rapidement enceinte afin de lui donner un fils. Une fille était hors de question, il ne le tolérerait pas. Cette besogne accomplie, nous en aurions terminé.

— Terminé ?

Ayant eu un faible pour cet homme, ses mots avaient été particulièrement durs à entendre.

— Oui. Après cela, je serais libre de prendre un amant, dans la mesure où il comptait garder sa maîtresse. Il ne se souciait nullement de moi ni de mes sentiments.

— Il aurait dû au moins faire semblant.

Cette réponse la fit réfléchir. Faisait-il semblant, lui ? Au *Nightingale*, leur relation lui avait paru plus honnête que tout ce dont elle avait l'habitude avec les autres hommes.

— Je préfère la sincérité. J'ai écrit mon guide parce que certains hommes savent très bien faire semblant, mais il est très difficile de feindre toute sa vie. Quand cette comédie s'arrête, une dame pourrait se retrouver très surprise de découvrir le peu qu'il lui reste.

— Je comprends votre prudence.

— Je suis célibataire par choix, parce que je refuse de m'encombrer d'un homme qui ne m'aime pas. J'ai la chance d'avoir des parents qui ne croient pas que le seul but dans la vie est d'être une épouse.

— Est-ce pour cela que vous vous intéressez à l'élevage du bétail ?

Elle laissa échapper un petit rire.

— J'ai le sens des affaires et je me débrouille plutôt bien avec les chiffres. Beaucoup, au sein de l'aristocratie, ne se rendent pas compte que le vent est en train de tourner. Les messieurs qui font partie de mon cercle intime l'ont compris et apprécient mes talents. Malheureusement, la plupart des hommes les voient comme une menace. Et je crains que cela ne fasse de moi une compagne de promenade effroyablement ennuyeuse.

— Au contraire. Vous me fascinez, mademoiselle Dodger.

Elle ne voulut pas céder à la joie que lui procurèrent ces mots. Elle avait appris à être vigilante, à ne pas se laisser berner par les compliments. Pourtant, elle le croyait. Elle avait désespérément envie de le croire. Plus encore, elle voulait qu'il l'embrasse. Elle voulait retrouver l'intimité qu'ils avaient partagée, mais comment l'obtenir sans révéler qu'elle était lady V ?

Peut-être perçut-il son désir. Il l'entraîna hors de l'allée. Un bruyant raclement de gorge l'arrêta. Il se retourna.

— Ne sont-ce pas votre frère et son épouse qui viennent vers nous ?

Minerva jeta un regard par-dessus son épaule et soupira.

— Si, il veille un peu trop sur ma réputation. Il craint que je ne sois contrainte à un mariage forcé par un malotru qui se serait mal conduit.

— Quelqu'un s'est mal conduit ?

Sa question la surprit, et son ton plus encore : il semblait en colère.

— Un homme, un jour, a déchiré mon corsage, s'imaginant que si j'avais l'air compromise, cela suffirait pour m'amener rapidement devant l'autel.

— Seigneur Dieu, vous n'êtes pas sérieuse.

— J'ai bien peur que si. Quand je l'ai revu la fois suivante, il était dans un sale état. Je ne sais pas qui l'a châtié, mon père ou un de mes frères. Depuis, Lovingdon veille sur moi comme une mère poule.

Se retournant, elle lança à son frère :

— Je vais bien.

— Grace avait besoin de prendre l'air, expliqua Lovingdon en les rejoignant.

— Je n'en doute pas, maugréa Minerva.

Le couple s'immobilisa et Lovingdon ne se gêna pas pour jauger Ashebury.

— Vous devriez éviter les coins sombres, dit son frère. Vous pourriez faire de mauvaises rencontres. Avec un poing, par exemple.

— Je n'ai pas l'intention de compromettre votre sœur, répliqua Ashebury.

Minerva s'interrogea sur la déception que cette phrase suscitait en elle. D'autant que l'ironie ne lui échappait pas : il l'avait déjà compromise.

— Parfois, les meilleures intentions ne suffisent pas, rétorqua Lovingdon.

— Au nom du ciel, Lovingdon ! s'exclama Minerva. Il se passera uniquement ce que je veux qu'il se passe.

— Et que veux-tu au juste ?

— Mon cœur, intervint Grace en posant la main sur son torse, nous ferions mieux d'aller retrouver nos invités.

— Pas avant qu'elle n'ait répondu.

— Franchement, cela ne te regarde pas.

Il se tourna vers sa femme comme si elle était soudain devenue folle. Celle-ci lui caressa la joue avant d'ajouter :

— Elle est assez grande pour savoir ce qu'elle veut. Viens.

Fusillant Ashebury du regard, il finit par acquiescer.

— Très bien, fit-il avant de lancer à Minerva : N'oublie pas ce que je t'ai appris.

— Profitez des jardins, dit Grace avant de pousser son mari en direction de la maison.

— Voilà qui était intéressant, commenta Ashe.

— Je suis navrée. Il en fait un peu trop parfois.

— Ce n'est pas grave. Si j'avais une sœur, moi aussi, je veillerais sur elle.

Elle ne put s'empêcher de penser que cette sœur aurait beaucoup de chance.

— Nous continuons ? s'enquit-elle.

— Que vous a-t-il appris ?

L'embarras lui empourpra les joues.

— Comment rendre un homme inoffensif d'un coup de genou.

Il écarquilla les yeux.

— Charmant. Ne pas faire confiance aux hommes est une constante dans votre famille.

— Encore une fois, il ne s'agit pas de ne pas leur faire confiance. Nous nous interrogeons juste sur leurs motivations.

— Je vois.

Il lui offrit son bras et elle l'accepta. Ils firent à peine quelques pas.

— Vous n'avez pas répondu à sa question.

— De quelle question parlez-vous ?

— Que voulez-vous qu'il se passe ?

C'était trop tôt. Il le savait. S'il ne tenait pas compte de ce qu'ils avaient vécu au *Nightingale*, c'était trop tôt. Mais ces instants comptaient, qu'elle l'admette ou pas. Les souvenirs de la nuit dernière les accompagnaient, aiguisaient leurs sens. Il avait une conscience aiguë de son corps, de sa présence, bien davantage que si rien ne s'était passé. Il avait la faiblesse de croire qu'il en allait de même pour elle. Qu'elle éprouvait le même désir, la même attirance.

Il attendait, alors qu'il n'avait qu'une seule envie : l'entraîner dans l'ombre et l'embrasser à perdre haleine. Lui rappeler pourquoi elle devait retourner au *Nightingale*. Pour l'heure, elle regardait autour d'elle comme si la réponse se trouvait dans le jardin.

— La question n'est pas si difficile, reprit-il.

Elle fixait un point derrière lui et c'est alors qu'il entendit les bruits de pas. Un couple les dépassa en chuchotant, prit un sentier sur la gauche.

— Si nous continuons dans cette direction, murmura-t-elle, nous atteindrons un petit pont qui enjambe un étang. J'aimerais y aller. Je pense qu'il vous intéressera.

Alors qu'ils s'y rendaient, il fut à demi tenté de se retourner pour s'assurer que Lovingdon ne les suivait pas.

— J'ai remarqué que vous êtes arrivé en compagnie de M. Alcott, dit-elle comme si elle avait besoin de combler le silence, et il se demanda si elle était mal à l'aise avec lui. Vous n'ignorez pas, je suppose, qu'on vous surnomme les Vauriens d'Havisham ?

Il esquissa un sourire.

— Nous nous y sommes faits. Même si Grey n'est plus le vaurien qu'il était.

— Et vous ?

Pourquoi avait-il l'impression qu'elle lui faisait passer un test ? En tout cas, elle l'observait comme si sa réponse était importante.

— Il est tout à fait possible que je me range dans un avenir proche. Que j'accepte d'être mis en cage. Vous sentez-vous des aptitudes au domptage, mademoiselle Dodger ?

Elle secoua lentement la tête.

— Je vous préfère indompté.

— Je suis extrêmement heureux de vous l'entendre dire.

— Alors, où vos aventures vous mèneront-elles la prochaine fois ? demanda-t-elle, changeant le cours de leur conversation comme si celui qu'elle suivait jusque-là la troublait.

— Vers un lieu assez ennuyeux, je le crains. La demeure de mes parents dans Mayfair. J'y emménage dans quelques jours.

Il était conscient qu'elle l'examinait, même s'il pouvait se résoudre à croiser son regard. Quelle serait sa réaction si elle apprenait l'état de ses finances ? Une femme possédant le sens des affaires, capable d'analyser les profits éventuels d'un élevage de bétail dans un pays lointain considérerait sans nul doute son incapacité avec les chiffres comme une marque d'idiotie. D'un autre côté, elle possédait le talent qui lui manquait... à condition qu'il ravale sa fierté. Ce qui était impensable.

— Cela ne me regarde certes pas, mais pourquoi ne pas vous être installé là-bas plus tôt ? demanda-t-elle.

— Je n'étais pas prêt à affronter les souvenirs. C'est là que je les ai vus pour la dernière fois.

Cette fois, il la regarda. À la lueur des lampes à gaz qui bordaient le sentier, il vit qu'elle compatissait. Il ne se souvenait pas d'avoir jamais parlé de ses parents à une autre femme, et voilà qu'il l'avait déjà fait à deux reprises avec elle.

— Espérons qu'il vous reste assez de bons souvenirs qui prendront le dessus, dit-elle d'une voix douce en lui étreignant le bras.

Il en éprouva un réconfort stupéfiant.

— Je ne pense guère à ce que j'ai vécu dans cette maison.

Et surtout pas aux images qui l'avaient assailli dès qu'il en avait franchi le seuil.

— Leur mort, enchaîna-t-il, a, pour utiliser votre expression, pris le dessus sur tout le reste. Cela dit, vous avez peut-être raison. Une fois que j'y vivrai, les bons souvenirs reviendront. Et vous, mademoiselle Dodger, avez-vous voyagé ?

— Quand j'étais plus jeune, je suis allée plusieurs fois en visite au domaine des Lovingdon, mais mon père n'aime pas quitter Londres. Je n'ai donc pas beaucoup voyagé. Je n'imagine même pas toutes ces choses que vous avez dû voir.

— J'ai pris de nombreuses photographies. Je serai ravi de vous les montrer.

Il crut sentir ses doigts tressaillir.

— Vous ne prenez des photographies que durant vos voyages ?

Il faillit éclater de rire. Allait-elle continuer à jouer les innocentes alors qu'elle savait fort bien quel genre d'images il aimait prendre ? Oui, c'était bien un jeu dans lequel ils s'étaient engagés...

s'il en ignorait encore les règles, pas elle, c'était une certitude.

— Je photographie tout ce qui me procure du plaisir.

— Dans ce cas, il faut que vous voyiez le pont.

Ils l'avaient atteint. Tout juste assez large pour qu'ils s'y engagent côte à côte, il se dressait telle une arche au-dessus de l'eau. Elle s'immobilisa au milieu, lui lâchant le bras pour saisir la rampe.

— J'aime venir ici jeter des miettes aux poissons et aux cygnes. C'est toujours paisible. Ces feuillages, ces buissons, ces haies bloquent le vacarme de la ville.

Il s'approcha jusqu'à ce que son corps touche presque – pas tout à fait, mais presque – le sien. La prudence était son alliée. Il ne voulait pas mal interpréter la situation, ses raisons de l'entraîner dans cet endroit reculé.

— Il n'y a pas beaucoup de lumière ici, observa-t-il.

— Non. Je ne sais pas pourquoi Lovingdon n'ajoute pas quelques lampes.

— Je préfère ainsi. J'aime les ombres.

Elle tourna légèrement la tête vers lui.

— Elles peuvent cacher de nombreux péchés.

— Vous ne me donnez pas l'impression d'être une pécheresse… ni d'avoir quoi que ce soit à cacher.

— Nous péchons tous à un moment ou à un autre. Et nous avons tous quelque chose à cacher.

Elle avait prononcé ces paroles avec douceur, pourtant elles le frappèrent avec une telle force qu'il faillit sursauter. Il était impossible qu'elle connaisse sa situation financière et qu'elle sache qu'il était prêt à tout pour l'améliorer. Elle faisait probablement allusion aux photographies qu'il prenait au *Nightingale*. Même s'il ne les avait montrées à personne, certaines femmes qui avaient posé pour lui étaient loin d'être discrètes et quelques messieurs lui avaient même demandé à les voir ; ils avaient été déçus d'apprendre qu'il ne partageait pas. Pour sa part, il se moquait qu'on sache qu'il prenait de telles photos.

Il savait ce que Minerva avait à cacher. Sa visite au *Nightingale*. Mais qu'elle veuille préserver le mystère quant à son identité le mettait dans une situation délicate. Il y avait toujours le risque qu'en la courtisant, il laisse échapper un détail, il commette une erreur. Il ne pouvait avoir à la fois lady V et Mlle Dodger. Il allait devoir choisir l'une des deux. Minerva ne voudrait pas de celui qui entretenait une liaison avec lady V au *Nightingale*. Même si c'était une seule et même femme, elle pensait qu'il l'ignorait. Il fallait absolument qu'il gagne sa confiance – totale et absolue – s'il voulait avoir une chance de faire d'elle aussi bien sa femme que son amante.

— Que voulez-vous qu'il se passe, Minerva ? demanda-t-il.

Elle tressaillit légèrement, ses lèvres s'entrouvrirent.

— N'est-ce pas vous montrer trop familier d'utiliser mon prénom ?

— Vous m'avez entraîné à l'écart dans ce coin sombre. Que voulez-vous qu'il se passe ? répéta-t-il.

— Allez-vous m'obliger à le dire ? Vous pouvez sûrement deviner.

— Vous êtes la fille d'un homme riche et puissant qui n'hésiterait pas à me noyer dans cet étang s'il venait à croire que j'ai profité de vous.

Donc, oui, je veux m'assurer qu'il n'y a aucun malentendu entre nous.

Le silence tomba, épais et lourd. Un petit bruit d'éclaboussure l'interrompit. Un poisson, sans doute. Ou un cygne. Peu importait. Tout ce qui comptait, c'était qu'ils étaient seuls dans la pénombre.

— Je veux que vous m'embrassiez, dit-elle hardiment.

Elle aurait pu aussi bien presser sa bouche sur la sienne. Son audace décupla son désir. Mais soudain, peut-être parce qu'il n'exauçait pas son vœu sur-le-champ, il sentit le doute s'insinuer en elle et maudit tous ces hommes qui lui avaient fait croire qu'elle était moins que ce qu'elle était, tous ces hommes qui n'avaient vu en elle qu'un tas d'or.

La prenant par l'épaule, il l'obligea doucement à se tourner vers lui.

— Tant mieux, parce que c'est ce que je rêve de faire depuis que vous avez congédié votre frère.

Puis il s'empara de sa bouche.

Minerva n'arrivait pas à croire qu'elle se faisait embrasser avec une telle ferveur au beau milieu de la nuit dans le jardin de son frère, comme si elle était l'une de ces femmes pour qui les navires prenaient la mer, des guerres étaient déclarées et des royaumes rasés. Elle n'avait conduit qu'un seul autre homme ici, un gentleman dont elle s'était crue éprise. Elle n'irait pas jusqu'à dire qu'elle en était amoureuse, mais elle croyait à l'époque que son affection pour lui irait croissant. Tandis qu'ils contemplaient les cygnes, il avait proposé qu'ils se marient.

Sans mettre un genou en terre, sans la regarder dans les yeux, sans lui prendre la main.

Il avait utilisé le ton qu'elle aurait employé pour choisir une marque de thé dans un magasin. Quand elle avait suggéré qu'ils s'accordent un peu de temps, il avait simplement haussé les épaules et était parti. Une semaine plus tard, elle avait appris ses fiançailles avec une autre.

Elle savait que plus tard, elle analyserait ce moment et tous ceux qui l'avaient précédé. Six Saisons lui avaient appris que les attentions d'un homme n'étaient jamais gratuites, et que si elle n'était pas prête à payer, ils disparaissaient comme s'ils n'avaient jamais existé. Pour l'instant, elle rejetait tous ces doutes. Pour l'instant, elle s'autorisait à croire qu'elle était désirée. Qu'ils partageaient la même envie d'être ensemble.

Elle faillit crier sa déception quand sa bouche l'abandonna, avant de soupirer de bonheur quand il déversa une pluie de baisers sur son visage comme s'il l'adorait. Puis il captura de nouveau ses lèvres. Elle sentit la passion, l'ardeur se déchaîner en elle. Il n'avait aucun mal à en attiser les flammes.

S'écartant, il lui effleura ses pommettes de ses pouces. Dans l'obscurité, son sourire était éblouissant.

— Eh bien, bonsoir, lady V.

Le cœur de Minerva cessa de battre. Le souffle coupé, elle envisagea de nier, mais elle savait que ce serait peine perdue. Et, d'une certaine manière, elle était soulagée que son secret soit éventé.

— Depuis quand savez-vous ?

Du bout du doigt, il dessina les contours du masque sur son visage, s'attardant au-dessus de ses lèvres.

— Je m'en suis douté quand nous avons parlé lors de la soirée chez lady Greyling. La taille et la silhouette correspondaient, mais l'élément décisif était plutôt la passion avec laquelle vous vous exprimiez. Votre voix m'a fait hésiter, et vos vêtements. La tenue d'une femme peut être assez trompeuse. Toutefois, quand j'ai dansé avec vous aux *Twin Dragons*, ma certitude est allée croissant. Et puis, il y avait la verveine.

Il savait donc depuis tout ce temps et il avait continué à vouloir la voir, à vouloir la retrouver au *Nightingale* ?

— Ce n'est pas un parfum inhabituel.

— Non, mais chaque parfum acquiert une fragrance particulière sur la personne qui le porte. Et le baiser que nous venons d'échanger a dissipé les derniers doutes. Votre goût, votre audace, votre façon de me le rendre. Impossible de s'y tromper.

— Cela ne change rien.

— Cela change tout. Sachant ce qui peut exister entre nous, vous ne pouvez vous attendre à ce que je passe tranquillement mon chemin, d'autant qu'il pourrait y avoir bien plus encore. Je sais que je vous plais, sinon, vous ne m'auriez pas demandé de vous embrasser. Et vous ne m'auriez permis aucune des libertés que j'ai prises hier soir.

— Chut. On pourrait vous entendre.

Elle avait posé deux doigts sur ses lèvres pour le faire taire. Il lui saisit la main, la retourna et déposa un baiser au creux de sa paume avant de lui replier les doigts comme pour le garder précieusement.

— Vous ne songiez guère à qui pourrait nous surprendre quand nous nous embrassions.

— Un baiser est une chose. Ce dont vous parlez est complètement différent.

— Oui, cela pourrait nous conduire tout droit devant un autel si un père l'apprenait.

— Non. Si mon père apprenait pour hier soir, vous pourriez vous retrouver dans un cercueil.

Cela ne parut guère l'émouvoir et il ne lui lâchait toujours pas la main.

— Pas si mes intentions à votre égard sont honorables.

Elle le fixa.

— Êtes-vous en train de parler… mariage ?

— C'est une éventualité tout à fait envisageable.

— Même en sachant qui je suis ?

— Surtout en le sachant. Vous m'intriguez. Vous savez ce que vous voulez et vous faites en sorte de l'obtenir. Vous n'êtes pas une de ces mijaurées qui geint dans son coin en attendant que quelqu'un la rende heureuse.

— La plupart des messieurs n'apprécient pas que je ne geigne pas ou que je ne m'évanouisse pas à tout bout de champ.

— Je ne suis pas la plupart des messieurs.

Rien n'était plus vrai. Une partie de son inquiétude résidait dans le fait qu'elle craignait de tomber très facilement amoureuse de lui alors qu'il ne semblait pas être du genre à aimer.

Reculant d'un pas, elle s'adossa à la rambarde. Elle avait moins de mal à réfléchir quand il ne lui tenait pas la main et que sa divine odeur ne la submergeait pas.

— Pourquoi voulez-vous m'épouser ?

Il s'avança, et elle fut aussitôt consciente de sa proximité, de ses jambes effleurant sa jupe, de son torse frôlant sa poitrine.

— Il y a du feu entre nous. Nous sommes bien ensemble.

Elle étrécit les yeux.

— Quelle est votre situation financière ?

— Tous les hommes ne courent pas après votre dot, répliqua-t-il sèchement.

— Alors, pourquoi me courtisez-vous ?

— Ce n'étaient pas vos cris qui résonnaient hier soir ?

— Et quand les feux de la passion s'éteindront ?

— Ils ne s'éteindront pas.

— Vous ne pouvez en être certain.

S'écartant de nouveau, elle se détourna et contempla les ombres mouvantes dans le jardin. L'attirance physique suffisait-elle pour se marier ? Une relation sans amour pouvait-elle les satisfaire une vie entière ?

Venant derrière elle, il posa les lèvres sur sa nuque. Un infime contact qui la fit fondre.

— Je vous veux encore plus aujourd'hui qu'hier, dit-il, sa voix rauque provoquant un long frisson en elle.

— Pourquoi ne m'avez-vous pas dit hier que vous saviez ?

— Vous sembliez avoir besoin de cet anonymat. Peut-être cela faisait-il partie de votre fantasme. Je voulais vous donner ce que vous désiriez. Mais c'est Minerva Dodger que je veux courtiser.

Je ne crois pas qu'elle comprendrait si, dans le même temps, j'avais une aventure avec lady V.

Pourquoi n'arrivait-elle pas à le croire ? Pourquoi ne croyait-elle pas que c'était elle et seulement elle qu'il voulait ?

— M'aimez-vous ?

— Et vous, m'aimez-vous ?

Elle fit volte-face et la bouche d'Ashe trouva la sienne avant qu'elle puisse proférer le moindre son. Le feu se ranima instantanément. Elle entra en fusion, noua les bras autour de son cou. Cette folle attirance pouvait-elle suffire à les rendre heureux jusqu'à la fin de leurs jours ?

Il couvrit sa gorge de baisers.

— Permettez-moi de venir vous voir demain. Donnez-moi l'occasion de vous prouver que ce que nous vivons ensemble ne se limite pas à la nuit. Qu'il peut en être de même en plein jour.

Devant une requête aussi modeste, elle ne put qu'acquiescer. Il s'écarta.

— Et vous aviez raison, dit-il à mi-voix. J'aime beaucoup l'étang de votre frère.

Elle s'esclaffa et se sentit soudain beaucoup plus jeune qu'elle ne l'était.

— Je ne suis pas sûre de l'avoir jamais autant aimé.

— C'est bon à savoir. J'ai l'esprit de compétition. Je ne veux pas que vous vous donniez à qui que ce soit d'autre.

Aucun homme n'aurait pu être son rival, mais il n'était pas question de le lui avouer. Il était déjà suffisamment arrogant comme cela.

— Nous devrions retourner au bal, suggéra-t-il, avant que notre absence ne fasse jaser.

Il lui offrit son bras.

Elle avait des centaines de questions. Des milliers. Elle les garda toutefois pour elle.

Quand ils atteignirent la terrasse, il s'écarta.

— Pour protéger votre réputation, vous devriez rentrer sans moi.

— Seriez-vous ici avec moi maintenant si je n'étais pas celle...

Elle jeta un regard autour d'elle, ne sachant comment finir sa phrase sans trop en dire au cas où on les entendrait.

— ... que vous pensiez que j'étais.

— Mais vous l'êtes, la question ne se pose donc pas.

— Vous savez très bien ce que je vous demande.

Il l'étudia un moment.

— Je ne sais pas. La femme que j'ai rencontrée cette première nuit au *Nightingale* m'a intrigué et je voulais absolument découvrir qui elle était. Vous parler chez lady Greyling était tout aussi intrigant. Que ces deux femmes soient une seule et même personne fait mon plus grand bonheur.

— Au moins, vous êtes honnête.

Il cilla et, l'espace d'une seconde, il lui sembla qu'il avait l'air coupable. Pourquoi fallait-il qu'elle cherche sans cesse des signes qui n'existaient pas ?

Des pas retentirent. D'autres couples approchaient.

— Merci pour le plaisir de votre compagnie, mademoiselle Dodger. Je suis impatient d'être à demain.

— Votre Grâce.

Elle monta les marches et pénétra dans la salle de bal. Personne ne vint à sa rencontre, personne ne l'arrêta tandis qu'elle la traversait pour gravir l'escalier. Elle s'installa à un balcon qui dominait le grand salon. Ashebury s'y trouvait, dansant déjà avec lady Honoria. Il ne lui avait pas fallu longtemps pour accorder ses faveurs à une autre. Elle essaya de ne pas se sentir jalouse. C'était un bal, les gens étaient là pour danser.

Elle le regarda ensuite valser avec lady Julia, puis avec lady Regina. Elle ne put s'empêcher de se demander s'il les avait photographiées.

Sentant une présence derrière elle, elle se retourna et se raidit. Son frère la dévisageait.

— C'est un séducteur, lâcha-t-il sans préambule.

— Et tu ne l'étais pas ? répliqua-t-elle, sarcastique et irritée qu'il insiste sur ce détail dont elle était déjà douloureusement consciente.

— J'avais mes raisons.

— Il a peut-être aussi les siennes. Est-il si inconcevable qu'un homme puisse me désirer ?

— Non, bien sûr que non. Pour être tout à fait honnête, je ne comprends pas pourquoi tu n'es pas encore mariée. Et je ne suis pas en train de dire qu'il ne te désire pas. Je crois simplement qu'il n'est pas homme à se marier.

— Je ne suis pas à la recherche d'un mari.

Il se redressa si violemment qu'elle craignit qu'il ne se soit fait mal au dos. Les yeux étrécis, il était assez impressionnant.

— Ce qui signifie ?

— Que j'en ai plus qu'assez des coureurs de dot. Que je me retire de la liste des filles à marier. Je ne suis pas ici pour me trouver un époux. Je suis ici parce que Grace est mon amie, que tu es mon frère et que votre réception est magnifique.

— Alors, pourquoi accepter ses attentions ?

— Pourquoi pas ? Ne plus avoir le moindre projet de mariage est un immense soulagement, à vrai dire. Je me sens enfin libre. Je n'ai plus à me soucier de savoir si un homme me trouve agréable. Je peux dire ce que je veux sans que cela porte à conséquence, sans m'inquiéter que cela change son opinion à mon sujet.

— En as-tu averti père ?

— Il m'approuve.

Il serra les dents. Visiblement, ce n'était pas son cas.

— Et notre mère ?

— Elle ne veut que mon bonheur. Qu'une femme ait pour seul but dans la vie de se trouver un mari est une ineptie.

— Quel est le tien, alors ?

— Ce que j'en déciderai.

Inutile de l'irriter davantage en l'énonçant à haute voix : le plaisir.

Un bruit de pas. Jetant un coup d'œil par-dessus son épaule, elle vit Edward sur le seuil. Il fronçait les sourcils.

— Cessez de me fusiller du regard, Lovingdon, lança-t-il. Je ne suis là que pour demander une danse à votre sœur.

Lovingdon hocha la tête avant de se tourner vers cette dernière.

— Rappelle-toi ce que je t'ai appris.

Sur ce, il s'en fut.

Minerva poussa un long soupir avant de reporter son attention sur Edward. Il était remarquablement séduisant en tenue de soirée. Il lui sourit.

— J'espère que vous êtes libre pour la prochaine danse.

— Il se trouve que oui. Nous y allons ?

Elle esquissa un pas vers l'escalier mais, posant la main sur son bras, il la retint.

— Dansons ici. Il y a moins de monde.

— Cela attirera l'attention.
— J'aime l'attention.
— Chercheriez-vous à rendre quelqu'un jaloux ?
Il haussa une épaule.
— Cela ne vous plairait pas ?
— Et si vous m'expliquiez à quoi vous faites allusion ?
— J'ai vu Ashe vous emmener dans le jardin. Je sais aussi que ces dames ne le laisseront pas tranquille et qu'il est trop poli pour les repousser. Ce ne doit pas être si drôle de le regarder danser.
— D'ordinaire, elles ne vous laissent pas tranquille non plus.
— C'est vrai. Mais je ne veux que la prochaine danse, dit-il en tendant sa main gantée. Vous permettez ?
— Je suppose qu'il n'y a pas de mal à cela. Nous allons peut-être lancer une nouvelle mode.
Une valse commençait justement. Elle s'attendait qu'il en profite pour la serrer contre lui plus que nécessaire, mais il garda la distance appropriée.
— Vous lui plaisez, dit-il à brûle-pourpoint.
— Pardon ?
— Ashe. Vous lui plaisez.
— Parce qu'il m'a emmenée faire un tour dehors ?
— Parce qu'il vous regarde différemment. Je l'ai vu avec beaucoup de femmes. Nous avons tous deux tendance à nous servir d'elles pour nous distraire, avoua-t-il avant de secouer la tête. Je ne vais pas m'étaler là-dessus. Ce n'est pas le cas avec vous. Il ne vous a pas quittée des yeux depuis notre arrivée. Même maintenant, il vous surveille.

Elle se força à ne pas vérifier.

— Même s'il n'en a pas l'air, il observe tout. En permanence. C'est pour cela qu'il est si doué pour la photographie.

— Vous avez posé pour lui ?

— Souvent.

Il lança un regard alentour avant de se pencher pour ajouter à voix basse :

— Une fois, j'ai même posé nu.

Elle le dévisagea, les paupières plissées.

— Pourquoi ai-je l'impression que vous exagérez encore ?

— Eh bien, j'étais effectivement nu sous mes vêtements.

Elle éclata de rire.

— Vous êtes horrible.

Il sourit.

— C'est bien vrai. Et notre danse s'achève.

Elle se rendit compte que la musique venait en effet de se taire.

Il lui prit la main, y déposa un baiser.

— Merci pour cette valse, mademoiselle Dodger.

— Merci, monsieur Alcott.

Il la lâcha, recula avant de la fixer d'un regard soudain très sérieux.

— C'est un homme bien. Ne lui reprochez pas d'être mon ami.

Et il tourna les talons avant qu'elle puisse répondre.

— Je t'avais dit que si tu l'approchais à moins de trois pas, je t'étalerais, gronda Ashe.

Edward appuya son pied botté sur la banquette qui lui faisait face tandis que la voiture cahotait dans les rues de Londres. Il était surpris que son ami ait attendu si longtemps pour lui rappeler cette menace. D'un autre côté, l'exiguïté de la cabine lui faciliterait la tâche s'il décidait de la mettre à exécution. Il mesurait dix bons centimètres de plus que lui, bon sang.

— Non, tu m'avais prévenu d'éviter la blanche colombe. J'en déduis donc que mademoiselle Dodger est bel et bien la colombe en question. Ce dont je me doutais. Cette silhouette, impossible de se tromper.

— Edward.

— Détends-toi. Je ne dirai rien à personne. Mais je devine que c'est elle que tu comptes épouser.

— À condition de la convaincre que je ne cours pas après sa dot.

— C'est pourtant le cas.

Même dans l'obscurité, il sentit le regard d'Ashe le transpercer.

— Ah, je vois ! reprit Edward. Ne vaudrait-il pas mieux être honnête avec elle ?

— Tous les hommes qui l'ont approchée n'en voulaient qu'à sa dot. Elle veut l'amour.

— Et peux-tu le lui donner ?

Ashe soupira longuement.

— Je l'ignore. J'ai vu comment l'amour a détruit Marsden... Albert est le seul de nous quatre à avoir dépassé cela. Comment fait-il ?

— Pas la moindre idée. La pensée de tomber amoureux me terrifie. Cela ne m'arrivera jamais. Tu me connais. Je me conduis toujours comme un lâche.

— Oui, c'est pour cela que tu as tué un lion avec un couteau.

Edward haussa les épaules.

— Mon fusil s'était enrayé.

— Soit dit en passant, j'apprécie modérément ta façon de raconter cette histoire. Si Locke avait été là, il ne t'aurait pas laissé faire.

— Mais il n'y était pas, non ? Donc, j'étais libre d'embellir mon récit. De plus, toi aussi, tu as planté ton poignard dans cette bête.

— C'est toi qui as porté le coup fatal.

— Nous ne pouvons en être sûrs.

Ashe s'esclaffa.

— Bon Dieu, tu étais complètement fou. Tes hurlements à eux seuls auraient fait faire fuir une horde entière.

— Je ne hurlais pas. Je rugissais. Tel un guerrier des temps anciens.

— Comme un fou.

— Possible. Mais quoi de plus normal quand on a été élevé par un fou ?

Le silence retomba dans la voiture, uniquement interrompu par le martèlement cadencé des sabots sur la route.

— Pourquoi as-tu dansé avec elle ? voulut savoir Ashe.

— Je me suis rappelé les mots de lady Hyacinth à la roulette. J'aime danser avec les vieilles filles. Elles sont toujours si reconnaissantes qu'on s'intéresse à elle.

— Edward, tu es un crétin.

Edward sourit. Oui, il l'était. Il était aussi relativement inoffensif. Tant que rien ne menaçait ceux qu'il aimait.

14

Minerva s'était préparée avec un soin tout particulier, choisissant une robe rose pâle qui soulignait les reflets roux dans sa chevelure. Sa femme de chambre la coiffa dans un style romantique, laissant quelques mèches autour de son visage pour mettre son regard en valeur. Elle n'avait pas la prétention de se croire jolie, mais elle se trouvait plus que passable.

Elle était si nerveuse qu'elle ne put quasiment rien avaler au petit déjeuner. Elle fut reconnaissante à son père de ne faire aucun commentaire à ce sujet. Elle n'avait pas l'habitude d'attendre un prétendant avec autant d'anxiété. Beaucoup lui avaient rendu visite. Mais aucun avec qui elle avait couché. Elle connaissait la dureté de ses muscles, la chaleur de sa peau, sa façon d'onduler contre elle...

Elle se demanda si elle n'avait pas un problème de moralité, car elle n'éprouvait pas la moindre honte à connaître tous ces détails.

Pour passer le temps avant que n'arrive le moment où il était acceptable pour un gentleman de rendre visite à une dame, elle s'installa dans le salon avec un livre. Après avoir relu la même phrase une centaine de fois, elle le referma et se mit à arpenter la pièce. Une petite pluie fine avait commencé à tomber, elle ne pouvait donc pas sortir dans le jardin. Elle envisagea d'écrire une lettre au *Times* quant à la nécessité que davantage de gens s'engagent dans des œuvres charitables, mais elle doutait de réussir à se concentrer suffisamment pour se montrer éloquente.

Ses nerfs étaient tendus à craquer quand le majordome annonça enfin une visite. Elle fut pourtant sidérée par la joie qui s'empara d'elle…

— Lord Burleigh, acheva Dixon.

— Lord Burleigh ? répéta-t-elle, éberluée.

Ce dernier ne lui avait jamais rendu la moindre visite, il n'avait jamais dansé avec elle. Ils ne s'étaient adressé la parole qu'à quelques reprises en passant et, jamais il n'avait laissé paraître le moindre intérêt.

— Oui, mademoiselle. Je l'ai conduit au salon. Votre mère est avec lui.

Décidément, il était temps de publier cette annonce indiquant qu'elle n'était plus à la recherche d'un mari. D'un autre côté, elle serait bien bête de négliger la possibilité de trouver l'amour si tardivement dans sa vie. Bien sûr, tout éventuel époux devrait d'abord accepter sa conduite scandaleuse. Qui ne semblait poser aucun problème à Ashebury.

— Je vous remercie.

Lord Burleigh bondit – difficilement, en raison de sa corpulence – sur ses pieds dès qu'elle pénétra dans la pièce.

— Mademoiselle Dodger.

— Milord, comme c'est gentil de me rendre visite. J'ai demandé du thé.

— Jeunes gens, je vous laisse, déclara sa mère en emportant son ouvrage à l'autre extrémité de la pièce pour leur laisser un peu d'intimité.

Minerva s'installa sur le canapé. Lord Burleigh l'y rejoignit… à distance respectueuse. Elle essaya d'imaginer Ashebury en faisant autant, et n'y parvint pas.

— Il fait un temps bien morose, commença Burleigh.

— J'aime la pluie.

— Moi aussi. La plupart des gens ne l'aiment pas. Je trouve qu'elle favorise la réflexion.

— C'est cela.

— J'aime le roulement de tambour des gouttes contre la vitre.

— La tournure est assez lyrique. Seriez-vous poète, milord ?

Il rougit.

— Je m'y essaie.

— Bravo à vous !

Il plissa les paupières.

— Seriez-vous en train de vous moquer de moi, mademoiselle Dodger ?

— Absolument pas. J'estime que toute entreprise artistique doit être saluée.

— Pardonnez-moi. J'avais entendu dire…

Il se tut brusquement, sortit sa montre de gousset et la consulta, déçu sans doute de se rendre compte qu'à peine deux minutes étaient passées.

— Qu'avez-vous entendu au juste, milord ?

Secouant la tête, il rempocha sa montre comme le thé arrivait. Dieu merci. Minerva se mit en devoir de le servir.

— Trois sucres, dit-il. Et un nuage de lait.

Elle lui tendit tasse et soucoupe qu'il posa sur sa cuisse.

— Mère ? s'enquit-elle.

— Non, merci, ma chérie.

Elle avait à peine levé les yeux de son ouvrage. Même si elle admirait celles qui créaient de si délicates tapisseries, Minerva n'avait jamais réussi à trouver passionnant de faire passer et repasser une aiguille à travers un morceau de tissu.

Après avoir préparé sa propre tasse, Minerva regarda Burleigh pour découvrir qu'il l'observait. Elle lui adressa un sourire qui se voulait encourageant.

Fronçant les sourcils, il se racla la gorge.

— Je vous ai vue au bal des Lovingdon hier soir.

Pas dans les jardins, espéra-t-elle.

— Ah ?

— Et je me suis rendu compte que nous n'avions jamais vraiment eu l'occasion de mieux nous connaître.

— Vous auriez dû m'inviter à danser.

— Étant donné ma corpulence, c'est un exercice dans lequel je suis assez maladroit.

— Je vous soupçonne d'être un peu dur envers vous-même, mais quoi qu'il en soit, je suis sûre que nous nous en serions sortis à merveille.

Il cligna des yeux à plusieurs reprises.

— C'est très gentil à vous.

— Cela semble vous surprendre.

Il prit sa tasse, la reposa.

— J'ai entendu dire que vous étiez...

Nouveau raclement de gorge.

— Une mégère ?

Il fronça les sourcils, plissa le nez.

— ... Difficile.

— Et pourtant, vous me rendez visite.

— Mon père est décédé récemment.

Quel rapport avec elle ?

— Oui, je l'ai appris. J'aurais dû vous présenter mes condoléances.

— C'est inutile. Il a eu une vie longue et heureuse. Mais le devoir m'appelle à présent. J'ai grand besoin d'une épouse. J'ai donc pensé à vous rendre visite.

— Je vous remercie de votre considération.

— Je suis un peu âgé, aussi n'ai-je guère de patience pour les jeunes filles et leurs niaiseries.

Elle n'avait jamais encore eu droit à ce genre de raisonnement. S'il était rafraîchissant, il n'en restait pas moins peu flatteur.

— Donc, mon âge vous séduit ?

— Vous ne riez pas bêtement.

— En général, non, même s'il m'arrive parfois de rire franchement.

— Pas trop fort, j'espère.

— Cela dépend, je suppose.

Elle crut entendre le heurtoir cogner à la porte d'entrée. À ce stade de leur conversation, elle aurait même été heureuse d'accueillir lord Sheridan.

Dixon pénétra dans le salon, un plateau d'argent à la main. Il vint droit vers elle pour le lui présenter. Elle lut la carte, et s'efforça de réprimer son euphorie.

— Faites entrer le duc d'Ashebury, s'il vous plaît.

Minerva ne manqua pas de noter la curiosité dans le regard de sa mère comme celle-ci abandonnait un instant son ouvrage pour la regarder, ni la déception dans celui de Burleigh. Tout le monde se leva quand le duc pénétra dans la pièce. Il se dirigea droit vers sa mère pour la gratifier d'un impeccable baisemain.

— Madame, vous êtes splendide.

— Merci, Votre Grâce. C'est un plaisir de recevoir votre visite.

— Tout le plaisir est pour moi, je vous assure.

Se retournant, il braqua les yeux sur Minerva, et ignora complètement Burleigh tandis qu'il la rejoignait. Elle espéra qu'il lui prendrait la main à elle aussi, mais il se contenta d'incliner la tête.

— Mademoiselle Dodger.

— Votre Grâce.

Il bougea à peine les yeux.

— Burleigh.

— Ashebury.

— J'espère ne pas déranger.

— Vous ne dérangez jamais, dit Minerva. Voudriez-vous du thé ?

— Volontiers. Un sucre, pas de lait. J'en ai perdu le goût en raison de mes divers voyages loin de la civilisation. C'est une denrée impossible à transporter.

Minerva se rassit, consciente que Burleigh s'était rapproché d'elle. Ashebury prit la chaise la plus proche d'elle.

— Le thé a dû vous manquer lors de vos voyages.

— Au contraire, un gentleman ne va nulle part sans son thé, y compris dans les contrées les plus sauvages.

— Je ne vois pas bien comment on peut préparer un thé correct en pleine nature, déclara Burleigh.

— Oh, c'est tout à fait possible ! répliqua Ashebury. Vous devriez lire *L'Art du voyage,* Burleigh. C'est fascinant. Vous seriez surpris de découvrir tout ce que l'on peut faire, ce que l'on est prêt à faire quand la nécessité l'exige.

Après avoir avalé une gorgée du thé que Minerva venait de lui servir, il ajouta :

— Darjeeling. Excellent.

— Je n'avais encore jamais rencontré un homme capable d'identifier un thé à son goût, avoua-t-elle.

— Je possède un palais assez fin. J'arrive à reconnaître les saveurs, surtout quand elles sont très particulières : celles des vins, des alcools, des thés.

Il baissa les yeux sur ses lèvres et elle devina ce qu'il avait gardé pour lui : des baisers d'une femme.

S'agitant sur son siège, elle avala une gorgée de thé en déglutissant de façon assez disgracieuse. Le silence retomba. Elle remarqua la soucoupe en équilibre sur la cuisse ferme d'Ashebury, frappée de la trouver beaucoup plus élégante là que sur celle de Burleigh. Si ce dernier était beaucoup plus costaud, Ashebury semblait plus imposant. Ses vêtements étaient parfaitement taillés, ne laissant pas le moindre doute sur le fait qu'il n'avait pas une once de graisse.

— De quoi parliez-vous avant que je ne vous interrompe ? demanda Ashebury.

— Des mérites de l'âge, dit Minerva.

— Du vin ?

— Des dames.

— N'est-ce pas indélicat ? Les dames évitent généralement d'évoquer leur âge.

— Nous étions en train de dire que les femmes plus âgées ne rient pas bêtement comme les plus jeunes, expliqua Burleigh avec impatience.

— Quel mal y a-t-il à rire ? s'étonna Ashebury.

— C'est irritant. Je ne voudrais pas d'une épouse qui rit pour un oui ou pour un non. Ce qui n'est pas le cas de Mlle Dodger.

Le regard d'Ashebury se posa sur elle.

— Non ? Je suis prêt à parier que je parviendrais à la faire rire.

— Pourquoi voudriez-vous faire une chose pareille ? demanda Burleigh.

— Pourquoi pas ?

— Je viens de vous le dire, c'est irritant.

— Au contraire, c'est un son joyeux. Une femme devrait rire au moins une fois par jour.

Il ne la quittait pas des yeux.

Elle entendit un petit tintement : la tasse de Burleigh heurtant sa soucoupe. Il s'agitait. Il était son invité. Elle ne pouvait laisser Ashebury continuer à le mettre mal à l'aise.

— Comment fait-on son thé en pleine nature ?

Ashebury lui adressa un lent sourire, parfaitement conscient de sa tentative pour alléger l'atmosphère.

— Avec un feu, une bouilloire, une théière et du thé.

— Exactement comme dans un lieu civilisé, dit Burleigh.

— Oui, avec quelques variations ici ou là. Nous avons fini par offrir tous nos accessoires et notre thé à un chef de tribu. Le processus le fascinait, à vrai dire. Je me demande où il se procurera du thé une fois qu'il aura fini celui que nous lui avons laissé. Aimeriez-vous voir une photographie de cet homme ?

— Non.

— Oui.

Burleigh et Minerva avaient répondu en même temps.

— Il m'est impossible de refuser à une dame, déclara Ashebury.

Il posa sa tasse avant de venir s'installer sur le canapé. Minerva glissa aussitôt sur le côté pour éviter de se retrouver trop près de lui, ce qui eut pour effet de la plaquer un peu plus contre Burleigh. Qui se raidit. Une réaction impensable chez Ashebury.

Un petit sourire flotta sur ses lèvres. Le vaurien prenait un malin plaisir à les manipuler et à déstabiliser Burleigh. Elle n'aurait pas dû tolérer qu'il se comporte de la sorte et pourtant, elle ne parvenait pas à lui vouloir. Burleigh n'avait rien fait de mal, mais pas grand-chose de bien non plus. Il ne l'attirait pas. Sa cour ne mènerait nulle part. Elle devrait probablement le lui dire. Plus tard. Pas devant Ashebury.

Celui-ci glissa la main à l'intérieur de sa veste pour en tirer un paquet noué par une ficelle qu'il lui offrit.

— À vous l'honneur.

Il était aussi proche que Burleigh, sinon plus, sa cuisse collée à la sienne, leurs hanches se touchant et elle ne se sentait nullement gênée de ce côté-là. Elle ne pouvait pas en dire autant de l'autre. Était-ce parce qu'elle avait été intime avec cet homme ? Ou était-ce simplement parce qu'il était toujours si à l'aise en compagnie féminine ? Oui, c'était probablement cela. Elle préférait ne pas songer au nombre de femmes qu'il avait fréquentées de si près.

Elle dénoua le nœud, ôta la ficelle avant d'écarter lentement le papier qui emballait le paquet. Elle découvrit d'abord la photo des chimpanzés. Des âmes sœurs, elle en était certaine. Ce furent ensuite les pyramides d'Égypte, devant lesquelles les hommes semblaient des nains. Elle les connaissait déjà pour en avoir vu des reproductions et avait toujours eu envie de les visiter. Maintenant qu'elle n'avait plus à se soucier de se trouver un mari, elle était libre d'aller où bon lui semblait. Elle pourrait les toucher de ses mains si elle le voulait. La photo suivante montrait une sorte d'autel en pierre à peine visible parmi une végétation luxuriante. Elle n'avait aucune idée de l'endroit où elle avait été prise. On aurait dit que cet autel solitaire attendait qu'on vienne à lui.

Il fut remplacé par la photographie d'un homme aux longs cheveux blancs dont le visage sombre et ridé était recouvert de motifs étranges qui semblaient peints à même la peau. Souriant, il tenait une tasse en porcelaine qui apparaissait remarquablement incongrue.

— C'est lui, dit Ashebury.

— Il a l'air si heureux.

— Il venait de m'extorquer ma tasse, répondit-il, faussement maussade.

Elle le regarda. Il était tout près, si près que leurs épaules se touchaient presque.

— Qu'avez-vous obtenu en échange ?

— Que deux de ses hommes nous escortent dans la jungle.

— Et eux, qu'ont-ils obtenu ?

— Le privilège de nous accompagner, je suppose. Ils n'ont aucun besoin d'argent. Ils se suffisent à eux-mêmes.

— Ce sont des sauvages, déclara Burleigh.

— Qu'est-ce, au juste, qu'un sauvage, Burleigh ? J'en ai rencontré beaucoup au sein de notre beau royaume d'Angleterre.

— Vous savez très bien ce que je veux dire. Ils ne sont pas civilisés.

— Pas comme vous et moi peut-être. Ils ne peuvent pas citer Shakespeare, mais, croyez-moi, nous sommes mal placés pour les traiter de sauvages. Pour autant que nous ayons pu en juger, ils mènent une existence paisible et ils nous ont accueillis avec une extraordinaire bienveillance. Ils ont même bu le thé avec nous, ajouta-t-il avec un clin d'œil à l'adresse de Minerva. On ne peut être plus civilisé.

Passant à la photographie suivante, elle retint son souffle à la vue d'une femme en costume traditionnel – costume qui se résumait à une sorte de pagne. Mais ce ne fut pas sa poitrine dénudée qui capta son attention. Ce fut son visage : si fier, au port si noble. Nulle gêne n'y était perceptible, pas la moindre honte. Qui pourrait se sentir offensé par une telle image ? C'était simplement… la vie. Et Ashe était parvenu à en capturer l'essence et la beauté.

Il avait raison. Le corps humain était une merveille.

Encore que, visiblement, Burleigh ne partageait pas cet avis. Il était en train d'émettre d'étranges borborygmes comme s'il avait avalé son thé de travers. Lui arrachant les photographies des mains, il se leva :

— Vous ne pouvez pas montrer de telles photographies à une dame !

C'était un miracle que son indignation n'ébranle le lustre au-dessus de sa tête.

— Et pourquoi pas ? s'enquit Minerva.

— Lady Olivia, le duc montre des images vulgaires à votre fille.

Sa mère plissa légèrement le front.

— C'est une femme indigène, mère. Dans sa tenue naturelle.

— Elle ne porte pas de vêtement, ajouta Burleigh.

— Pas ceux que nous portons, rectifia Ashebury. Mais je peux vous assurer qu'aux yeux des siens elle était très convenablement vêtue.

Avec grâce et dignité, la mère de Minerva quitta son siège et les rejoignit. Ashebury se leva aussitôt. Mme Dodger tendit la main vers Burleigh. Il hésita.

— Lord Burleigh.

Elle claqua des doigts.

— Elle n'est pas convenable, milady.

— Laissez-moi déterminer ce qui est convenable et ce qui ne l'est pas.

Il lui remit la photographie.

Minerva ne put s'empêcher d'admirer l'aplomb de sa mère. Elle demeura impassible ; elle aurait tout aussi bien pu contempler une feuille blanche.

— Si cette femme n'est pas habituée à porter des vêtements, je ne vois pas au nom de quoi nous devrions dire qu'elle est vulgaire alors qu'elle se contente d'honorer ses traditions.

— Ashebury ne devrait pas mettre de telles images sous le nez de votre fille.

— Nous sommes tous adultes ici, milord. Ce serait ridicule de se sentir offensé par la vie.

Elle rendit néanmoins les photographies à Ashebury en ajoutant :

— J'ai vu des tableaux représentant des femmes portant moins que cela ; ce ne sont toutefois pas des œuvres que j'accrocherais dans mon salon.

— Pardon, milady, si je vous ai offensée, dit Ashebury.

— Vous ne m'avez pas offensée, je me permets simplement une remarque. Et si nous en revenions à notre thé ?

— Il est pour moi l'heure de partir, dit Burleigh.

— Je vous raccompagne, milord, proposa lady Olivia.

— Et Ashebury ?

— Je ne crois pas qu'il ait épuisé son temps de présence.

— Vous ne pouvez pas les laisser seuls.

— Oh, je suis certaine qu'il ne se passera rien d'inconvenant ! déclara-t-elle en glissant son bras sous celui de Burleigh. Comment vivez-vous la succession de votre père ? enchaîna-t-elle en l'entraînant hors de la pièce.

Dès qu'ils eurent franchi la porte, Minerva plaqua la main sur sa bouche pour étouffer son rire. Ashe se rassit à ses côtés. Il s'inclina vers elle jusqu'à ce que son souffle lui caresse la joue.

— Seriez-vous en train de rire bêtement ?

Un son qui ressemblait fort à un gloussement se glissa entre ses doigts. Elle lui flanqua un coup d'épaule.

— Vous l'avez fait exprès, sachant que cette photographie le mettrait mal à l'aise.

— Ne soyez pas ridicule. J'ignorais qu'il serait là.

— Alors pourquoi ne pas avoir attendu qu'il soit parti pour me les montrer ?

Une lueur espiègle dansa dans ses yeux.

— Parce qu'il m'est soudain venu à l'esprit que ce serait assez drôle de voir sa réaction. Il est plutôt sinistre, non ? Il vous courtise ?

— Je ne sais pas trop. C'est la première fois qu'il me rend visite.

— Avec lui, vous mourrez d'ennui, dit-il en lui encadrant le visage de ses mains. N'acceptez plus de le recevoir.

— Ce n'est pas à vous de me dire qui je peux recevoir ou pas.

Il fit glisser ses pouces sur ses lèvres.

— Vous ne serez pas heureuse avec lui.

Elle capitula.

— Je ne l'épouserai pas, mais je refuse de le mettre dans l'embarras. Il vient de perdre son père.

— Vous avez le cœur tendre, dit-il. J'aime apprendre des choses sur vous, Minerva.

Elle se demanda s'il allait l'embrasser. Elle en avait envie.

— Venez au *Nightingale* ce soir, ajouta-t-il d'une voix rauque. Nous continuerons à en apprendre l'un sur l'autre de la plus délicieuse des manières.

— Je suis attendue aux *Twin Dragons*.

— Préférez l'inattendu.

Il la défiait du regard et elle faillit céder. Mais elle voulait plus qu'une union de leurs corps, elle voulait une union de leurs âmes et de leurs cœurs.

— Si je n'y vais pas, on me posera des questions.

— Vous saurez y répondre.

— Je préfère ne pas avoir à le faire.

— Je m'y prendrais de telle sorte que vous ne le regretterez pas.

Elle secoua lentement la tête.

— Je n'ai pas le moindre doute là-dessus, mais il faut aussi que vous soyez un peu amoureux de moi.

Il lui frôla la joue de l'index.

— Vous utilisez mes propres mots contre moi.

— Parce que je les comprends mieux maintenant, dit-elle en jetant un regard du côté de la porte. Ma mère ne va pas tarder.

— Dans ce cas, revenons à notre discussion précédente, concéda-t-il sans rancœur. Avez-vous aimé les photographies ?

Elle sourit.

— Oui. Elles sont extraordinaires. Surtout celle de la femme. Je suis d'accord avec vous. C'est être pudibond de se concentrer sur ce qu'elle ne porte pas plutôt que sur ce qu'elle est : fierté, élégance et grâce.

— Je pensais que vous apprécieriez ce que j'ai tenté de saisir. Elle me fait beaucoup penser à vous.

Le compliment la fit rougir.

— Vous avez beaucoup d'imagination, dit-elle.

— Si vous pouviez convaincre votre frère de me laisser utiliser ce pont au fond du jardin comme décor, je vous montrerais.

— Je suis flattée, mais je ne pose que très rarement pour des photographies ou des portraits. Le résultat me déplaît toujours.

— Avec moi, il vous plaira.

Elle éclata de rire.

— Je ne sais trop si vous êtes sûr de vous ou arrogant

Il se pencha davantage vers elle.

— Vous savez de quoi je suis capable dans le noir. Laissez-moi vous montrer ce que je peux faire en pleine lumière.

Aussitôt, elle se vit allongée sur le pont tandis que, agenouillé entre ses cuisses, il l'emmenait jusqu'à l'extase avec sa bouche sous le soleil qui lui caressait la peau et que ses cris...

Un raclement de gorge la fit tressaillir comme si ces pensées étaient en train de danser dans la pièce à la vue de tous. Affichant un sourire ironique qui signifiait qu'il savait exactement où son imagination venait de l'emporter, il se leva. Minerva l'imita.

— Il est temps que je parte, dit-il. Les photographies sont à vous, si vous le désirez.

— Je les garderai précieusement.

Et c'était la vérité. Elle ne pourrait les regarder sans penser à lui et aux moments qu'ils avaient partagés. Et cette intimité – cette complicité – commençait à aller au-delà du seul plaisir physique pour tisser un lien qu'elle n'avait jamais connu avec quiconque en dehors de sa famille ou de ses amis proches.

— Dans ce cas, elles sont entre de bonnes mains, dit-il avant de se diriger vers la porte.

Là, il s'arrêta pour échanger quelques mots avec sa mère qui revenait, puis il s'en alla.

Se rasseyant, Minerva reprit les photos. Aucun cadeau ne lui aurait fait plus plaisir. Et elle le soupçonnait de le savoir. Aucun autre homme ne la connaissait aussi bien. Cela devait-il la réconforter ou l'inquiéter ?

Sa mère vint s'asseoir à ses côtés. Minerva essaya de ne pas rougir.

— Quel après-midi intéressant. Depuis quand Ashebury s'intéresse-t-il à toi ?

— Nous avons un peu parlé lors de la soirée chez lady Greyling. Et depuis nos chemins se sont croisés quelques fois.

— Tu as semblé plutôt ravie lorsqu'il est entré.

— Je trouve ses aventures intéressantes et ses photographies... il a beaucoup de talent.

Sa mère s'empara de la première – celle des chimpanzés dont Minerva pensait qu'elle resterait à jamais sa préférée – et l'examina.

— Il a l'œil.

Elle devina que sa mère ne parlait pas simplement du photographe.

— Comment as-tu su, de façon absolument certaine, que père t'aimait ? risqua-t-elle.

Le regard de sa mère s'adoucit.

— Quand je l'ai rencontré, il ne se souciait que d'une chose : accroître sa fortune. Ses coffres débordaient, pourtant il en voulait encore plus. C'était tout ce qui l'intéressait. Et puis, un jour, il a été prêt à tout abandonner pour moi.

Minerva, qui ne connaissait que les grandes lignes de cette histoire, faisait une découverte.

— Je crois que c'est pour cette raison que je n'aime pas les coureurs de dot. Ils n'ont rien à abandonner.

— N'en sois pas si sûre, ma chérie. Tout le monde a quelque chose à sacrifier.

— Je crois qu'Ashe est dans une situation financière délicate, déclara Edward qui sirotait son scotch attendant son tour au billard.

Grey leva les yeux.

— Il te l'a dit ?

— Il ne m'a pas donné de détails, mais il emménage à Ashebury Place. Il ne le ferait pas s'il n'y était pas forcé.

Même si aucun des deux ne connaissait exactement les raisons pour lesquelles Ashe détestait cette maison, ils savaient que cela avait un rapport avec la mort de ses parents. À son arrivée à Havisham, il souffrait de cauchemars récurrents.

— Il a sa fierté, Edward. Je ne peux rien faire tant qu'il ne demande rien. S'il avait voulu que je le sache, il me l'aurait dit.

Il reporta son attention sur le jeu.

— Eh bien, justement... il m'a proposé de reprendre son bail, et je trouve l'idée fort sympathique. Je sais à quel point je te dérange en m'installant ici lors de mes séjours à Londres.

— Tu ne me déranges pas.

— Toi peut-être pas, mais ta femme si.

Grey se redressa.

— Tu es un ivrogne invétéré et tu ne cesses de te vanter de tes conquêtes. Elle trouve cela déplacé.

— Elle n'est pas obligée de m'écouter.

Son frère lui coula un regard noir.

Edward capitula.

— D'accord. Je sais que je ne suis pas un invité facile. Mais je ne peux pas non plus continuer à imposer ma présence à Ashe, je pensais donc qu'il était grand temps que j'aie un chez-moi. Il m'a suggéré de racheter son mobilier. Ce qui m'éviterait de devoir en chercher et lui assurerait un petit capital. Si tu pouvais faire en sorte de me fournir les fonds nécessaires, tu nous aiderais tous les deux. Moi et lui surtout.

— Et le loyer ?

— J'aurais sans doute besoin que tu augmentes un peu ma rente.

Grey pocha une boule ; puis une autre.

— Que vas-tu faire de ta vie, Edward ? Il serait temps de lui donner un sens, non ?

— J'ai un grand projet. Le plaisir.

— Ce qui est parfait quand on a vingt ans. Mais tu as déjà vécu plus d'un quart de siècle. Le moment est venu d'assumer certaines responsabilités.

— Je suis un fils cadet et un gentleman. On attend de moi que je consacre ma vie aux loisirs. Ce doit même être écrit quelque part dans une de nos lois, non ?

Grey s'esclaffa.

— Dieu du ciel, je suis partagé entre te demander de grandir et espérer que tu ne le fasses jamais.

— Accompagne-moi dans une ultime aventure. La der des ders. Ensuite, je me calmerai pour de bon et je me lancerai dans un truc respectable et fou... Me faire élire au Parlement, par exemple.

— Seigneur, le destin du pays entre tes mains ? Ce serait un cauchemar.

Grey but une longue rasade de scotch avant d'enchaîner :

— Tu es pourtant intelligent, beaucoup plus que tu ne veux le laisser croire. Tu as la tête sur les épaules et je crois que là, tout au fond, dit-il en lui flanquant un petit coup de poing sur la poitrine, tu as envie de bien faire. Mais il faudra que tu t'y résolves sans ce dernier voyage à deux. Je ne peux pas quitter Julia, surtout en ce moment, elle est trop vulnérable.

Se détournant, Edward vida son verre.

— Quand tu t'es mariée, je n'ai pas gagné une belle-sœur, j'ai perdu un frère.

— J'ai grandi. Il faut que tu en fasses autant. Je pense qu'avoir ta propre maison est un pas dans cette direction. Je te financerai.

Edward fit volte-face.

— Y compris les meubles ?

— Pour aider Ashe, oui.

— Formidable ! Il sera soulagé, j'en suis sûr.

— Quand déménage-t-il ?

— D'ici un jour ou deux.

— Je crois, messieurs, que vous avez eu assez de temps pour apprécier votre porto, déclara Julia depuis le seuil avant de rejoindre Grey. Tu me manquais, murmura-t-elle en se hissant sur la pointe des pieds pour l'embrasser sur la joue.

— L'arrivée de la maîtresse de maison est le signal de mon départ, marmonna Edward.

— Tu n'es pas obligé de partir, répliqua son frère.

— Je pense que si, fit Edward en gratifiant sa belle-sœur d'un petit salut de la tête. Et c'était du scotch, pas du porto.

— Je croyais que les gentlemen buvaient uniquement du porto après dîner.

— Comme vous me l'avez souvent fait remarquer, je ne suis pas un gentleman. Votre mari, qui en est un lui, a bien voulu m'accompagner dans mon caprice. Mais je vais vous laisser à présent. Merci pour cet agréable dîner.

— Nous avons été ravis que vous puissiez vous joindre à nous, dit-elle.

Se penchant, il déposa un baiser rapide sur sa joue et chuchota :

— Vous mentez très mal.

— Ce n'est pas que je ne vous apprécie pas, Edward, mais vous avez un tel potentiel. Et vous semblez prendre un malin plaisir à le gâcher.

— Si vous ne commentiez pas ma vie de bon à rien, comment vous divertiriez-vous ?

— Edward, tu vas trop loin, aboya Grey. Julia ne veut que ton bien. Elle et moi nous faisons du souci pour toi.

— À raison. Je suis heureux, je passe du bon temps partout où je vais, et je crois divertir tous ceux qui veulent bien de ma compagnie. Mais ma prochaine aventure m'attend. Bonne nuit.

Il quitta la pièce sans plus attendre. Cette femme l'irritait diablement et il ne savait pas pourquoi. Elle n'était pourtant pas si désagréable, toutefois, quand elle le regardait, il avait toujours l'impression qu'elle le considérait comme un fléau.

Julia accueillit le départ précipité de son beau-frère avec soulagement. La tension était toujours palpable dès qu'ils se trouvaient dans la même pièce. Le fait qu'il ait été le premier homme à l'embrasser – ce qu'elle n'avait jamais avoué à Albert – n'arrangeait rien. Beau comme un dieu, l'intègre Albert la courtisait. Mais c'était son frère, beau comme le diable, qui l'avait approchée dans un jardin au cours d'un bal, avait posé sa bouche sur la sienne et lui avait fait découvrir la passion qui pouvait naître entre un homme et une femme. Cet honneur aurait pourtant dû revenir à Albert et Edward le savait. Mais il avait eu envie de s'amuser en se faisant passer pour son frère afin de lui voler ce baiser, et elle ne lui avait jamais pardonné. Pas plus qu'à elle-même de l'avoir autant apprécié.

Depuis, ce n'était qu'en faisant preuve d'une vigilance de tous les instants qu'elle parvenait à différencier les jumeaux. Ils étaient absolument identiques. Seuls leurs manières et leurs comportements les distinguaient. Edward ne se souciait que de son propre plaisir tandis qu'Albert pensait d'abord et avant tout aux autres. C'était une des raisons pour lesquelles elle l'aimait tant.

Son mari s'approcha de la cheminée, appuya le bras sur le manteau et se perdit dans la contemplation du foyer vide. Chaque visite d'Edward avait le même effet sur lui : il avait toujours le sentiment de ne pas en faire assez pour son frère.

Elle le rejoignit et murmura :

— Arrête de te tourmenter ainsi. Seigneur, si seulement, il disparaissait de notre vie !

Il se tourna vers elle en se frottant l'oreille droite et sourit.

— Désolé. Ma mauvaise oreille. Que disais-tu ?

Une autre différence entre les frères. Albert avait perdu l'usage de son oreille droite à l'âge de cinq ans quand Edward l'avait poussé dans une mare d'eau glacée. Qu'il y ait ensuite plongé pour le sauver ne changeait rien au fait qu'il était responsable de l'infection qui avait endommagé l'audition d'Albert. Celui-ci ne voyait pas les choses ainsi. Pour lui, cela n'avait été qu'un jeu comme n'importe quel jeu entre gamins qui était juste allé un peu trop loin. Julia soupçonnait Edward d'être jaloux de son aîné. Albert avait hérité de tout tandis que lui devait se contenter d'être le bénéficiaire de la générosité de son frère.

— Seulement que je t'aime, répondit-elle.

Son sourire s'élargit.

— Cela, tu ne devrais me le dire que dans l'oreille gauche.

— Je suis navrée de ne pas réussir à lui plaire, mentit-elle.

Elle ne se souciait nullement de plaire à Edward. Chaque fois qu'il partait en voyage, elle priait le ciel pour qu'il ne revienne pas. La vie était tellement plus facile sans lui.

Albert repoussa une de ses mèches derrière son oreille.

— Edward peut être pénible parfois. Je crois qu'en fait il est jaloux. J'ai une superbe épouse et il est seul.

Elle lui lança un regard espiègle.

— À l'entendre parler de ses innombrables conquêtes, je ne suis pas sûre qu'il soit si seul.

— Mais aucune d'entre elles ne lui fait du bien. Pas comme toi tu me fais du bien. Cela dit, il a affirmé que si nous partions pour une dernière aventure ensemble, il se rangerait enfin.

Le cœur de Julia se serra.

— Tu vas partir ?

Il secoua la tête.

— Je ne te quitterai pas.

Ravalant la peur qui ne la quittait jamais d'être aimée par un homme si merveilleux et que leur bonheur ne leur soit arraché, elle dit :

— Tu peux y aller si tu veux.

Lui levant doucement le menton, il plongea son regard dans le sien.

— Je ne vais pas te quitter alors que tu es enceinte.

— Tout ira bien.

— Si tu perdais notre bébé pendant que je suis à l'autre bout du monde, crois-tu que je pourrais me le pardonner ?

— Tu n'y serais pour rien. J'en ai déjà perdu trois, et ce n'est ni ta faute, ni la mienne. J'aimerais que ce soit un garçon. Je veux te donner ton héritier.

— Pour ma part, j'espère simplement que le bébé sera en bonne santé et qu'il ne t'arrivera rien lors de l'accouchement, dit-il en l'enveloppant de ses bras. Je ne veux pas te perdre, Julia.

— Tu ne me perdras pas, promit-elle tout en sachant que certaines promesses n'étaient pas faites pour être tenues.

Assis dans sa bibliothèque, Ashe faisait tourner le liquide ambré dans son verre, fasciné par le tourbillon si semblable à ce qu'était sa vie ces derniers temps. Il fallait qu'il épouse une femme avec une dot. Minerva Dodger disposait de la plus importante sur le marché. Pourquoi se contenterait-il de moins ?

De plus, elle lui plaisait, tout particulièrement dans une chambre à coucher. Ce qu'ils avaient partagé dépassait de très loin tout ce qu'il avait connu jusqu'ici.

En pénétrant dans le salon des Dodger, il n'avait pas du tout apprécié d'y trouver Burleigh partageant le canapé avec Minerva. Il avait pour règle de ne pas être jaloux mais, en ce qui la concernait, il semblait qu'aucune de ses règles ne tenait plus.

Le lendemain, il allait devoir s'occuper du déménagement à Ashebury Place. Ce soir, il avait besoin de se distraire. Aux *Twin Dragons*, par exemple. Et si Minerva s'y trouvait, ce serait encore mieux. Se levant, il alla reposer son verre.

— Ah, te voilà ! dit Edward en entrant dans la pièce. J'ai une bonne nouvelle. J'ai parlé à Grey. Tu peux laisser tout ce que tu veux ici, je devrais avoir les moyens de tout racheter.

Ashe laissa échapper un soupir de soulagement.

— Voilà qui me facilite bien les choses. Je vais demander à mon homme d'affaires d'évaluer le prix global.

— Je me doutais que tu serais content, fit Edward en se servant un scotch. Qu'allons-nous faire ce soir pour fêter cela ?

— J'étais sur le point de me rendre aux *Twin Dragons*. Tu es le bienvenu si tu veux m'accompagner.

Edward scruta son verre comme s'il y cherchait la réponse à cette question.

— Non, ce soir, le jeu m'attire moins que les dames.

— Il y en a aux *Twin Dragons*.

— Des femmes respectables, riposta Edward en secouant la tête. Pas celles que je préfère.

Ashe ne voulait pas abandonner son ami après un tel témoignage de générosité, mais il tenait encore plus à voir Minerva. Son dilemme fut donc vite résolu.

— N'étant pas d'humeur pour ce genre de distractions, je vais te laisser.

Edward sourit.

— On croirait déjà entendre un homme marié. Au fait, quand tu déménageras, laisse tes alcools ici.

— Si tu veux que certains membres du personnel restent aussi, dis-le-moi.

— Tu peux m'en laisser autant que tu veux. Je les garderai tous.

Comme si cette déclaration n'avait pas la moindre conséquence, il avala son scotch d'un trait.

Mais Ashe savait à quoi s'en tenir : son ami cherchait à alléger son fardeau.

— Edward, j'apprécie vraiment tout ce que tu fais pour moi.

Le sourire devint moqueur.

— Nous autres, orphelins, devons nous soutenir.

— Même si je regrette que tu aies toi aussi perdu tes parents, j'ai toujours été heureux de ne pas m'être retrouvé seul à Havisham.

Edward s'empara à nouveau de la carafe.

— Tu deviens sentimental. Ce n'est pas ton genre. Va donc perdre un peu d'argent. Tu te sentiras mieux après.

Il mettait ainsi un terme à une conversation qui aurait pu les mettre mal à l'aise et Ashe lui en fut reconnaissant.

— J'espère que tu te trouveras la partenaire idéale pour cette nuit.

— Je ne veux pas qu'elle soit idéale, répliqua Edward, sarcastique. Je veux au contraire qu'elle soit très, très vilaine.

Une même femme pouvait être les deux à la fois, Ashe le savait depuis qu'il avait rencontré Minerva Dodger.

15

Quelque peu nerveuse, Minerva observait la salle de jeu des *Twin Dragons* depuis un balcon. Après avoir vu Ashe cet après-midi, elle se languissait d'être dans ses bras. Elle avait envisagé de lui envoyer un mot pour lui proposer de la rejoindre ici ce soir. Mais elle espérait plutôt qu'il y viendrait spontanément, ce qui expliquait qu'elle reste sur ce balcon au lieu de rejoindre le salon privé où on l'attendait depuis un moment déjà. Il était temps pour elle d'y aller.

Jetant un dernier regard en bas, son pouls s'emballa à la vue d'Ashe déambulant entre les tables. Il se dirigea finalement vers la roulette. La cherchait-il ?

Elle faillit l'appeler, mais cela aurait été inconvenant. Elle redescendit au rez-de-chaussée.

Debout devant la table de roulette, il ne jouait pas encore, préférant observer. Elle aimait qu'il ne soit pas du genre à plonger tête la première dans le jeu, qu'il prenne son temps. Certains membres de ce club étaient de véritables enragés. Elle les avait regroupés sur sa liste « Ceux qu'il ne faut surtout pas épouser ».

Elle ne pourrait jamais aimer un homme pour qui le jeu était une obsession et non un agréable passe-temps.

— Votre Grâce.

Il se retourna, et son regard bleu se réchauffa à sa vue.

— Mademoiselle Dodger. J'espérais vous trouver ici, mais je ne vous ai vue à aucune des tables.

Quand un homme lui avait-il paru aussi sincère en s'adressant à elle ?

— Ce soir, je joue dans un salon privé. Voulez-vous vous joindre à nous ? Je sais que les cartes n'ont pas votre préférence, cela dit, vous n'êtes pas forcé de jouer. Vous pouvez juste regarder.

Il lui adressa un sourire canaille.

— Le voyeurisme ne fait pas non plus partie de mes préférences. Cependant, avec vous, cela pourrait changer.

— Je ne pense pas que je serais si intéressante que cela. Et vous avez raison. C'est incroyablement ennuyeux de regarder les autres jouer. Je ne sais pas pourquoi j'ai fait cette suggestion.

— Entre rester ici à regarder tourner cette roulette et mon argent disparaître et venir vous voir, le choix est vite fait. En outre, je crois savoir que ce salon privé n'est ouvert qu'à de rares privilégiés. Je suis assez curieux de découvrir un tel sanctuaire.

Elle sourit.

— C'en est un, en effet.

— Dans ce cas, je serai ravi d'accepter votre invitation.

Les salons privés des *Twin Dragons* étaient légendaires. Il ne fut pas surpris que Minerva possède la clé qui y donnait accès ; et cela lui permit de comprendre pourquoi elle avait demandé à son cocher de la conduire ici. Après avoir traversé la partie du club ouverte à tous, elle avait pu se réfugier ici. Même s'il l'avait suivie cette première nuit, elle aurait disparu avant qu'il puisse la voir sans son masque.

Une fille intelligente.

Elle lui fit monter un escalier, emprunter des couloirs. Alors qu'ils passaient devant une alcôve plongée dans la pénombre, il lui agrippa le bras pour l'y entraîner et plaqua sa bouche sur la sienne. Elle ne protesta pas. Au contraire, elle noua les bras autour de son cou et pressa ses seins contre son torse avec une impatience qui le rendit fou.

Pourquoi poursuivaient-ils ce satané jeu alors qu'il y avait cela entre eux ? Pourquoi n'étaient-ils pas chez lui, dans son lit ? Et pourquoi ne pouvait-il se rassasier d'elle ? Était-ce parce que c'était elle qui avait établi les règles qui dictaient les termes de leur arrangement ?

Quel arrangement ? Il essayait de garder la tête froide, de la courtiser selon les recommandations de son fichu livre, alors qu'il ne pensait qu'à prendre ses seins nus entre ses mains, à les pétrir et à les lécher. Il ne rêvait que de faire courir sa bouche sur ses jambes, presser les lèvres sur son grain de beauté, la torturer avec les doigts et la langue. Il mourait d'envie d'être en elle, de chevaucher une vague de plaisir comme il n'en avait encore jamais connu.

Il laissa sa bouche s'égarer sur son cou.

— Venez chez moi.

Elle soupira.

— Je suis à demi tentée.

— Soyez-le complètement.

Avec un petit rire, elle prit son visage entre ses mains.

— Cela ne vous effraie pas ? Cette folle attirance entre nous ?

— Non. Au contraire. Nous devrions en être plus qu'heureux. Ce n'est pas toujours ainsi.

— Non ?

À son tour, il posa les paumes sur son visage.

— Pour moi, cela n'a jamais été aussi intense avec aucune autre. Épousez-moi, Minerva. Nous aurons cela chaque nuit.

Elle laissa échapper un petit hoquet de surprise.

— Je ne sais pas si cela suffit à traverser une vie entière.

— Mais quelle extraordinaire expérience ce sera tant que cela durera.

— Donc, vous pensez que cela s'arrêtera.

Il maudit la déception qu'il avait perçue dans sa voix. Elle voulait des garanties. Il voulait coucher avec elle. Il se refusait cependant à lui mentir.

— Est-ce que vous m'aimez ? demanda-t-elle.

Il réprima un soupir de frustration.

— Je suis très attaché à vous. L'amour... l'amour a rendu fou le marquis de Marsden. Je sais que vous en rêvez, mais l'amour n'est pas que chaleur, joie et bonheur éternel. En revanche, cette attirance que nous éprouvons l'un pour l'autre peut nous emmener très loin.

— Nous emmènera-t-elle assez loin ?

Il ferait mieux de renoncer à elle. Les dots ne manquaient pas à Londres. Mais, bon sang, c'était elle qu'il voulait. Son obstination, son empressement à poursuivre son but, et même sa croyance dans l'amour. Il ne connaissait pas de femme aussi complexe, aussi fascinante. Avec elle, jamais il ne s'ennuierait.

Il prit de nouveau possession de sa bouche, avec fougue, pour la goûter une dernière fois, l'explorer encore. Quand il interrompit leur baiser, elle chancela. Il l'aida à retrouver son équilibre, le sourire aux lèvres.

— Nous pourrions avoir ceci chaque nuit. Réfléchissez-y.

Puis il lui prit la main, l'entraîna dans le couloir.

— Vous trichez, dit-elle doucement.

— Ce n'est pas un jeu.

— Non ?

C'était l'avenir de son domaine qui était dans la balance, son héritage. Il aurait voulu lui offrir cet amour qu'elle désirait tant, qu'elle méritait. À défaut, il pouvait faire en sorte qu'elle ne regrette pas de l'avoir épousé.

— Je vous veux, dit-il simplement. Cela ne changera pas.

— Comment pouvez-vous en être sûr ?

— Je me connais.

— Vous connaissez votre propre cœur ?

Il lui serra la main, se rendant enfin compte qu'il ne l'avait pas lâchée. Ils n'allaient pas résoudre ce dilemme ce soir et il voulait profiter d'être avec elle. Et qu'elle en profite elle aussi.

— Je veux vous voir jouer aux cartes.

Au bout du couloir, elle s'arrêta devant une porte, frappa et entra après avoir murmuré un mot. Il la suivit dans ce lieu dont il avait beaucoup entendu parler. C'était une antichambre à l'éclairage tamisé. Il y avait des fauteuils et des canapés et des tables garnies d'alcools de toutes sortes.

Mineva lui fit franchir d'épais doubles rideaux et ils pénétrèrent dans une pièce mieux éclairée. Une grande table ronde couverte de feutre en occupait le centre, plusieurs personnes y ayant déjà pris place. Se levant, quelques gentlemans le considérèrent d'un air soupçonneux. Les dames demeurèrent assises et lui adressèrent un regard empreint de curiosité.

— Je crois que les présentations sont inutiles, déclara Minerva.

— Ashebury, le salua Lovingdon.

Ashe se dit qu'il aurait dû deviner que son demi-frère serait là. Son épouse était assise à ses côtés. Venaient ensuite le duc et la duchesse d'Avendale. Lord Langdon et lord Rexton. Et Drake Darling.

— Lovingdon, fit-il en inclinant légèrement la tête. Mesdames. Messieurs.

— Nous nous installerons ici, dit Minerva en se dirigeant vers une chaise vide au bout de la table.

Avant même qu'ils ne l'atteignent, un valet en avait ajouté une deuxième.

Ashe aida Minerva à s'asseoir, puis attendit que ces messieurs aient fini de le jauger. Quelques interminables secondes s'écoulèrent avant que Lovingdon ne hoche brièvement la tête et qu'ils reprennent leurs places.

— Ashe ne joue pas, prévint Minerva. Il se contentera de regarder.

— Quel intérêt ? fit Avendale.

— Celui de vous voir perdre votre argent pendant que je garderai le mien, répliqua Ashe.

— Il préfère la roulette, expliqua Minerva.

Il s'interrogea sur ce besoin qu'elle avait de le défendre.

Elle enleva ses gants.

Il examina ces doigts minces et pâles, se les rappela se promenant sur son corps. Aussi discrètement que possible, il posa la main sur sa cuisse sous la table et la serra. Elle tourna la tête vers lui et il vit l'étincelle de plaisir dans ses yeux, le sourire qui lui incurvait lentement les lèvres...

— Même si vous ne faites qu'observer, Ashebury, intervint Lovingdon, je dois insister pour que vos mains restent sur la table.

Ashebury serra les dents. Il commençait à en avoir assez de cet homme qui ne cessait de se dresser entre Minerva et lui – quand bien même elle était sa sœur et qu'il devait la protéger.

— Il s'inquiète que vous puissiez tricher, intervint la duchesse de Lovingdon. Ou aider Minerva à le faire.

Il ne retira pas sa main. Au contraire, il lui serra davantage la cuisse avant de fixer Lovingdon d'un regard froid.

— Il m'est difficile de ne pas me sentir offensé. Je ne triche jamais.

— Malheureusement, déclara Minerva dont les joues avaient joliment rosi, cela nous arrive. Voilà pourquoi les mains doivent rester visibles. Et je le regrette, ajouta-t-elle dans un souffle.

Oui, c'était en effet regrettable. Soutenant le regard de Lovingdon, Ashe posa la main gauche sur la table et son bras droit sur le dossier de la chaise de Minerva, ses doigts lui frôlant l'épaule. Elle le dévisagea, puis se tourna vers son frère. La tension était montée d'un cran.

— Je n'ai pas besoin qu'on m'aide à tricher, lui dit-elle. Je me sens insultée que tu puisses le penser. Tant que les mains restent visibles, peu importe qu'elles soient sur la table.

— Tant qu'elles restent visibles, répéta Lovingdon, visiblement mécontent.

Ashebury se demanda à quel point il le serait quand ils deviendraient parents par alliance.

— Nous commençons ? proposa Darling.

Des murmures d'approbation s'élevèrent. Minerva se frotta les mains, fit craquer ses jointures. Ashe trouva ce geste, pourtant peu féminin, particulièrement érotique.

Tout le monde lança un jeton au centre de la table. Darling distribua les cartes. Ashe était sidéré par les piles de jetons amoncelées devant chaque joueur. Il ne jalousait pas leur richesse. Il regrettait juste que la sienne ne soit pas aussi importante. Toutefois, si ses projets aboutissaient, lui aussi serait bientôt à la tête d'une immense fortune.

Aussi discrètement que possible, Minerva lui montra son jeu avec un sourire espiègle. Flirtait-elle ou lui signalait-elle simplement qu'elle était contente que sa main lui touche l'épaule ? Il tenta de comprendre ce que signifiaient tous ces chiffres sur les cartes. Mais déjà qu'en temps normal il avait beaucoup de mal, c'était carrément impossible alors qu'elle changeait l'ordre de ses cartes à toute allure. Il lui rendit néanmoins son sourire.

Elle se débarrassa de deux cartes. Pour quelle raison ? Il n'en avait pas la moindre idée.

Quand ce premier tour s'acheva, ce fut elle qui rafla l'énorme mise au centre de la table.

— Ah, cinq cents livres ! J'ai de la chance. Vous pouvez m'aider à empiler ces jetons, s'enquit-elle.

Voilà une tâche dont il pouvait s'acquitter : les jetons se différenciaient par leur couleur.

— Comment connaissez-vous le montant de vos gains ? s'étonna-t-il.

— J'ai compté les mises au fur et à mesure.

De tête ? Sans avoir besoin de le noter sur un bout de papier ?

— Remarquable.

Elle s'esclaffa.

— Pas vraiment. Tout le monde à cette table en fait autant, j'en suis sûre.

Bon sang. Si jamais elle découvrait son incapacité à maîtriser les chiffres, elle le prendrait pour le dernier des crétins. Et pourquoi épouserait-elle un tel nigaud ?

Darling rassembla les cartes éparpillées sur la table et se mit en devoir de les battre avec une aisance déconcertante.

— Au fait, Ashebury, j'ai eu une conversation assez intéressante avec lord Sheridan récemment. Il exigeait que j'annule votre adhésion au club.

Tout le monde se figea autour de la table. Des verres s'immobilisèrent avant d'atteindre des lèvres ; des hommes penchés vers leurs femmes oublièrent ce qu'ils voulaient leur dire. Le silence pesant n'était brisé que par le bruit des cartes que Darling battait toujours. Tous les regards se braquèrent sur Ashebury. Y compris celui de Minerva qui semblait inquiète.

— Il a évoqué une altercation entre vous, reprit Darling sans cesser de manipuler les cartes.

— Je n'appellerais pas cela une altercation, dit Ashe.

— Il affirme que vous lui avez versé du scotch sur la tête.

La fierté de Sheridan l'avait visiblement empêché d'admettre qu'il avait aussi fait connaissance avec son poing.

— Un accident, je vous assure. J'ai trébuché et mon scotch s'est envolé. Je n'ai pas pu l'empêcher d'atterrir sur son crâne.

Avec un hochement de tête, Darling commença à distribuer.

— C'est aussi ce que m'a dit Thomas, voilà pourquoi je n'ai pas jugé bon de vous importuner avec cela. Mais puisque vous êtes là, c'était l'occasion d'avoir votre version des faits.

— Une simple maladresse de ma part.

— Je n'ai jamais beaucoup aimé Sheridan, avoua Rexton.

— J'espère que lady Hyacinth l'apprécie, elle, remarqua la duchesse de Lovingdon. On dit qu'ils vont se marier.

— Voilà qui me semble bien rapide, remarqua Minerva. Comment l'a-t-il convaincue ?

— Grâce à une rencontre compromettante dans un jardin, semble-t-il. Mieux vaut que ce soit elle que toi.

— Il t'a courtisée ? s'enquit Lovingdon.

Après un geste négligent, Minerva entreprit de classer ses cartes.

— Il y a quelques jours. Je plains cette fille. Il n'en a qu'après sa dot.

Même si la fille en question l'avait insultée, elle éprouvait de la compassion à son endroit. Si Ashe n'était pas certain d'être capable d'en faire autant, cela ne le surprenait pas de la part de Minerva.

Elle faisait preuve d'une décence qui manquait chez la plupart des femmes de sa connaissance.

— Elle sera comtesse, rappela Langdon.

— Elle sera malheureuse.

— J'en doute. On dit qu'elle a fait en sorte d'être découverte dans ce jardin.

— Elle a néanmoins toute ma compassion et j'ai vu que vous avez échangé votre carte, Langdon.

— Vous ne me regardiez même pas.

Elle se contenta de lui adresser un sourire triomphant qui rendit Ashe jaloux. Il aurait voulu ce sourire. Il voulait tous ses sourires.

Langdon jeta ses cartes sur la table et croisa les bras.

Minerva jeta un coup d'œil à Ashe, les lèvres toujours incurvées, et il dut prendre sur lui pour ne pas les embrasser sur-le-champ.

— Nous trichons, mais si nous sommes pris, nous l'admettons.

— Alors c'est une bonne chose que je ne joue pas. Je ne sais pas tricher.

— Je pourrais vous apprendre si vous voulez.

Il aurait préféré qu'elle soit son élève, et lui enseigner jusqu'où la passion pouvait les entraîner. En outre, s'il acceptait son offre, il courait le risque qu'elle découvre ses lacunes. Il préféra changer de sujet.

— Avez-vous demandé à votre frère pour son jardin ?

— Me demander quoi ? fit aussitôt Lovingdon sur un ton qui laissait suggérer que soit il n'aimait pas Ashe, soit il se méfiait de lui.

Décidément, l'intelligence était un trait qu'on partageait dans cette famille

— Ashe se demandait s'il pourrait utiliser le pont comme décor d'une photographie... de moi.

Elle avait hésité, comme intimidée. Ironiquement, l'idée de poser tout habillée la mettait mal à l'aise alors qu'elle l'avait fait avec une simple robe de soie retroussée sur les hanches.

— Pour vous montrer ma reconnaissance, déclara-t-il, je serais prêt à faire le portrait de toute la famille.

— Tu as vu ses images d'Afrique, reprit Minerva. Tu connais son talent.

Lovingdon observait Ashe comme s'il cherchait à deviner quelque motif caché. Il se tourna vers sa femme qui lui offrit un sourire bienveillant.

— Je suppose qu'il n'y a aucun mal à cela, déclara-t-il finalement, d'un ton qui proclamait le contraire.

— Parfait. Quand voudriez-vous faire cette photo ? s'enquit Minerva.

— Si le temps s'y prête, pourquoi pas demain vers 10 heures ? suggéra Ashe. La lumière du matin est plus clémente.

— Clémente pour quoi ? demanda Lovingdon.

— Mes maigres talents. Elle permet de créer des images plus douces, que je préfère aux contrastes durs.

— Comment avez-vous appris tout cela ? s'enquit la duchesse de Lovingdon.

— Essentiellement, en essayant et en recommençant encore et encore pour tenter d'approcher la perfection.

— Je n'ai jamais trouvé la perfection particulièrement intéressante, déclara la duchesse d'Avendale, qui regardait Ashe comme si elle venait de le voir marcher dans du crottin.

Elle n'était pas particulièrement jolie et il se demanda comment, étant une roturière, elle était parvenue à mettre la main sur un duc. Bien sûr, Minerva non plus n'était pas une aristocrate et elle allait épouser un duc, mais elle apportait sa fortune avec elle. La duchesse d'Avendale n'avait pour dot que son casier judiciaire.

— Je parlais de la perfection de mon style, pas de celle du sujet.

Même si pour sa collection privée, il recherchait avant tout la perfection des lignes, afin d'effacer les images horribles qui le hantaient depuis l'enfance.

La duchesse haussa une épaule comme pour dire que ses bottes n'étaient pas si sales après tout.

— Allons-nous enfin jouer ? demanda son mari.

— Vous n'arrivez pas à jouer et à parler en même temps ? s'enquit Ashe.

— Pas ici, intervint Minerva. Nous sommes tous terriblement sérieux dès qu'il s'agit de gagner.

Et elle adorait jouer, c'était évident. Tout comme il adorait tout ce qu'il découvrait de sa personnalité. Lui prouver ses sentiments allait se révéler plus délicat que prévu, mais il ne renoncerait pas. Il la voulait dans son lit de façon permanente.

Le lendemain matin, Minerva s'efforça de juguler sa nervosité. Elle ne cessait de se dire qu'elle avait déjà posé pour Ashe, et autrement moins vêtue. Il était occupé à installer son appareil sur un trépied tandis qu'elle faisait les cent pas le long de l'étang.

Avant son arrivée, elle avait eu une prise de bec avec son frère qui voulait les accompagner pour les surveiller. Elle tenait à être seule avec le duc. La veille, Ashe avait quitté les *Twin Dragons* bien avant la fin de leur partie de cartes si bien qu'elle n'avait pas eu d'autre moment d'intimité avec lui.

Elle s'immobilisa soudain.

— Pourquoi voulez-vous me photographier ?

Il leva les yeux.

— Vous n'êtes pas à l'aise avec votre apparence.

— Ce n'est pas un secret. Comme je vous l'ai dit, je ressemble trop à mon père.

Il lui adressa un petit sourire provocant qui lui réchauffa le cœur.

— Pas vraiment.

Il poursuivit ses réglages, et elle recommença ses allées et venues. Avant de s'arrêter de nouveau.

— Pourquoi avez-vous renversé votre scotch sur Sheridan ?

Il se redressa.

— Parce que le bonhomme me déplaît.

— Il voulait m'épouser.

Il l'étudia un moment, mais semblait plutôt en proie à un débat intérieur. Finalement, il la fixa droit dans les yeux.

— Il se plaignait que vous l'ayez rejeté. Je n'ai pas apprécié certains de ses arguments. Et même s'il s'est gardé de le dire à Darling, j'ai fini par lui faire goûter de mon poing.

L'intense satisfaction que cette révélation lui procura la sidéra.

— Vous avez pris ma défense ?

En trois longues enjambées, il la rejoignit, lui souleva le menton de son index replié.

— Vous pensiez que je m'en abstiendrais ?

— Pourquoi l'avoir fait ?

Il secoua la tête.

— Vous ne comprenez donc pas combien je vous adore ? Vous êtes un irrésistible mélange d'audace et de timidité. Sans parler de la passion qui jaillit entre nous dès que nous sommes ensemble.

— Pourtant, depuis votre arrivée, vous ne m'avez pas encore embrassée.

— L'occasion ne s'est pas présentée. Je vous embrasserais volontiers maintenant si je ne soupçonnais votre frère de nous observer avec une longue-vue quelconque.

Elle sourit.

— Il a un télescope.

— Ne vous méprenez pas, Minerva. Je ne cesse de penser à vous embrasser, et à faire un tas d'autres choses.

Son regard s'assombrit de désir, elle eut l'impression de se liquéfier. La prenant par la taille, il ajouta :

— Il est temps de vous mettre en place.

Il la guida jusqu'à un endroit devant le pont.

— Je veux que vous vous asseyiez les jambes repliées sous vous.

— Il me faudrait une couverture.

— Non, vous êtes une femme qui se moque complètement d'avoir des taches d'herbe sur sa jupe.

Il l'aida à s'asseoir sur le sol. Il n'éprouvait aucune gêne, déplaçant un bras ici, une main là, lui orientant les jambes de manière que la jupe se déploie autour d'elle. Elle était fascinée par sa concentration. Il était totalement absorbé par sa tâche. Elle espérait de tout cœur qu'il ne serait pas déçu par le résultat.

Lui prenant le menton entre le pouce et l'index, il lui inclina très légèrement la tête.

— Ne bougez plus, ordonna-t-il.

Il déposa néanmoins sur sa bouche un baiser à la fois doux et fougueux qui, en dépit de sa brièveté, fit naître des ondes de plaisir en elle. Quand il s'écarta, une étincelle dansait dans ses yeux.

— Si vous êtes gentille, je vous en donnerais un autre quand nous en aurons fini.

— Vous ne craignez plus que mon frère nous observe ?

— Sous cet angle, il ne peut discerner précisément ce que je fais. Mais vous allez devoir rester immobile un moment. Le soleil n'est pas encore là où il faut.

— Je ferai semblant d'être à l'église.

Il lui frôla la joue de son pouce.

— Je vous dirais bien que je vous trouve exquise, mais vous ne me croiriez pas.

Elle le fixa.

— Là, dit-il avec un sourire, gardez les lèvres entrouvertes juste comme cela.

Sur ce, il la laissa.

Agenouillé dans l'herbe – il se contrefichait de tacher son pantalon –, Ashe regarda dans le viseur. En raison de l'angle désiré, il avait utilisé un trépied court. Il était persuadé que la photographie avait bien plus à offrir que des images de gens figés devant l'objectif. Cette discipline en était à ses tout débuts, son potentiel restait à explorer ; il n'avait toutefois aucun doute qu'il s'agissait d'un art, et l'image qu'il contemplait ne faisait que renforcer cette conviction.

Minerva portait un chapeau élégant, quoique fort simple, à large bord et une robe jaune pâle aux jupes volumineuses. Ses cheveux aux reflets acajou, ses yeux bruns et ses lèvres couleur de fraises mûres se détachaient dans un contraste saisissant. Elle se trouvait légèrement à droite du pont si bien qu'avec l'étang il servait d'arrière-plan. Mais elle était l'élément central dans le cadre. Les ombres matinales, la lumière encore timide du soleil étaient presque comme il les désirait pour obtenir un effet maximal.

Il aimait ce moment, quand il possédait le contrôle absolu, quand lui seul décidait du résultat de ses efforts. Si seulement il maîtrisait les chiffres aussi facilement, il ne serait pas obligé de voir une dot lorsqu'il la contemplait. Étant donné son talent pour les affaires, elle pourrait à coup sûr l'aider à gérer ses domaines, veiller à ce qu'il ait un magnifique héritage à léguer. Pour cela, il devrait lui avouer dans quel pétrin il se trouvait... Ce qu'elle ne comprendrait pas et apprécierait encore moins. Vu son aversion pour les coureurs de dot, comment en serait-il autrement ?

— Nous y sommes presque, annonça-t-il.

Elle ne bougea pas, ne broncha pas. Sa maîtrise était stupéfiante.

Le soleil se fit plus audacieux, les ombres vacillèrent à peine. Il captura l'instant.

Il se redressa, la rejoignit et lui tendit la main.

— C'est fini ? s'étonna-t-elle.

— Oui.

— Ce n'était pas si douloureux, reconnut-elle en acceptant sa main.

Il l'attira contre lui, plaqua sa bouche sur la sienne, savourant son goût. Elle s'écarta à peine.

— Lovingdon.

— Qu'il nous voie.

— Il fera bien plus que nous voir. Je crains qu'il ne prétende que vous m'avez compromise et insiste pour que nous nous mariions.

— Serait-ce si terrible ?

Elle fronça les sourcils.

— Vous avez déjà parlé mariage hier soir, je doute cependant que vous soyez sérieux.

— Je n'ai jamais été aussi sérieux.

Il posa le pouce sur ses lèvres avant d'ajouter :

— Ne répondez pas maintenant, mais réfléchissez-y.

— Pourquoi voudriez-vous m'épouser ?

— Pourquoi pas ?

— Vous ne pouvez pas répondre à une question par une autre question.

Enroulant le bras autour de sa taille, il l'attira de nouveau à lui et l'embrassa. Pourquoi fallait-il qu'elle soit si méfiante ? Pourquoi fallait-il qu'elle doute de ses motifs ? Il maudit tous les hommes qui l'avaient précédé et qui rendaient cette conversation si difficile. Puis il maudit son frère qui devait bel et bien les observer. Il ne voulait pas la contraindre au mariage. Il voulait la séduire. Il la lâcha, s'écarta, et plongea son regard dans le sien, qui était à présent voilé.

— La passion qui nous consume ne s'éteindra pas en une nuit.

— La passion ne suffit pas comme fondement à une relation durable.

— Je vous adore, je vous l'ai dit. Je vous admire. Je vous trouve fascinante. Alors il se peut que le problème vienne de moi. Que vous ne me trouviez pas à la hauteur.

Tournant les talons, il retourna vers son équipement qu'il se mit en devoir de ranger. La duchesse désirait, elle aussi, une photographie de famille, pas aujourd'hui, heureusement. Leur fils était un peu souffrant.

— Ashe ?

Il se retourna.

— Je vous trouve à la hauteur. Je n'ai simplement pas l'habitude qu'un homme me désire. J'avais décidé d'accepter mon sort de célibataire.

— On peut toujours changer d'avis, dit-il en ramassant son matériel. Et je ne renonce pas facilement, alors il faudra vous y faire. Vous me raccompagnez au portail ?

Elle acquiesça et ils se mirent en marche.

— Quand me montrerez-vous la photographie ?

— Bientôt.

— Il se pourrait que je n'aie pas envie de la voir. Quand j'avais huit ans, ma mère a fait faire un portrait de moi. Une huile. Quand on me l'a montré, j'ai pris un morceau de charbon et j'ai noirci mon visage. J'avais un nez affreux.

— Parfois, Minerva, nous regardons quelque chose et nous voyons ce que nous nous attendons à voir plutôt que ce qui est réellement là. Mais quand je regarde dans le viseur de mon appareil, je vois la vérité.

— La vérité n'est pas toujours jolie.

Non, elle ne l'était pas.

Et il y avait des vérités le concernant dont il ne lui parlerait jamais.

16

Ashe se tenait dans l'entrée d'Ashebury Place quand il entendit un petit éternuement. Il se retourna et découvrit Minerva sur le seuil. Trois jours s'étaient écoulés depuis qu'ils s'étaient vus, depuis la photographie dans le jardin. Même si ses domestiques se chargeaient de l'essentiel du déménagement, il devait néanmoins superviser leur travail. Passer le plus clair de son temps dans cette maison ne le mettait pas d'une humeur des plus enjouées. Mais il se rendait compte qu'il avait été idiot de vouloir prendre ses distances avec elle. La joie qui le submergeait à sa vue était déconcertante, jamais encore il n'avait réagi ainsi.

— Pardonnez-moi, dit-elle. En passant dans la rue pour aller chez ma modiste, j'ai vu l'activité qui régnait ici et je me suis souvenue de votre déménagement. Je me suis dit que je pourrais m'arrêter pour voir comment vous vous en sortiez avec vos souvenirs.

Les seuls souvenirs qui persistaient actuellement dans son esprit la concernaient. Il avait envie de la plaquer contre lui, de réclamer sa bouche, de la porter dans l'une des chambres à l'étage pour la faire sienne. Au lieu de quoi, il dompta la bête qui se déchaînait en lui et se para d'un vernis de civilisation.

— Je crains de ne pas être tout à fait prêt à recevoir des visites.

— Je ne cherche pas m'imposer mais, ne vous ayant pas vu aux *Twin Dragons*, je voulais juste m'assurer que vous alliez bien. Je sais à quel point cela doit être difficile.

Éternuant de nouveau, elle se tamponna le nez avec un mouchoir en dentelle.

— Désolé, s'excusa-t-il, cela fait des jours et des jours que les domestiques remuent la poussière, vingt années de poussière.

— Si longtemps ?

Il acquiesça.

— La maison a été fermée quand on m'a conduit à Havisham. J'y suis repassé il y a quelques années, mais je n'ai pas réussi à aller au-delà de l'entrée. Je n'étais pas prêt à m'installer ici.

— Et vous l'êtes à présent ?

Il n'avait pas le choix. La menace de la pauvreté poussait un homme à certaines extrémités. Comme se marier. Même si la perspective de passer le restant de sa vie avec Minerva le rendait presque heureux d'avoir réinvesti la demeure familiale.

— Je le crois, oui. Les fantômes se sont un peu calmés.

Elle jeta un regard circulaire.

— Vue d'ici, cette maison semble assez imposante.

— Je vous la fais visiter ?

— Je ne veux pas vous déranger.

— Vous ne me dérangez pas. Comme je vous l'ai dit, elle n'est pas tout à fait prête, je peux toutefois vous montrer le rez-de-chaussée afin que vous en ayez une idée plus précise.

Dans la mesure où cette maison sera bientôt la vôtre.

— Volontiers. J'en serais ravie.

Tandis qu'il l'escortait dans l'un des couloirs, les domestiques affairés s'efforçaient de ne pas se trouver sur leur chemin. Ils étaient d'ordinaire bien plus discrets, mais il y avait tant à faire qu'ils n'avaient pas le choix. Le nombre de pièces à lui seul représentait un défi : un grand salon, un boudoir, la salle pour le petit déjeuner...

Ils pénétrèrent dans la bibliothèque. Quelques valets enlevaient les draps qui protégeaient les étagères.

— Je crois que le nombre de livres en dit beaucoup sur leur propriétaire, fit-elle en contemplant avec un plaisir évident les volumes reliés de cuir.

— Mon père aimait collectionner les livres. Je ne me souviens cependant pas de l'avoir jamais vu lire.

— Vous étiez enfant. Vous étiez probablement couché depuis longtemps quand il le faisait.

Il n'avait jamais songé à cela. Elle s'approcha d'une étagère, caressa le dos d'un livre.

— La vision que j'avais de mon père quand j'avais huit ans était très différente de celle que j'ai de lui aujourd'hui.

Il la rejoignit, s'adossa à la bibliothèque.

— Et vous, comment voyiez-vous le vôtre à huit ans ?

— Très grand. Immense. Je devais toujours me tordre le cou pour le regarder là-haut, si haut, au-dessus de moi. Il me paraissait effrayant ; si facilement agacé. Avec la gestion du club, il était peu souvent à la maison. Mais il faisait rire ma mère. Et il n'avait jamais un mot dur à son égard. Ce qui n'était pas le cas de mes frères. Dès qu'ils se tenaient mal, il était prompt à les réprimander. Un peu moins avec moi.

— Et maintenant ?

Elle sourit.

— Avec moi ? On dirait un chaton.

Ashe éclata d'un rire grave.

— J'ai du mal à le croire. Il paraît que tout homme qui aurait la mauvaise idée de vous rendre malheureuse se retrouverait illico au fond de la Tamise.

— Il a la réputation d'être hargneux, n'est-ce pas ?

— C'est un euphémisme.

Si Ashe n'avait pas peur de l'homme, il respectait le pouvoir dont il disposait. Il avait largement les moyens de détruire quiconque lui déplairait ou chagrinerait sa fille.

Il la conduisit de nouveau dans le couloir.

— Je vous montrerais bien les jardins, mais, pour le moment, c'est une espèce de jungle.

— Ce sera difficile de revenir vivre ici ?

— Pas autant que je le pensais. J'ai déjà un souvenir agréable pour remplacer ceux qui ne le sont pas. Je suis heureux que vous soyez passée.

En arrivant dans l'entrée, elle se tourna pour lui faire face.

— Je sais que vous êtes très occupé, je me demandais toutefois si vous viendriez au bal des Claybourne demain soir.

— Seulement si vous me promettez la première et la dernière valse.

Elle sourit.

— Elles sont à vous. Vous m'avez manqué.

— Je ferai en sorte de me rattraper demain soir.

— Je suis impatiente. Passez une bonne journée.

Sur ces mots, elle tourna les talons – et il crut entendre un infime tintement. Debout sur le seuil, il la regarda descendre l'allée, puis monter dans l'attelage qui l'attendait avec l'aide d'un valet. Il suivit la voiture des yeux jusqu'à ce qu'elle disparaisse. Son plan consistait à la séduire, et c'était lui qui était séduit. Chaque fois qu'ils se rencontraient, il était davantage sous le charme.

Cela commença par l'explosion. La déflagration des moteurs, le bois qui volait en éclats, l'incendie qui se déchaînait.

Cela se termina par les corps carbonisés, mutilés, étalés sur le sol…

Et Ashe se dressa dans son lit, le souffle court, en nage, entortillé dans les draps qui menaçaient de l'étouffer.

Cela faisait des années qu'il n'avait pas fait un cauchemar aussi horrible, aussi saisissant. Il se leva, s'approcha d'une petite table pour se servir un grand verre de scotch qu'il avala d'un trait. Il aurait dû s'y attendre. C'était la première nuit qu'il passait ici, dans la prison de ses souvenirs.

Il gagna la fenêtre, contempla la nuit, tout en essayant de chasser les images abominables. Il imagina des petits orteils repliés contre sa cuisse, ses propres mains enveloppant un mollet gracieux. Sa respiration s'apaisa, la sueur glacée commença à sécher.

Il pensa à Minerva allongée sur le lit, son visage dissimulé sous sa chevelure, la soie remontée sur ses hanches révélant ses longues jambes. Les chevilles délicates. Il commença à se concentrer sur les détails : le grain de beauté en forme de cœur, ce petit bouton derrière le genou. Tout ce que l'objectif d'un appareil aurait capturé. Sa fragrance s'imposa à lui. Son goût. Sa passion. Tout ce qu'une photographie ne pouvait capturer.

Sa perfection, sa beauté terrassaient les démons du remords et du regret. Il tenta de se rappeler les autres femmes qui avaient posé pour lui, mais il ne voyait qu'elle. Dès le début, tout avait été différent, quelque chose en elle l'appelait. Dès le début, elle était parvenue à se glisser au cœur de son être.

Oui, il la voulait pour femme. Il était temps d'accélérer les choses.

17

Assise dans la voiture avec Grace et Lovingdon – ce dernier lui ayant proposé de l'emmener ce soir –, Minerva ne se souvenait pas d'avoir jamais été aussi excitée, pas même pour son premier bal. Elle portait sa robe blanche préférée, celle dont le corsage était semé de roses de soie, roses qui descendaient jusqu'à sa courte traîne. Quelques ruchers de dentelle ajoutaient à son élégance. Ses cheveux étaient relevés en chignon, et ornés de roses stratégiquement placées.

Ce soir, elle comptait beaucoup danser. Avec Ashe. Elle lui accorderait bien toutes ses danses, et au diable, les ragots.

À sa grande surprise, il lui avait beaucoup manqué, au point qu'elle avait réfléchi aux mérites d'un éventuel mariage. Il était duc, héritier d'une longue lignée fort respectée, propriétaire de domaines prospères à en croire certains de ses plus proches amis. Il n'avait jamais mentionné sa dot. Il voyageait, disposait d'un personnel qualifié et discret. Il était toujours vêtu à la dernière mode et fréquentait les meilleurs tailleurs.

Il n'avait nul besoin de sa dot. C'était elle qu'il voulait. Peu lui importait qu'elle dise ce qu'elle pense. Au contraire, il appréciait sa franchise. Il la faisait rire et sourire. Quant à la passion qui se déchaînait entre eux… elle aussi lui avait manqué.

— Tu es particulièrement jolie ce soir, Minerva, déclara Grace.

— Merci.

— Pour une raison précise ? Un certain gentleman que tu espères impressionner ?

Elle ne put s'empêcher de sourire.

— Peut-être.

— Je te conseille d'éviter d'aller te promener dans le jardin avec lui, déclara Lovingdon d'un ton sans réplique.

— Je te conseille de t'occuper de tes affaires.

— Minerva, tu joues à un jeu très dangereux.

Elle poussa un long soupir.

— Quel serait le pire qui puisse arriver ?

— Que tu te retrouves enceinte.

Cette réponse lui fit l'effet d'une gifle : à croire que son frère savait parfaitement jusqu'où elle était allée avec cet homme.

— Je ne comprends pas pourquoi tu as une si mauvaise opinion de lui.

— Je l'ai vu t'embrasser le matin où il t'a photographiée dans le jardin.

— Tu n'avais pas le droit de nous espionner, quoi qu'il en soit, oseras-tu me dire que tu n'as jamais embrassé Grace avant de l'épouser ?

— Ce que j'ai fait avec Grace n'a aucun rapport.

— Pourquoi ne pourrait-il pas me vouloir pour ce que je suis ?

— Je ne dis pas qu'il ne le pourrait pas. Je te suggère juste de faire attention.

C'était l'un des problèmes d'avoir un frère qui avait eu une réputation scandaleuse avant de se marier. Il savait de quoi il parlait.

— Je ne suis pas stupide, Lovingdon, et je sais qu'il n'y a aucune raison pour qu'il soit vraiment attiré par moi...

— Ce n'est pas, non plus, ce que je veux dire. Je trouve simplement qu'il va un peu trop vite en besogne.

— Ce dont je lui suis reconnaissante, car je vieillis très vite, moi aussi, répliqua-t-elle avant de se mordre la lèvre. Crois-moi, cher frère, je me pose des questions. Car tout cela n'a aucun sens. Il pourrait avoir n'importe qui. Pourquoi moi ? A-t-il des dettes ?

— Pas à ma connaissance, répondit son frère, qui en savait beaucoup sur nombre de membres de l'aristocratie. Je peux me renseigner si tu veux.

— Non. J'apprécie ses attentions. Je ne voudrais pas le froisser.

— Pour ma part, je crois qu'il s'intéresse à toi parce que c'est un homme intelligent, intervint Grace. Et parce qu'il est séduit.

— Tu es une amie loyale, Grace.

— Cela n'a rien à voir. Je l'ai observé l'autre soir. Je l'ai observé t'observant. Et dans ses yeux, j'ai vu de l'admiration, de l'affection, de la chaleur... chaque fois qu'il te regardait. Il ne s'intéressait guère aux cartes que tu essayais de lui montrer. Il ne s'intéressait qu'à toi. Je crois qu'il tient à toi.

— Et pourquoi me découvre-t-il soudain cette Saison ? Ce n'est pas comme si nous venions l'un et l'autre de surgir brusquement dans le monde.

Il fréquente les salles de bal depuis aussi longtemps que moi.

— J'ai cru comprendre que lorsqu'on a frôlé la mort, non seulement on n'en apprécie que davantage la vie, mais on comprend à quel point elle est précaire. Peut-être que sa rencontre avec ce lion lui a permis de se rendre compte qu'il était temps de mettre de l'ordre dans son existence et de se ranger.

— C'est possible.

— Tu apprécies sa compagnie, alors profites-en et sois heureuse.

— Je me pose peut-être trop de questions.

— Ayant comme toi dû subir l'assaut des coureurs de dot, je sais que cela nous rend méfiantes. Mais au bout du compte, je crois que le mieux est de se fier à son instinct. Et à ce que l'on ressent.

Minerva sourit.

— Quand je suis avec lui, je me sens précieuse.

— Eh bien, voilà une réponse.

À entendre Grace, cela semblait si simple, si évident.

Quand il aperçut enfin Minerva, il aurait préféré ne pas être encerclé par trois femmes qui lui agitaient leurs éventails sous le nez en lui murmurant des invites. Cela faisait déjà une demi-heure qu'il repoussait des avances et il commençait à trouver cela assommant. Il n'aurait pas dû arriver si tôt, mais il voulait s'assurer que personne d'autre ne l'aborde avant lui.

Elle était ravissante ce soir dans sa robe de soie blanche. Il repensa à d'autres soirs où il l'avait vue en soie blanche. Elle n'avait nul besoin de ces roses pour l'embellir. C'était la perfection de ses lignes qui mettait sa robe en valeur et non l'inverse.

Le grand sourire qu'elle arborait vacilla un peu quand elle le vit. Il aurait dû s'excuser auprès de ces dames avant.

— Si vous voulez bien m'excuser, mesdames...

— Vous n'avez pas signé nos carnets, protesta lady Honoria.

— Je crains que ce soir toutes mes danses ne soient réservées.

Il se retourna, chercha sa chevelure auburn. Il la repéra enfin sur la piste de danse en train d'exécuter un quadrille avec... Edward. Il réprima un grognement. Bah, avec un peu de chance, il l'avait invitée pour éviter qu'un autre ne le fasse. Ou bien... il avait décidé de courir après sa dot. Edward n'était pas du genre à se satisfaire de peu. Chez les Vauriens, c'était lui le panier percé, celui qui adorait jeter l'argent par les fenêtres.

Debout au bord de la piste de danse, Ashe sentit son irritation se dissiper tandis qu'il contemplait Minerva, la grâce de ses gestes, l'étincelle dans ses yeux. Il ne regrettait pas qu'elle s'amuse. Il regrettait que ce ne soit pas avec lui.

Il ne supportait pas d'avoir un besoin d'argent aussi urgent. Et il détestait qu'elle en ait autant. Quoi qu'il arrive, ses dettes et sa dot se dresseraient toujours entre eux. Même si elle n'apprenait jamais la vérité sur sa situation financière, lui la connaissait.

La musique cessa et les couples se dispersèrent, Edward entraînant Minerva à l'autre bout de la piste. Ashe se fraya un chemin parmi les invités.

On avait annoncé une valse. Il comptait bien l'avoir dans ses bras dès qu'elle commencerait.

En dépit de la concentration qu'exigeait le quadrille, Minerva avait été très consciente du fait qu'Ashe ne l'avait pratiquement pas quittée des yeux. Elle ne comprenait pas pourquoi il était resté ainsi planté au bord de la piste. Il avait pourtant pléthore de cavalières potentielles.

Alors qu'Edward l'emmenait à l'écart, elle dut admettre qu'elle avait apprécié sa compagnie, en dépit de ses commentaires assez irrévérencieux à propos des tenues de certaines de ces dames. Ou peut-être à cause d'eux. Il ne semblait guère se prendre au sérieux et pourtant elle sentait que, sous ses abords assez facétieux, il ne manquait pas de profondeur.

— Merci pour la danse, dit-il, une fois qu'ils eurent atteint la zone où les jeunes filles étaient alignées comme pour une mise aux enchères.

Il lui prit la main, la porta à ses lèvres. Son regard dévia légèrement et une lueur amusée y apparut.

— Ashe.

Minerva fit volte-face, mais ne put achever son demi-tour car Edward lui tenait toujours la main et ne semblait pas décidé à la lâcher. Elle se libéra au prix d'une petite secousse.

— Votre Grâce.

— Mademoiselle Dodger. Je crois que la valse qui vient m'est réservée.

Assurément, absolument.

— J'ai apprécié la danse, mademoiselle Dodger, déclara Edward, comme s'il ne l'avait pas déjà remerciée, ou comme s'il tentait d'envoyer un message au duc.

— Merci, monsieur.

Sur ce, Ashe lui saisit la main et l'escorta jusqu'à la piste. Ils étaient en place quand les premières mesures résonnèrent.

— Pourquoi dansiez-vous avec lui ?

Ils tourbillonnaient déjà.

— Il m'a invitée, répondit-elle avant de froncer les sourcils. Pour vous, c'est plus un frère qu'un ami. Pourquoi tant d'inquiétude ?

— Parce que je le connais et je sais qu'on ne peut lui faire confiance.

— Vous êtes jaloux ?

Il la fusilla du regard et elle songea que certaines auraient été intimidées. Elle ne put s'empêcher de sourire.

— Il n'est jamais arrivé qu'un homme soit jaloux à cause de moi. Je me sens très flattée.

— Je n'aime pas vous voir avec un autre.

— Et pourtant moi, je suis obligée de vous voir avec d'autres femmes.

— Je n'appréciais pas leur compagnie, grommela-t-il. Je me montrais simplement poli.

— Vous comptez danser avec elles ?

— Non. Ce soir, je ne danserai qu'avec vous.

Elle en ressentit un plaisir délicieux.

— Dans ce cas, je crois que je peux vous pardonner.

Elle aimait tellement être avec lui. Sa façon de soutenir son regard, comme jamais aucun homme ne l'avait jamais fait. Cet éclat dans ses yeux comme si la tenir dans ses bras le rendait heureux. Cette façon qu'il avait de la serrer un tout petit peu plus que ne l'exigeaient les convenances. Sans qu'elle y trouve rien à redire.

Bien trop vite, la valse s'acheva et ils se retrouvèrent immobiles au milieu de la piste.

— Venez dans le jardin avec moi, dit-il.

C'était moins une requête qu'un ordre, un petit peu désespéré peut-être, comme s'il ne supportait pas l'idée de ne pas être seul avec elle.

Elle acquiesça et glissa la main au creux de son coude. Tandis qu'ils traversaient la salle, elle se rendit compte que c'était la première fois qu'une promenade dans un jardin la mettait dans un tel état. C'était un peu effrayant d'admettre qu'elle était prête à le suivre n'importe où, de lui permettre d'avoir autant de pouvoir sur elle. Pourtant, elle n'avait jamais l'impression qu'il la dominait. Au contraire, il lui semblait être sur un pied d'égalité comme jamais elle ne l'avait été avec quiconque en dehors de sa famille et de son cercle d'amis proches.

Ils sortirent sur la terrasse où d'autres couples déambulaient déjà. La rumeur de leurs murmures lui fit penser au *Nightingale*. Ce qui se passait ici était-il si différent ? Des gens qui cherchaient à se séduire dans la pénombre, tout en feignant de respecter les conventions… alors qu'aucun, soupçonnait-elle, n'avait des envies très convenables en tête.

Avant Ashe, elle n'avait jamais eu la chance de connaître un homme qui avait de telles idées la concernant. Ses promenades dans divers jardins ne lui avaient permis que de se détendre les jambes et non de libérer ses fantasmes.

— Claybourne n'a pas d'étang, dit-elle alors qu'ils descendaient des marches menant à une allée peu éclairée.

— Dommage. Mais nous nous en accommoderons.

Sa main libre recouvrait la sienne. Gant contre gant quand elle aurait préféré peau contre peau.

— Y a-t-il un gentleman qui sera déçu de ne pas vous voir dans la salle de bal ? demanda-t-il.

— Langdon, mais il s'y fera.

— Je suis surpris qu'il ne vous ait pas courtisée.

— On ne courtise pas sa sœur.

— Vous n'êtes pas parents.

— Pas par le sang, quoique à mes yeux il a toujours été une sorte de frère. Et je présume que lui aussi me considère comme sa sœur.

— J'ai donc de la chance.

Elle éclata de rire.

— Comme si le duc d'Ashebury pouvait avoir un concurrent parmi les mortels.

Malgré la pénombre, elle le vit froncer les sourcils.

— Qu'entendez-vous par là ?

Elle haussa les épaules.

— Je ne sais pas. De loin, vous m'avez toujours fait l'effet d'un dieu. Vous êtes séduisant, votre sourire fait fondre les femmes, vous pouvez vous comporter comme bon vous semble – y compris de la façon la plus inconvenante qui soit –, la Société vous pardonne toujours.

Son regard se fit plus intense.

— J'ai très envie d'être inconvenant avec vous.

Il jeta un coup d'œil par-dessus son épaule.

— Il n'est pas là.

Il la regarda.

— Lovingdon, précisa-t-elle, sachant pertinemment ce qu'il vérifiait.

Jamais encore, elle n'avait été aussi proche de quelqu'un. C'était un sentiment merveilleux que de deviner les pensées d'une autre personne.

— Je lui ai dit que si jamais il nous suivait ce soir, je lui ferai mordre la poussière.

— Dans ce cas, je regrette qu'il ne soit pas là. J'aurais aimé voir cela.

Avant qu'elle ait le temps de trouver la moindre réponse, il l'entraîna dans une trouée dans la haie et plus loin encore dans l'obscurité. Il la fit pivoter et son dos toucha le mur d'enceinte du jardin. Des mains chaudes encadrèrent son visage et elle eut une fraction de seconde pour se demander quand diable il avait enlevé ses gants avant que sa bouche ne s'empare de la sienne. Elle ne se soucia même pas d'étouffer son petit cri de plaisir tandis qu'elle enfonçait les doigts dans ses cheveux, sa langue jouant avec la sienne. Il lui avait tellement manqué. Pressée comme elle l'était contre lui, elle ne pouvait pas ne pas sentir la bosse dure contre son ventre. Il la désirait et elle regretta qu'ils ne soient pas au *Nightingale*.

— Bon sang, j'ai envie de vous, marmonna-t-il, la voix rauque avant de lui mordiller le lobe de l'oreille.

Elle frémit de tout son corps.

« Alors allons-nous-en », faillit-elle dire. Lady V n'aurait pas hésité. Mais Minerva Dodger avait une réputation à protéger, un père et un frère qui n'accepteraient pas qu'elle soit compromise.

— Vous me faites perdre la tête, dit-il en déposant une traînée de baisers sur sa gorge, puis plus bas, entre ses seins. Je veux goûter, lécher, embrasser la moindre parcelle de votre corps.

Elle retint son souffle quand il referma la main sur son sein, en caressa la pointe érigée de son pouce. Elle était en feu. Elle savait où pouvaient conduire toutes ces sensations et elle voulait ce voyage qu'il était en train de lui offrir. La main sur sa nuque, elle nicha le visage contre la peau douce sous son menton, respira son odeur, l'envie, le besoin qu'il avait d'elle.

C'était enivrant d'être à ce point désirée.

Elle prit conscience de sa main qui remontait sur sa cuisse, de sa jupe qu'il soulevait, de son grondement quand il glissa les doigts dans son intimité.

— Vous êtes prête pour moi Je donnerais mon âme pour vous posséder.

« Faites-le, faites-le », hurla-t-elle dans sa tête, mais la dame qu'elle était censée être garda les lèvres closes. Que penserait-il d'une femme qui s'offrirait à lui dans un jardin où n'importe qui pouvait les surprendre ?

Ils n'étaient sûrement pas les seuls à s'être réfugiés dans un coin sombre, mais elle éprouvait un plaisir inouï à être avec cet homme qui lui faisait des choses interdites et qui, même si elle était entièrement habillée, faisait vibrer son corps.

Ses doigts commencèrent à la fourrager, sa bouche recouvrit la sienne tandis qu'elle commençait à se tordre contre lui, que les sensations en elle allaient crescendo, telle une vague s'apprêtant à déferler…

Elle se cramponna à lui, et il poursuivit son œuvre, plongeant les doigts au plus profond de sa féminité. Et lorsqu'elle capitula, lorsque la jouissance explosa en elle, il captura son cri sur ses lèvres. Puis le mouvement de ses doigts se fit plus doux, plus lent, son bras libre lui encercla la taille, la tenant fermement, car ses genoux refusaient désormais de la soutenir. Elle s'accrochait à ses épaules, tremblante après cet orgasme furieux.

Elle aurait tellement voulu le sentir peser de tout son poids alors qu'il était enfoui en elle.

Sa bouche l'abandonna et se pressa contre sa tempe.

— Épargnez-moi cette interminable torture, Minerva. Épousez-moi. Nous pourrions avoir cela chaque nuit, chaque après-midi, chaque matin, dit-il d'une voix sourde.

Haletante, elle s'écarta légèrement, s'efforçant de distinguer son visage. En vain. Pourtant, elle sentait son regard sur elle.

— Je pourrais parler à votre père demain soir. Si vous êtes d'accord.

Un petit rire lui échappa avant qu'elle ne puisse le retenir. Elle se toucha les lèvres tandis qu'une joie extraordinaire s'emparait d'elle.

— Vous ne cessez de parler de mariage, et pourtant je continue à avoir du mal à croire que vous vouliez réellement de moi.

— Je passerai le restant de mes jours à vous le prouver, dit-il en lui caressant la joue. Vous êtes la moitié qui me rend entier.

Elle voulait le croire. Il ne lui avait pas donné la moindre raison de douter de sa sincérité.

— Je ne suis pas comme les autres, reprit-il doucement.

Appuyant le visage contre son torse, elle fut heureuse de sentir ses bras l'envelopper. Non, il n'était pas comme les autres. Il ne l'avait jamais été. C'était elle qui se trompait. Elle qui avait tellement confiance en elle sauf dans ce domaine.

Il ne l'avait peut-être pas dit, mais il l'aimait sûrement. Sinon, il aurait renoncé à elle depuis longtemps.

— Oui, chuchota-t-elle.

Relevant la tête, elle ajouta :

— Oui, je veux vous épouser.

Il écrasa la bouche sur la sienne. Elle sentit sa joie à lui cascader en elle. Il avait envie d'elle. Elle était digne d'être aimée. Elle allait être heureuse jusqu'à la fin de sa vie.

18

Étrangement, le lendemain matin lorsque Minerva s'éveilla, tout lui parut tellement plus brillant, comme si les couleurs étaient devenues plus éclatantes.

Un peu plus tard, alors qu'elle se rhabillait derrière le rideau avec l'aide d'une employée après un essayage, elle se demanda si elle ne ferait pas aussi bien d'évoquer avec sa couturière sa future robe de mariée. Ils n'avaient pas encore discuté de la date de la cérémonie, mais elle ne voulait pas attendre trop longtemps. À la fin de la Saison, peut-être. Avant Noël, à coup sûr.

Durant la dernière danse, ils n'avaient pas échangé un mot. Après ce moment torride dans le jardin, après qu'il eut annoncé qu'il irait voir son père, que dire de plus ? Il avait affiché ses intentions et, même s'il n'avait pas prononcé les mots « je vous aime », il était évident qu'il la tenait en haute estime et qu'il ressentait une profonde affection pour elle.

Il l'avait serrée contre lui pendant toute la valse, n'avait jamais regardé ailleurs. Ses yeux disaient tout ce qu'il avait à dire. Il lui offrait tout ce dont elle avait toujours rêvé...

— Je trouve juste que c'est triste, c'est tout, disait une dame dans le salon d'essayage. Elle avait une telle expression quand ils dansaient ensemble hier soir. À tout instant, je me disais qu'elle allait défaillir. J'ai plutôt de la peine pour elle, qu'elle se ridiculise ainsi avec cet homme.

— Difficile de le lui reprocher, déclara une autre voix que Minerva reconnut comme appartenant à lady Honoria. C'est le plus séduisant des Vauriens.

Minerva se sentit soudain glacée. Elles ne pouvaient parler d'Ashe. Non, elles devaient faire allusion à Edward.

— C'est juste, dit l'autre que Minerva reconnut enfin : Lady Hyacinth. Tout de même, quelle ironie ! Songez qu'elle a écrit tout un livre pour expliquer comment reconnaître un coureur de dot et qu'elle tombe dans les filets de l'un d'entre eux.

L'assistante voulut écarter le rideau. Minerva la retint et posa le doigt sur ses lèvres.

— Vous êtes certaine qu'il en a après sa fortune ?

— Absolument. Mon frère et Ashebury ont le même homme d'affaires. En passant voir Nesbit il y a quelque temps, il a entendu Ashebury se plaindre, très bruyamment, que ses coffres étaient vides. Bien sûr, mon frère a battu en retraite pour ne pas embarrasser le duc quand celui-ci quitterait le bureau de Nesbit. Mais le fait est là. Winslow a même suggéré que je jette mon dévolu sur Ashebury, dans la mesure où ma dot n'a rien de négligeable. J'ai essayé, hélas, il est vite devenu évident qu'il avait besoin d'une somme plus substantielle que celle que j'ai à offrir. Où est cette employée ? Il est vraiment temps que je fasse cet essayage.

Minerva lâcha la jeune femme et hocha la tête. Celle-ci se glissa dehors sans ouvrir le rideau. Minerva s'adossa au mur ; elle était si oppressée qu'elle avait du mal à respirer. Elle avait osé penser que c'était *elle* qu'il voulait.

Peut-être avait-elle été en partie influencée par ce qu'il s'était passé au *Nightingale*. Elle était un peu tombée amoureuse et s'était laissé emporter par des émotions qu'elle aurait dû laisser là-bas. Et qui l'avaient aveuglée au point de ne plus voir la vérité.

Il avait peut-être fait preuve de plus de subtilité et d'intelligence que les autres, mais comme eux, il ne voulait qu'une seule chose depuis le début : sa dot.

Il était assis à son bureau, des papiers étalés devant lui, tête inclinée, le cheveu en bataille, comme s'il n'avait cessé d'y passer les doigts. Debout sur le seuil, Minerva songea qu'il n'avait jamais eu l'air aussi séduisant et une boule douloureuse lui noua la gorge. Elle était tombée amoureuse de cet homme qui n'était pas plus réel que lady V.

En arrivant à Ashebury Place, elle était parvenue, avec un sourire et un clin d'œil, à convaincre le majordome de la laisser surprendre son maître. Son cœur battait si fort qu'elle était surprise qu'il ne l'ait pas entendue. Et quand elle avait enfin posé les yeux sur lui, une morne douleur s'était installée en elle.

— Vous êtes ruiné, articula-t-elle d'une voix à peine audible.

Il leva vivement la tête. Jamais, elle n'avait vu une telle culpabilité dans le regard de quelqu'un.

Repoussant sa chaise, il quitta son siège, s'empara de sa veste sur le dossier et l'enfila d'un mouvement fluide.

— Minerva, quelle agréable surprise. Je ne vous attendais pas.

Se dirigeant vers lui, elle fut stupéfaite que ses jambes aient encore la force de la soutenir.

— Vous êtes ruiné.

Il haussa un sourcil.

— C'est une question ?

S'arrêtant devant le bureau, elle contempla ses traits parfaits. Et il lui avait fait croire que ses défauts à elle n'avaient aucune importance.

— L'êtes-vous ?

— Pas tout à fait, mais presque. Comment l'avez-vous appris ?

Au moins, il ne niait pas, ne mentait pas.

— Chez ma modiste. Un lieu assez saugrenu. En surprenant une conversation... Vous savez comment cela se passe. Les secrets ne le demeurent jamais longtemps au sein de l'aristocratie. Pourquoi ne pas me l'avoir dit ?

— Je ne voyais pas en quoi cela aurait fait une différence.

Elle le dévisagea.

— Vous ne voyiez pas ? Vous *ne* voyiez *pas* ? Vous avez besoin de ma dot.

— Ce n'est pas parce que mes coffres sont vides que je cours forcément après votre dot.

Elle haussa le menton.

— Êtes-vous en train de dire que vous ne l'avez pas prise en considération ?

— Non, répondit-il, l'air sombre.

Ce simple mot la laissa sans voix. Elle balaya du regard les papiers étalés sur le bureau, les colonnes de chiffres impeccables qui offraient un contraste saisissant avec le désordre qui régnait autour. Soudain, une couverture familière attira son regard. Soulevant les registres comptables qui le recouvraient, elle s'empara d'un livre à la couverture bleue : *Un guide à l'intention des dames pour démasquer les coureurs de dot,* et eut soudain conscience que tout s'effondrait en elle. Les pages étaient cornées, la reliure craquelée... preuves que l'ouvrage avait été lu et relu. Étudié. Il avait même noté quelques remarques dans les marges.

Elle le regarda.

— Je croyais aider les femmes. En fait, je donnais des armes à ceux qui ne veulent pas être pris.

— Cela ne change rien, Minerva.

— Cela change tout. Inutile de passer voir mon père ce soir. Je n'ai plus l'intention de vous épouser.

— Pourquoi ?

— Vous m'avez trompée.

— Je suis certain que vous non plus, vous ne m'avez pas tout dit à votre sujet.

— Rien d'aussi terrible que cela. Vous avez dilapidé votre héritage. Vous n'avez fait que courir le monde afin de satisfaire vos caprices alors que vos domaines périclitaient. Vous pensiez vraiment qu'un tel comportement n'aurait aucune conséquence, que vous pourriez continuer à refuser d'endosser vos responsabilités ?

— Je les endosse maintenant.

— C'est trop tard. Je n'épouserai pas un homme que je ne respecte pas, et je ne peux respecter quelqu'un qui laisse sa situation financière se dégrader à ce point...

D'un geste, elle indiqua les papiers sur le bureau avant de poursuivre :

— ... et qui compte sur la dot d'une femme pour réparer les dégâts.

Elle n'était pas du genre à pleurer et pourtant elle sentit les larmes lui brûler les yeux.

— Vous auriez dû être honnête avec moi, Ashebury.

Elle tourna les talons et se dirigea vers la porte. Elle allait l'atteindre quand sa voix la traversa. Confiante, menaçante, et triomphante.

— Je ne suis pas sûr que vous soyez en position de me repousser... lady V.

Ashe était furieux qu'elle lui ait lancé ces accusations à la figure. Que savait-elle de ses efforts, de ses combats, de ce qui l'avait mené à cette situation ? Pourquoi répudiait-elle les sentiments qu'il avait pour elle sous prétexte qu'il avait besoin de sa dot ?

Faisant volte-face, elle lui lança un regard noir.

— Vous menacez de me faire chanter ? Vous croyez vraiment que je me laisserais intimider ? Ce qui s'est passé entre nous n'y change rien, je ne vous épouserai pas.

Il traversa la pièce, ne s'immobilisant que lorsqu'il perçut l'odeur de verveine.

— Votre père aura un avis différent quand il saura que je vous ai déflorée.

— Ce sera votre parole contre la mienne.

Si elle ne l'avait pas regardé avec un tel mépris, il l'aurait peut-être laissée partir. Mais elle avait piqué sa fierté.

— Vraiment ? Parce que tout Londres connaît ce grain de beauté sur votre hanche droite ? Même à travers vos vêtements, je pourrais poser le doigt sur son emplacement exact. Que dira-t-il alors ?

— Il ne me forcera pas à épouser un homme dont je ne veux pas.

— Et que dira Londres en apprenant que la prude Mlle Dodger s'est rendue à trois reprises au *Nightingale* ?

— Vous n'en direz rien. Vous seriez chassé du club. Vous n'y remettriez jamais les pieds.

— Quel besoin aurais-je du *Nightingale* alors que je vous aurai vous pour satisfaire mes besoins les plus primaires ?

— Vous êtes fou si vous vous imaginez que je vous permettrais de venir dans mon lit.

— Vous êtes une créature trop sensuelle pour ne pas m'y accueillir, pour vous refuser le plaisir que je peux vous offrir.

— Vous n'êtes qu'un donneur de leçons arrogant.

Il la gratifia d'un de ses sourires destinés à faire défaillir les femmes.

— Ne soyez pas stupide, Minerva. Oui, j'ai besoin de votre dot pour régler mes problèmes financiers, mais cela ne signifie pas que nous ne pourrions pas passer du bon temps ensemble. Nous passons déjà du bon temps ensemble. Le *Nightingale* en est la preuve.

Avant qu'elle ne puisse réagir, il la saisit, l'attira à lui et écrasa sa bouche sur la sienne, bien décidé à lui rappeler la passion qui s'enflammait si facilement entre eux, à déchaîner...

La douleur, féroce, explosa dans son bas-ventre. Il s'effondra à genoux, puis tout son corps suivit et il se recroquevilla en position fœtale, le souffle coupé.

— Je n'épouserai pas un homme que je ne peux pas aimer, déclara-t-elle d'un ton égal. Un homme qui ne m'aime pas.

Il ne vit que ses jupes et la semelle de ses souliers tandis qu'elle quittait la pièce, qu'elle sortait de sa vie.

19

Elle refusait de pleurer. Si ses yeux la picotaient, c'était à cause de l'air empuanti de Londres, pas de son cœur qui se brisait.

— Je vais passer une annonce dans le *Times* pour dire que je ne me marierai jamais et que je ne recevrai plus de prétendants.

De retour chez elle, elle avait rejoint ses parents dans la bibliothèque. Ils la regardèrent se servir un verre de scotch qu'elle vida d'un trait.

— Il s'est passé quelque chose ? demanda sa mère.

— Je me suis trompée à propos d'Ashebury.

— Trompée à quel point ? s'enquit son père, les yeux étrécis.

Elle savait que sa colère n'était pas dirigée contre elle.

— Lourdement. Assez, en tout cas, pour qu'il s'imagine que tu me forceras à l'épouser. Mais je vous le dis, je ne me marierai *jamais* avec lui.

Son père se leva.

— Difficile d'épouser un mort.

— Rassieds-toi, papa.

Ses paupières se plissèrent davantage.

— S'il te plaît, ajouta-t-elle.

Il se laissa tomber sur le canapé aux côtés de sa mère qui posa la main sur son poing serré.

— J'ai fait quelque chose que je n'aurais pas dû faire, reprit Minerva, mais je ne m'étendrai pas sur ce sujet. Je ne le regrette pas. Je regrette simplement de m'être trompée, d'avoir perdu mes facultés de jugement. J'ai cru que c'était moi qu'il voulait alors qu'il s'avère qu'il a besoin de ma dot. Je comprends maintenant pourquoi, chaque fois que je l'interrogeais sur ses finances, il restait évasif. J'ai été complètement idiote.

— Tu n'étais pas idiote, rectifia sa mère avec douceur. Il est charmant. Il est tout à fait compréhensible qu'il t'ait plu et que tu lui aies fait confiance. Il est aussi compréhensible qu'avec l'enfance qu'il a eue, il ne comprenne pas tout à fait ce qu'est l'amour.

Minerva secoua la tête.

— Ne lui cherche pas d'excuses. Tout Londres passe son temps à chercher des excuses aux Vauriens. Aucun d'entre nous n'a une vie parfaite. Nous devons tous en tirer le meilleur parti.

— Qu'est-ce qui n'est pas parfait dans la tienne ? voulut savoir son père.

— Aucun homme ne m'aime.

— Je t'aime.

C'était de pire en pire. Ces maudites larmes menaçaient de plus belle.

— Il faudra que je me contente de cela.

— Publier une annonce me paraît un peu excessif, dit sa mère.

— Je ne veux plus de ces visites.

— J'en informerai le personnel.

— Et je ne veux surtout pas revoir Ashebury.

— Tu ne le reverras pas, assura son père.

— Pas plus que je ne veux sa mort.

— Une petite correction, alors ?

Elle ne put s'en empêcher : elle s'esclaffa.

— Non. Encore que je l'ai laissé dans un sale état, je crois.

— Crochet du gauche ?

— Non. Un petit truc que Lovingdon m'a appris. Il serait fier de moi. Je lui en parlerais bien, mais il risque de tuer Ashebury et je ne pourrai jamais vous retenir tous les deux en même temps.

— Peut-être que toi et moi, nous devrions partir en vacances quelque part, suggéra sa mère.

— J'ai un autre projet en tête. Je vous en parlerai dès que j'aurai avancé. Mais soyez tranquilles, je ne vais pas me morfondre. Et je compte bien prendre des mesures pour ne plus jamais croiser la route d'Ashebury.

Les vents hurlaient sur la lande, secouant la voiture qui s'engageait dans la longue allée menant à Havisham Hall. Ashe ne pouvait prétendre qu'il avait l'impression de rentrer chez lui, mais il éprouvait une sorte de nostalgie douce-amère tandis que la nuit tombait lentement. Il avait connu une profonde tristesse ici, mais aussi certains de ses moments les plus heureux.

Le marquis de Marsden n'avait pas été un tuteur particulièrement attentif, mais il n'avait pas non plus négligé ceux dont il avait la charge. Il se joignait à eux aux repas, leur racontait des histoires de sa jeunesse où figuraient le duc d'Ashebury et le comte de Greyling. Cela avait permis à Ashe de découvrir son père sous un jour nouveau, et assez inattendu : un trublion, un élève pour qui les études n'avaient rien de facile, un gamin farceur.

Parfois, quand le vent se calmait, Ashe avait un aperçu de l'homme qu'avait été le marquis avant que sa femme ne meure lors de son accouchement, avant qu'il ne fasse arrêter toutes les horloges de la maison à l'heure de sa mort. Aimer une femme à ce point... Était-ce une bénédiction ou une malédiction ?

La voiture s'immobilisa devant le manoir qui ne lui paraissait plus aussi formidable et menaçant que lorsqu'il avait huit ans. Il en connaissait toutes les pièces, tous les recoins. Personne ne sortit lui souhaiter la bienvenue : il n'était pas un invité ici. Il faisait partie de la famille. Gravissant les marches deux à deux, il franchit le seuil. Le silence l'accueillit. Les horloges étaient toujours muettes, leurs aiguilles ne bougeaient toujours pas, n'égrenaient pas le temps.

Des chandelles dispensaient une lumière vacillante. Il emprunta le couloir familier, jeta un coup d'œil dans les pièces en passant devant les portes ouvertes, nullement surpris de n'y trouver personne. Dans la bibliothèque, une unique bougie posée sur le bureau d'acajou révélait la tête baissée du vicomte Locksley qui griffonnait dans un registre. Il leva les yeux, sourit.

— Ashe, bon sang ! Tu aurais dû m'avertir de ta venue.

Il se leva et vint à sa rencontre. Il lui serra la main en lui tapant sur l'épaule.

— Qu'est-ce qui t'amène ici ?

Cette discussion n'était pas pour tout de suite.

— Comment va ton père ?

— Toujours aussi fou, répondit Locksley avant d'aller remplir deux verres. Il dort, ajouta-t-il en lui en tendant un. Il sera ravi de te voir demain.

Il s'assit devant le feu, jambes tendues.

— Londres t'ennuie déjà ? Tu prépares notre prochaine aventure ?

Ashe s'installa à ses côtés.

— La mienne, peut-être. Je crois que le moment est venu de me marier.

— Bonté divine, d'où te vient pareille lubie ?

Il n'était pas prêt à se confesser.

— Nous ne rajeunissons pas.

— Nous n'avons pas trente ans.

— J'en suis plus proche que toi.

De deux années.

— Mais tu n'y es pas encore.

Il fixa son verre d'un air songeur. Locksley avait toujours été l'observateur du groupe, prenant son temps, considérant tous les angles possibles, ne se laissant pas abuser par les apparences. Peut-être parce qu'il avait eu la malchance de voir son père sombrer dans la folie.

C'était un avantage, supposait Ashe, de ne plus avoir ses parents ; de ne pas être témoin de leur vieillissement, de leur déclin. Même si la disparition soudaine des siens avait bien failli l'anéantir. Même s'il n'échangerait pas sa place avec celle de Locke, il ne parvenait pas toujours à réprimer une pointe d'envie, car son ami avait encore la chance de pouvoir parler avec son père.

— Qui est la dame ? s'enquit Locke, solennel.

— Mademoiselle Minerva Dodger.

Locke émit un petit sifflement.

— Tu vivras comme un prince avec l'argent qu'elle apportera dans la corbeille de mariage.

— Elle ne se résume pas à sa fortune.

Locke esquissa un sourire.

— Non ? Je ne me souviens pas que tu lui portais beaucoup d'intérêt autrefois. Se serait-elle soudain métamorphosée en Vénus ?

— Pourquoi faut-il que tout le monde ne considère que l'apparence ? Pourquoi les gens ne voient-ils pas sa vraie beauté ?

Le sourire de Locke s'élargit, au point de ressembler à celui d'un enfant émerveillé.

— Tu es amoureux d'elle.

— Quoi ? Non. Elle m'intrigue, c'est tout. Elle est audacieuse comme ce n'est pas permis et peut tenir tête à tout un régiment. Elle ne recule jamais. C'est rafraîchissant.

— Rafraîchissant pour l'instant, mais elle va s'aigrir en vieillissant et tu devras supporter ses critiques incessantes. Les demoiselles qui tiennent à donner leur avis sur tout ont tendance à devenir irritantes avec l'âge.

— Tu te fondes sur ta vaste expérience des femmes pour l'affirmer ? Es-tu jamais resté plus d'une nuit avec une seule d'entre elles ? Un autre ?

Ayant fini son verre, Ashe s'était levé pour le remplir.

— Non. Je dois finir ces comptes ce soir.

Ashe le regarda par-dessus son épaule.

— Tout va bien ?

— Avec le domaine ? Absolument. Pas de souci de ce côté-là.

Ashe se rassit.

— Comment fais-tu pour garder tes finances en si bon ordre ?

— Ce n'est pas comme si mon père était très dépensier. Un majordome, une cuisinière, une femme de chambre et un valet pour veiller sur cette monstruosité.

— Ils ne s'occupent pas de toute la maison.

— Non, uniquement des pièces que nous utilisons. Les autres, ils n'y touchent pas. On pourrait sans doute semer quelques plantes dans la poussière qui s'y est accumulée depuis le temps.

— Cela changera quand tu te marieras.

— Je ne me marierai jamais. La démence n'est pas un héritage que l'on a envie de transmettre.

— Cela s'achèvera avec ton père. Tu n'es pas fou.

— Peut-être que je sais mieux le dissimuler, répliqua Locke, qui étudiait Ashe tout en sirotant son scotch. Tu n'es pas encore fiancé, donc pas de nouvelle excitante de ce côté-là. J'essaie toujours de comprendre ce qui t'a incité à venir ici.

— Je voulais juste m'assurer que tout allait bien. Tu as filé dès que nous sommes descendus du bateau.

— Notre voyage avait duré plus longtemps que prévu. Il fallait que je m'assure que tout était en ordre ici.

— Tu envisages de revenir à Londres pour le reste de la Saison ?

— Je ne pense pas, dit Locke en se levant. Il faut que je finisse ces comptes. Une balade à cheval demain matin, cela te tente ?

— À la première heure. J'en serais ravi.

— Bien.

Locke retourna à son bureau avant d'ajouter :

— Et tu pourras enfin me donner la vraie raison de ta présence ici.

La vraie raison de sa présence ici ? Ashe n'était même pas sûr de la connaître. Il avait quitté le bureau. Le silence dans la maison avait quelque chose d'irréel, que l'absence d'horloges ne faisait qu'accentuer. Quand il était gamin, il dormait avec la montre de gousset de son père sous l'oreiller, simplement pour entendre autre chose que le vent qui hululait. Il l'avait trouvée sur la table de chevet près du lit de ses parents. Cet oubli était étrange ; parfois, Ashe se demandait si son père avait eu une prémonition à propos de l'accident. Mais dans ce cas, pourquoi n'était-il pas resté à la maison avec sa femme ?

Il remonta le long couloir où une seule porte était entrouverte. Un rai de lumière barrait le sol. Il savait qu'il ferait mieux de ne pas déranger le vieil homme, pourtant il continua à avancer. Il poussa la porte et pénétra dans la chambre, qui sentait la lavande et la bergamote. Le marquis avait dû disposer des sachets de lavande un peu partout dans la maison, supposait Ashe, car on retrouvait cette odeur ici ou là. Dans la chambre de la marquise – qui était restée intouchée depuis sa mort – il y avait autrefois une bouteille de parfum à la lavande sur la coiffeuse. Ashe le savait car il s'y était faufilé avec les autres une nuit, bien que cela leur fût interdit. Grey et Edward se disputaient, comme toujours, et l'aîné avait bousculé le cadet qui avait heurté la table. La bouteille de parfum était tombée et avait volé en éclats. Le fracas avait attiré Marsden.

Leur intrusion l'avait mis en rage. Ç'avait été la seule et unique fois où il les avait punis. Il les avait alignés dans la bibliothèque, leur avait ordonné de baisser leur pantalon et de se pencher en avant, mains sur les genoux. Il les avait alors fouettés avec une badine, longtemps et avec force. Jusqu'à ce que son bras se fatigue, jusqu'à ce qu'il se laisse tomber sur un fauteuil et qu'il fonde en larmes. Ses sanglots déchirants, atroces, avaient été plus douloureux pour Ashe que les coups sur son postérieur.

Après cela, la porte de la chambre de sa femme avait été verrouillée. Non pas qu'Ashe ait eu la moindre envie d'y retourner. Il ne voulait plus jamais provoquer de tels sanglots.

Toutefois à neuf ans, il était trop jeune pour comprendre, de même que les autres, que le marquis pleurait bien autre chose que la perte d'un flacon de parfum.

— Ashe, dit le marquis d'une voix râpeuse.

— Milord, dit-il en s'approchant de Marsden, qui était assis dans un fauteuil capitonné face à la fenêtre.

Il appuya l'épaule à l'encadrement, heureux de trouver ce support. Le visage émacié du marquis affichait une barbe de deux jours tout au plus. Quelqu'un l'avait rasé. Locke sans doute puisqu'il n'avait pas de valet. Ses cheveux blancs n'étaient pas peignés, des mèches désordonnées tombaient sur ses épaules.

Sa robe de chambre était élimée et Ashe regretta de ne pas avoir pensé à lui en apporter une neuve de Londres. Qu'il n'aurait sans doute jamais mise. Le marquis n'aimait que ce qui lui était familier.

— Elle est là-dehors ce soir, elle m'attend, dit Marsden en caressant le petit portrait posé sur ses genoux. Tu l'entends ?

— Oui, milord.

— Je vais bientôt la rejoindre. Dès que Locke sera heureux, dit-il avec un sourire en plantant son regard du même vert que celui de son fils dans celui d'Ashe. Dès que tu le seras. Et que Greyling et Edward le seront. Comment vont-ils ?

— Ils vont bien, milord. Ils sont à Londres.

— Et pourquoi n'y es-tu pas ?

Ashe contempla les ténèbres dehors. Il croyait avoir besoin de Locke. Il se trompait.

— Vous l'aimiez tellement.

— Non.

Surpris par cette réponse, Ashe regarda le marquis qui secouait la tête.

— C'est très loin de décrire ce que j'éprouvais pour elle. Ce que je ressentais, c'était... tout. Quand elle a disparu, il n'y avait plus rien.

— Durant tout le temps que j'ai passé ici, vous ne nous avez jamais parlé d'elle. Comment était-elle ?

Le regard de Marsden se fit lointain.

— Elle était la lune et les étoiles. Le soleil et la pluie. Ce n'était pas tant elle que ma façon d'être quand j'étais avec elle. J'étais optimiste, invincible. Plus doux, plus gentil. Elle faisait ressortir le meilleur en moi. Est-ce qu'elle fait ressortir le meilleur en toi ?

Ashe sursauta.

— Qui ?

— La femme que tu aimes.

Il fixa le marquis. Croisa ce regard si pénétrant qui semblait tout voir, tout comprendre.

— Je ne l'aime pas, mais il y a une femme, oui. Elle est brillante, intelligente, volontaire. J'ai besoin de sa dot. J'ai mal géré ma fortune.

Il pressa davantage l'épaule contre le bois dur de l'encadrement avant d'ajouter :

— Je ne comprends rien aux chiffres.

— Ton père non plus.

Ashe se redressa.

— Pardon ?

Marsden laissa échapper un petit rire.

— C'était son secret. Mais il a fini par me l'avouer. Il avait peur de ne pas être capable de gérer ses domaines. Alors, il m'apportait ses livres de comptes et je lui donnais les réponses. J'avais oublié. Tu as passé toutes ces années ici et je n'ai jamais pensé à te le dire. Je n'ai jamais surveillé tes études. Bon sang, murmura-t-il, c'est pour cela qu'il m'avait choisi comme tuteur. Je connaissais son secret. Il pensait que je saurais te guider. Au lieu de quoi, je t'ai trahi.

— Je ne dirais pas cela. Le problème, c'était plutôt ma fierté, mon refus d'avouer mon incapacité. Et, par la suite, de m'être trop reposé sur mon homme d'affaires, alors que je n'étais pas absolument franc avec lui. J'ai besoin de quelqu'un à qui je puisse me fier totalement.

S'il parvenait à convaincre Minerva de mettre *sa* fierté de côté, elle saurait gérer ses avoirs à la perfection.

Marsden leva un doigt impérieux.

— Locke, c'est l'homme qu'il te faut.

Ashe n'était pas convaincu. C'était plutôt une femme qu'il lui fallait.

Les sabots faisaient un bruit de tonnerre sur la piste. Couché sur l'encolure de sa monture lancée au grand galop, Ashe savourait son plaisir. La présence de Locke à ses côtés faisait resurgir des souvenirs de folles cavalcades, de journées passées à faire ce que bon lui semblait, sans se soucier de domaines, de revenus, de salaires ou de dépenses. Sur la lande, il n'y avait ni chiffres, ni nombres, ni comptes.

— Stop ! hurla Locke en tirant sur les rênes de son hongre.

Ashe l'imita avec un temps de retard et dut faire demi-tour pour rejoindre son ami. Dans l'air frais du matin, de petits nuages de vapeur sortaient des naseaux de leurs montures.

— Marchons un peu, d'accord ? proposa Locke qui mit pied à terre sans attendre sa réponse.

Il était plus jeune qu'Ashe et tout juste vicomte, mais cet endroit lui appartenait et il y avait toujours régné, sachant qu'un jour il en serait le maître. Grandir sur le domaine ancestral offrait au moins un avantage : il permettait de savoir où était sa place et quelles étaient ses responsabilités. Toutes choses qui étaient venues assez tardivement à Ashe. Et aussi à Grey sans doute. Quant à Edward, cela ne se produirait jamais : il était un fils cadet.

Il se mit en marche aux côtés de Locke, leurs longues foulées troublant les nappes de brouillard qui flottaient sur la lande. Locke était silencieux, ce qui ne lui ressemblait guère. Ashe savait qu'il attendait qu'il parle le premier.

— J'ai emménagé à Ashebury Place, lâcha-t-il finalement.

— Tu t'es débarrassé de tes fantômes ? C'est bien.

— C'est plutôt que je ne pouvais plus me permettre de payer le loyer de l'autre maison. Edward l'a reprise.

Se baissant, il arracha une longue herbe coupante – probablement pour gagner un peu de temps.

— Mes finances vont mal, avoua-t-il.

— D'où la décision d'épouser Mlle Dodger.

Ashe hocha la tête.

— Malheureusement, elle n'apprécie guère les coureurs de dot et est assez fâchée contre moi pour ne lui avoir pas révélé la précarité de ma situation. Elle refuse de m'épouser alors même que...

Il arracha un autre brin d'herbe.

— Que ? l'encouragea Locke.

— Que je l'ai compromise.

Son ami s'immobilisa, lui agrippa le bras et le força à se tourner vers lui.

— Volontairement ?

Ashe lui lança un regard noir.

— Eh bien, ce n'est sûrement pas par hasard que je me suis retrouvé dans son lit.

Agacé, Locke soupira.

— Tu sais très bien ce que je veux dire. L'as-tu compromise afin de la forcer à t'épouser ?

— Non, j'ai couché avec elle parce que j'en avais envie. Je la désirais comme jamais je n'ai désiré une autre femme. Locke, elle est venue au *Nightingale*.

Le vicomte écarquilla les yeux, incrédule, mais Ashe savait que tout ce qui était dit ici, sur la lande, resterait sur la lande.

— Vraiment ?

— C'est là que, pour la première fois, je me suis rendu compte qu'elle était très attirante. Elle avait décidé d'accepter son célibat et se disait qu'elle n'avait rien à perdre. J'étais sous le charme.

Il secoua la tête.

— Non, ce n'est pas le mot. Elle est audacieuse, courageuse et si elle veut quelque chose, elle met tout en œuvre pour l'obtenir sans demander l'aide de quiconque. Elle ne ressemble à aucune des femmes que j'ai connues. Pour quelle raison je ne l'ai pas remarquée plus tôt, cela m'échappe. Et le fait qu'aucun homme ne l'ait épousée ne fait que démontrer à quel point nous sommes stupides. Elle est remarquable. J'ai donc commencé à la courtiser comme l'exige la tradition, lors de bals et de soirées. Elle venait d'accepter ma demande en mariage quand elle a découvert que j'étais au bord de la ruine. Elle m'a envoyé au diable.

— Je ne vois pas où est le dilemme, observa Locke en se remettant en marche. Il te suffit de courtiser une dame qui se moquera que tu le fasses pour sa dot, qui se satisfera de ton titre et de ta bonne mine. Tu ne devrais pas mettre très longtemps à attraper un autre poisson.

— Tu as raison. Il faut juste que je trouve une autre dot. C'est décevant, c'est tout, après tous les efforts consentis pour la courtiser et gagner sa confiance.

Et puis, ils s'entendaient si bien au lit. Jamais encore il n'avait trouvé de partenaire avec qui cela se passait aussi merveilleusement. Il regrettait de l'avoir perdue. Et d'avoir aussi perdu ses sourires, son humilité.

— Je ne suis pas du genre à me laisser décourager, mais je ne vois pas comment je pourrais arranger les choses avec elle.

— Et si elle n'avait pas de dot ? hasarda Locke.

— Pardon ?

— Mlle Minerva Dodger. Et si elle n'avait pas de dot ? Tu ne l'aurais pas courtisée, tu ne serais pas aussi déçu. Tu n'aurais jamais su ce que tu perdais.

— Sauf que maintenant je le sais, et que c'est l'enfer.

Il avait envie de flanquer le poing dans quelque chose, sauf qu'il n'y avait rien à des kilomètres à la ronde, à l'exception des chevaux qu'il ne frapperait jamais, et de Locke qui ne méritait pas cela.

— Je sais à quel point elle peut être têtue. Et magnanime. Je sais qu'elle pourrait démolir verbalement n'importe quelle femme, mais elle se l'interdit. Elle pourrait gagner un combat sur un ring contre pas mal d'hommes. Elle sent la verveine. Elle n'a aucune fausse pudeur dans une chambre à coucher. Et elle est intelligente. Incroyablement intelligente. Elle réfléchit à des projets d'investissements. Elle pense comme un homme, ce qui devrait me la rendre repoussante alors qu'en fait je la trouve d'autant plus séduisante.

— Tu es tombé amoureux d'elle.

— Non, non. C'est juste que...

Il fit volte-face, trois pas en arrière, trois en avant. C'était juste qu'il l'adorait. Depuis le sommet du crâne jusqu'à la pointe des orteils, dedans et dehors. Il adorait le défi qu'elle représentait. Il adorait les instants qu'il passait avec elle. Il adorait lui parler, l'écouter. Il adorait qu'elle ait ses propres opinions, même quand elle s'entêtait à croire qu'elle méritait l'amour. Il adorait... Il se figea, enleva son chapeau, se passa la main dans les cheveux.

— Oui, c'est bien possible, après tout. Mais elle ne me croira jamais. Je pourrais lui écrire des lettres d'amour, lui composer des poèmes, cela n'y changerait rien. Tous ceux qui m'ont précédé n'en voulaient qu'à sa fortune.

— Alors, je te le redemande, et si elle n'avait pas de dot ?

— Si elle n'avait pas de dot, je resterai pauvre.

Le regard si vert, si intense de Locke se riva au sien, l'obligeant à réfléchir aux implications.

Ashe se tourna lentement vers la lande.

— Mais si je demandais sa main dans ces conditions, elle n'aurait d'autre choix que de croire, que de comprendre que c'est *elle* que je veux.

— Eh bien, dans ce cas, cela me paraît assez simple, non ? On fait la course pour rentrer ?

Locke grimpait déjà sur sa monture.

Éclatant de rire, Ashe l'imita et éperonna son cheval pour rattraper l'homme dont le sort avait fait son frère.

20

— Monsieur Dodger.

— Ashebury.

Prononcé par Jack Dodger, son nom ressemblait à une insulte. Non pas qu'Ashe le lui reprochât. Durant le trajet de retour d'Havisham, il avait eu le temps de réfléchir à la façon d'aborder l'ancien propriétaire de clubs de jeux. Il avait été surpris que le majordome le conduise dans la bibliothèque. Et soulagé que Minerva ne sache pas encore qu'il était ici.

— Vous ne manquez pas de courage de venir ici après avoir brisé le cœur de ma fille.

— Ce n'était nullement mon intention.

— Il n'empêche que c'est ce que vous avez fait. J'ai tué pour moins que ça.

— Pas récemment, j'espère.

Un coin des lèvres de Jack Dodger se releva. Minerva n'avait pas hérité de la bouche de son père. De sa mère, peut-être ? À moins que cette bouche n'appartienne qu'à elle.

— Cognac ?

Au moins, il allait survivre assez longtemps pour boire un verre.

— Je suis plutôt scotch.

— Je dois en avoir sous la main.

Ashe regarda Dodger remplir deux verres. Il n'y avait rien de délicat dans ses gestes, rien de raffiné. Tout en lui trahissait ses origines. Il avait peut-être quitté la rue depuis longtemps, mais elle s'accrochait encore à lui.

Il se tourna vers Ashe pour lui tendre son verre.

— Asseyez-vous.

— Je préfère rester debout.

— Je préfère m'asseoir, répliqua Dodger en prenant place derrière le bureau.

Il avala une gorgée de scotch sans cesser d'observer Ashe.

— Ce n'est pas souvent que je me trompe sur le compte de quelqu'un. Je dois dire que votre requête m'a surpris. Pourquoi ne devrais-je pas honorer ma promesse de lui offrir une dot ?

— Parce que cet argent se dressera toujours entre nous. Parce qu'elle doutera toujours des raisons pour lesquelles je l'aurais épousée.

— Je ne me rappelle pas vous avoir donné la permission de l'épouser.

— Vous le ferez, car son bonheur compte plus que tout à vos yeux.

— Et vous la rendrez heureuse ?

— Follement. Mais elle a toujours été en butte à des coureurs de dot et elle croit que c'est sa dot qui m'a attiré vers elle.

— Ce n'est pas le cas ?

— Non.

— Quoi, alors ?

Ashe se demanda si, après avoir entendu sa réponse, Jack Dodger allait lui casser la mâchoire.

— Ses jambes.

— Et comment se fait-il que vous ayez vu ses jambes ?

— Cela restera entre elle et moi. Ses jambes m'ont attiré, mais son audace, sa bravoure, son cran, son intelligence, sa personnalité m'ont retenu. C'est la femme la plus remarquable qu'il m'ait été donné de rencontrer. Je l'aime. Au-delà de l'imaginable. Ce qui est stupéfiant, car je pensais être incapable d'aimer. Elle doutera cependant toujours de ma sincérité si la main qu'elle m'offre tient aussi les cordons d'une bourse.

— Sa dot excède de très loin ce que peut contenir une bourse, mon garçon.

— J'en suis conscient. C'était une façon de parler.

— Je me suis renseigné. Je connais votre situation financière. Elle n'est pas brillante.

— Peut-être. Mais je peux vendre nombre des trésors que j'ai amassés au cours de mes voyages. Cela nous procurera une jolie somme. Pas autant que sa dot, certes, ce sera néanmoins un début. Ensemble, je sais que nous saurons faire fructifier ce capital pour nos enfants. Je veux qu'elle soit ma partenaire. À égalité.

— En venant à vous avec rien ?

— Seigneur Dieu, comment pouvez-vous croire qu'elle viendrait avec *rien ?* Elle est *tout.*

Ashe vit une lueur de respect et d'admiration vaciller dans les yeux sombres de Jack Dodger, des yeux qu'il avait transmis à sa fille, et il sut qu'avec lui au moins, il avait gagné la partie.

Minerva passait quelques notes en revue dans le petit salon quand ses parents y pénétrèrent.

— Nous aimerions te dire un mot, commença sa mère.

— Cela tombe bien, moi aussi, je voulais vous parler. J'ai beaucoup réfléchi et j'ai décidé d'aller au Texas afin de superviser cette affaire de bétail. J'ai tout planifié. J'engagerai quelqu'un qui m'accompagnera et...

— Minerva, l'interrompit sa mère en s'asseyant près d'elle sur le canapé tandis que son père s'installait sur une chaise en face d'elle. Le Texas est si loin.

— Je ne compte pas y rester jusqu'à la fin de mes jours. Je serai de retour pour Noël. C'est juste que si je me fie à ces perspectives chiffrées, c'est une superbe occasion qui s'offre à nous de ne pas être dépendants uniquement de ce que nous produisons en Grande-Bretagne.

— Il faudra que tu parles de cela avec ton père. C'est lui le spécialiste des affaires.

Minerva se tourna vers ce dernier qui, vautré sur sa chaise, semblait n'avoir pas le moindre souci. Jack Dodger se moquait complètement des apparences.

— Père, un investissement t'intéresse-t-il ?

— Ça rapportera de l'argent ?

— Je le crois, oui. Beaucoup, même.

— J'y réfléchirai. Mais d'abord, je veux discuter avec toi de la décision que je viens de prendre... avec la bénédiction de ta mère.

Minerva laissa échapper un petit rire qui ne lui ressemblait pas du tout.

— Très bien, mais vous avez un air mortellement sérieux tous les deux. Il s'est passé quelque chose ?

— Si l'on veut, répondit son père. J'ai décidé de te retirer ta dot.

Elle eut l'impression de recevoir un coup de poing.

— Pourquoi ?

— Eh bien, pour commencer, puisque tu ne veux plus te marier, tu n'en as plus vraiment besoin.

— C'est juste. Je suppose que tu accepteras néanmoins de me prêter de l'argent pour me permettre d'investir sur cette affaire de bétail ?

Il agita une main nonchalante.

— Si tu le veux, tu l'auras. Je ne parle que de ta dot, enchaîna-t-il avant de se pencher en avant, les coudes sur les genoux. Je ne t'ai peut-être pas rendu service en t'offrant une somme aussi extravagante. J'ai bien peur que tes prétendants aient été incapables de voir au-delà.

— L'idée que tu ne te maries pas, que tu sois seule, ne nous plaît pas, ajouta sa mère.

— Je ne suis pas seule. J'ai des amis. Et une famille. Je n'ai pas besoin d'un mari pour que ma vie soit pleine et entière. Donc, reprenez la dot. Cela ne me dérange en rien. De toute manière, pas un homme ne voudra m'épouser sans elle. Et je ne veux pas d'un homme qui...

Elle avala sa salive, les mots ayant du mal à sortir.

— ... en aurait besoin.

— Comme Ashebury ? dit sa mère.

— Comme quantité d'hommes, répliqua Minerva avec impatience. Quant à Ashebury, il m'est totalement indifférent.

Le sourire aux lèvres, sa mère lui pressa la main.

— Tant mieux, car il doit dîner avec nous ce soir.

« Traîtresse » fut le premier mot qui traversa l'esprit de Minerva, mais elle le garda pour elle. Après tout, il s'agissait de sa mère, la femme qui l'avait mise au monde.

— Tu n'es pas sérieuse.

— Je crois que j'aimerais l'entendre raconter ses voyages en Afrique.

Incroyable. Minerva ricana.

— Si tu veux entendre parler de l'Afrique, invite n'importe lequel des autres Vauriens. Je ne vois pas l'intérêt de nous infliger la présence d'un imposteur tel qu'Ashebury.

— C'est dommage, car il est ici.

Minerva avait entendu dire qu'il avait quitté la ville.

— Tu veux dire, ici, à Londres ?

— Non, ici, chez nous. Ce qui signifie bien sûr qu'il est à Londres. En fait, il attend dans la bibliothèque.

Minerva bondit sur ses pieds en jetant un regard furieux à son père.

— Tu l'as laissé entrer ? Tu l'as accueilli chez toi sachant que je le méprise, que je le déteste ?

— Il a apporté ses photographies, poursuivit sa mère, imperturbable.

— Il ne restera pas dîner ici ! Pas question !

Sur ce, Minerva se rua dans le couloir.

— J'ai l'impression qu'il ne lui est pas si indifférent, entendit-elle son père déclarer.

Il était rare qu'elle entre en conflit avec ses parents, mais là, elle était folle de rage. Non, elle ne se contenterait pas de faire un voyage au Texas. Elle allait s'y installer. Pour de bon.

Elle traversa le couloir. Comment osait-il se montrer ici ! Chez elle, dans sa maison, dans son sanctuaire.

La porte de la bibliothèque était ouverte. Elle franchit le seuil au pas de charge et se figea en le découvrant debout devant la fenêtre. Il avait une mine épouvantable, complètement, absolument épouvantable. Comme s'il n'avait pas fermé l'œil depuis longtemps, comme s'il avait maigri.

Et pourtant, il se débrouillait pour être splendide, absolument, complètement splendide. Et il sentait merveilleusement bon. Bois de santal auquel se mêlait sa propre odeur. Mais si elle percevait son odeur, c'est qu'elle ne s'était pas arrêtée avant d'être suffisamment près pour pouvoir plonger le regard dans le cristal bleu de ses yeux. Il s'était rasé avant de venir, nota-t-elle.

— J'ai cru comprendre que vous avez été invité à dîner, dit-elle sèchement.

— Votre mère a eu cette gentillesse.

— J'annule cette invitation.

— Je pensais bien que vous pourriez le faire.

— Si vous étiez un vrai gentleman, vous ne l'auriez pas acceptée.

— Sauf que j'avais davantage envie de vous voir que d'être un gentleman.

Elle ferma les yeux.

— Arrêtez.

Les rouvrant, elle le fusilla du regard.

— Ne commencez pas à dire toutes ces choses censées faire tourner la tête aux femmes. Vous perdriez votre temps et me feriez perdre le mien. Je viens d'être informée que mon père a décidé de me retirer ma dot, il vous faut donc chercher des fonds ailleurs.

— Je suis au courant pour votre dot, dit-il posément. C'est moi qui le lui ai demandé.

Déconcertée, elle secoua la tête.

— Pourquoi auriez-vous fait une chose pareille ?

— Parce que tant que vous l'aurez, vous ne pourrez pas croire que je vous veux, vous, et non votre fortune.

— Mais vous avez besoin de ma fortune.

— J'ai encore plus besoin de vous.

— Vous n'êtes pas sérieux. Vos domaines, votre héritage...

— Peuvent aller au diable, coupa-t-il avant de faire la grimace. Non. Ils n'iront pas au diable. J'y veillerai. Vous aviez tort quand vous avez dit que je me moquais de mes responsabilités, que j'avais dilapidé mon héritage. Mes domaines ne rapportaient plus les mêmes dividendes qu'autrefois, j'ai donc fait quelques investissements qui, malheureusement, se sont révélés hasardeux.

Il gagna le bureau, sortit une feuille de papier vierge, prit la plume de son père qu'il plongea dans l'encrier avant de la lui tendre.

— Écrivez trois chiffres, l'un au-dessous de l'autre.

— Je ne vois pas le rapport avec notre discussion.

— Faites-le, c'est tout. S'il vous plaît.

Avec un soupir agacé, elle le rejoignit, lui arracha la plume des mains avant de lui couler un regard oblique.

— On dirait que vous avez récupéré de mon coup de genou.

— J'ai été surpris que vous ayez pu manœuvrer si facilement.

— J'avais laissé mes jupons chez le modiste, histoire d'être plus libre de mes mouvements. J'espérais avoir l'occasion de vous porter un coup décisif.

— Vous êtes assoiffée de sang.

— Vous ne devriez pas être surpris. Je vous avais dit que je tuerais avec joie de mes propres mains tout homme qui me ferait du mal.

— Et c'est bien ce que vous avez fait. Trois chiffres.

Elle écrivit.

5

7

9

Tirant la feuille vers lui, il l'examina. Ferma les paupières. Les rouvrit. Plissa les yeux.

— Je ne les distingue pas. Dans ma tête, je ne vois qu'un chaos. Je sais que ce sont des chiffres. Je sais qu'en les additionnant ils feront une somme. Mais je ne les comprends pas. Lord Marsden m'a dit que mon père était comme moi. Les chiffres n'avaient aucun sens pour lui. Il confiait ses comptes au marquis. Je l'ai appris il y a quelques jours lorsque je suis allé à Havisham. J'étais trop fier pour admettre que j'étais atteint de cette sorte d'infirmité. Donc, quand mon homme d'affaires rassemblait des informations sur tel ou tel investissement, il m'expliquait les risques oralement et je faisais ce qui me semblait les meilleurs choix. Si j'avais été capable d'analyser les chiffres, je n'aurais peut-être pas pris ces risques qu'il considérait comme acceptables. À mon retour en Angleterre, j'ai découvert que ces investissements me faisaient perdre de l'argent. Avec très peu de revenus à ma disposition et des dépenses croissantes pour mes domaines, il ne me restait plus grand-chose.

— Comment pouvez-vous ne pas comprendre les chiffres ?

— Je l'ignore, Minerva. Bien que je me sente stupide, je ne le suis pas. Je maîtrise un tas d'autres choses, toutefois les chiffres demeurent un mystère pour moi.

— Donc, soupira-t-elle, vous avez perdu votre fortune et vous avez décidé d'épouser une femme pourvue d'une dot substantielle. Moi, en l'occurrence.

— Pas exactement. J'ai rencontré une femme au *Nightingale* qui m'a intrigué. Je l'ai revue dans une soirée et cette fascination n'a fait que croître. Le fait qu'elle ait une dot n'avait guère d'importance. Je voulais simplement la connaître. Et puis je suis tombé amoureux d'elle. Ce dont je ne me suis rendu compte que lorsqu'elle m'a quitté.

Le cœur de Minerva s'était soudain mis à cogner contre ses côtes.

— Sauf que maintenant, elle n'a plus de dot.

Il sourit.

— Mais elle sait comment investir intelligemment. Je possède un petit capital. Qu'elle m'épouse ou pas, je veux qu'elle m'aide à reconstruire ma fortune.

— Et si nous cessions de parler comme si elle n'était pas dans la pièce ?

Son sourire s'élargit.

— M'aiderez-vous à retomber sur mes pieds ?

— Je suppose que je le pourrais.

— Et si je n'ai plus besoin d'une dot, m'épouserez-vous ?

Elle lui toucha doucement la mâchoire.

— Ashe...

— Dites-moi ce que je dois faire pour vous convaincre que je vous aime.

— Je veux vous croire. Mais cela paraît tellement incroyable qu'un homme comme vous puisse m'aimer.

— Parce que vous ne vous voyez pas telle que vous êtes. Tenez, je veux vous montrer quelque chose.

Il fouilla dans sa poche et en sortit une petite photographie.

C'était celle d'une femme assise près d'un étang. Son visage révélait une telle force, une telle personnalité, une telle invincibilité et pourtant il y avait de la vulnérabilité en elle, une délicatesse...

Il fallut un moment à Minerva pour comprendre qu'il s'agissait d'elle, que c'était la photographie qu'il avait prise dans le jardin de Lovingdon.

— Je suis plutôt jolie. Comment avez-vous réussi à me rendre jolie ?

— Vous êtes jolie. Vous êtes plus que cela, même. Je me suis simplement servi des ombres et de la lumière pour révéler ce que je vois en vous. La vraie beauté n'existe pas sans elles.

— Et la photographie de moi au *Nightingale* ?

— Je ne l'ai pas prise.

— Pourquoi ?

— Parce qu'elle n'était que pour moi. Parfois, quelque chose est si parfait... non, ce n'est pas le mot juste. C'est plus que cela. Transcendant. On a l'impression que ce serait un péché de le capturer. Mais chaque fois que je vois des corps carbonisés, mutilés... je pense à vous, à vos longues jambes et vos petits pieds, allongée sur le lit en train de m'attendre... Cela surpasse et de très loin toutes ces images qui m'ont accompagné pendant si longtemps. Cela les efface, les annule. Elles disparaissent en silence, elles ne hurlent plus pour attirer mon attention, car désormais j'ai quelque chose de tellement mieux. Du moins, je l'avais avant de tout gâcher. Je vous avais, Minerva. Et je vous veux de nouveau, désespérément.

Elle, qui ne pleurait jamais, sentit la brûlure des larmes.

— Ashe...

— Je peux m'en sortir sans dot. Je ne peux pas m'en sortir sans vous. Même si vous ne m'aimez pas...

— Je vous aime ! J'ai essayé de cesser de vous aimer, mais je n'arrête pas de penser à vous, de vous regretter, de vous vouloir. Pourtant, j'ai peur que ce ne soit pas réel. Cet amour que nous prétendons éprouver l'un pour l'autre. Et si c'était une invention, comme lady V ?

— Lady V n'est pas une invention. C'est simplement une autre partie de vous-même. Minerva, j'ai su qui vous étiez presque dès le début. Tout ce que nous avons partagé au *Nightingale*, nous continuerons de le partager. Tout ce que nous avions en dehors du *Nightingale*, nous continuerons de l'avoir. Nous aurons tout.

Et elle le crut. La vérité était là, dans ses yeux, dans sa façon de lui sourire.

— Je vous aime, Ashe.

Le regard dont il la gratifia lui fit fondre le cœur. C'était ce genre de regard qu'elle avait attendu durant six Saisons. Un regard qui promettait une éternité de bonheur.

— Et je préférerais me marier au plus vite, ajouta-t-elle.

— À la fin du mois, par exemple ?

— On va croire que vous m'avez forcée à vous épouser.

— Ce qui est le cas… car nous ne pouvons supporter de passer une autre nuit l'un sans l'autre.

Il l'attira dans ses bras.

— Pas de jeu de genou.

Avant qu'elle ne puisse le rassurer, il l'embrassa comme seul un homme amoureux en était capable.

21

Tout Londres ne parlait que du mariage imminent de Mlle Minerva Dodger et du duc d'Ashebury. Surtout quand il devint évident qu'ils étaient follement amoureux. Minerva qui détestait les journaux à scandale se surprit à en apprécier énormément la lecture.

Mais plus encore, elle appréciait de préparer son mariage. Alors que le moment de se rendre à l'église approchait, elle n'était pas du tout nerveuse. Étudiant son reflet dans le miroir, elle admira la façon dont sa robe de dentelle blanche moulait son corps. Des fleurs d'oranger couronnaient son voile, le maintenant en place. Elle portait le petit bracelet de cheville. Elle agita le pied rien que pour l'entendre tinter.

— Tu es magnifique, Minerva, déclara Grace tout en ajustant sa traîne.

— Plutôt, oui. Cela valait la peine d'attendre l'amour.

— Je t'ai toujours dit que tu finirais par trouver un homme qui t'aime.

— J'ai encore du mal à le croire.

— Mais tu es heureuse.

— Follement.

On frappa à la porte. Grace alla ouvrir.

— Les pères ont besoin de passer un moment avec leurs filles le jour où elles se marient, dit Jack Dodger en entrant.

— Je vais attendre en bas, murmura Grace, qui se glissa hors de la pièce.

— Tu es aussi belle que ta mère.

Minerva adressa un sourire gentiment moqueur à son père.

— J'ai toujours pensé que c'était plutôt à toi que je ressemblais.

— À part mes yeux, tu es le portrait craché de ta mère.

— J'ai ton sens des affaires.

— Mais tu as son cran. Tu es sûre de vouloir l'épouser ?

— Tout à fait sûre. Je l'aime, et même s'il ne va pas apprécier, je veux que tu me rendes ma dot. J'étais si occupée à chercher un homme qui m'aime, à vouloir des preuves d'amour, que je n'ai pas compris qu'il suffisait que moi je l'aime. Je ne veux pas qu'il soit contraint de vendre ses trésors ou qu'il souffre inutilement parce que ses investissements n'ont pas été aussi rentables que prévu. Je sais maintenant qu'il m'aime avec ou sans ma dot, mais plus que tout, je l'aime. Je veux qu'il puisse disposer des fonds que tu as promis.

— Ils sont déjà à votre disposition sur son compte en banque. C'est votre cadeau de mariage. J'avais dans l'idée que tu ne le découvres que lorsque son homme d'affaires viendrait lui faire un compte rendu sur l'état de ses finances.

Le risque de froisser sa robe était grand, pourtant Minerva se jeta au cou de son père.

— Je t'aime tellement.

— N'oublie jamais, Minerva, que j'ai été celui qui t'a aimée le premier.

— Je sais.

Les larmes jaillirent et elle ne se soucia pas de les retenir.

— Ne pleure pas. Je ne supporte pas de voir une femme pleurer.

Avec un rire tremblant, elle s'écarta de lui.

— Cela aussi, je le sais.

Il se détourna, mais pas avant qu'elle n'ait le temps de voir qu'il avait les yeux humides.

— Finissons-en. Ce n'est pas tous les jours que je renonce à ma fille.

— Tu ne renonces à rien. Elle sera toujours ta fille.

Il lui jeta un coup d'œil et sourit.

— Oui, elle le sera toujours, dit-il avant de rabattre doucement son voile devant son visage. Heureux hommes, lui et moi.

Heureuse fille, songea-t-elle, d'avoir l'amour de ces deux hommes extraordinaires.

Le mariage fut grandiose, plus que Minerva ne s'y attendait. L'église était bondée et aucun invité ne manqua la réception qui suivit. Ashe était si beau tandis qu'il l'attendait au pied de l'autel. Son expression alors qu'elle venait à lui… comment avait-elle pu croire qu'il ne l'aimait pas ?

À présent, c'était elle qui l'attendait dans sa chambre à coucher. Les lampes à gaz jouaient avec les ombres. Elle portait une chemise de nuit en soie, le bracelet en or à la cheville et…

La porte s'ouvrit. Elle retint son souffle à la vue de son mari en robe de chambre en soie. Il la regarda. Et éclata de rire.

— Oh non, il n'en est pas question !

Elle ne put s'empêcher de sourire quand il traversa la pièce et s'empressa de dénouer les rubans de son masque.

— C'est beaucoup mieux ainsi, murmura-t-il avant de prendre possession de sa bouche.

Ils avaient réussi à échanger quelques baisers au cours du mois, mais elle avait tenu à attendre leur nuit de noces. Désormais, ils avaient tout le temps pour être dans les bras l'un de l'autre. Il couvrit son visage, puis sa gorge d'une nuée de baisers. Elle soupira, gémit.

— Ma femme, murmura-t-il.

— Ta femme.

Il recula, dénoua la ceinture de sa robe de chambre et s'en débarrassa. Elle retint son souffle et sa bouche s'assécha.

— Je vais apprendre à me servir de ton appareil photographique.

Il sourit.

— Pas ce soir.

Il s'allongea près d'elle, s'adossa à la tête de lit, les mains derrière la nuque.

— Qu'est-ce que tu fais ?

— Enlève ta chemise de nuit… lentement. Je veux voir comment la lumière habille ton corps.

— Vraiment ?

Elle quitta le lit, stupéfaite d'être aussi à l'aise. Cela dit, ce n'était pas comme si elle était vierge. Très lentement, elle défit un bouton. Puis un autre, et un autre encore tandis que le regard d'Ashe s'assombrissait, se voilait. Elle était consciente de son sexe qui se raidissait, de sa respiration qui s'accélérait. Quand le dernier bouton fut sorti de sa boutonnière, elle fit courir son index le long de son buste, entre ses seins. Il cessa de respirer.

Oh, comme elle aimait avoir ce pouvoir ! Elle fit glisser le tissu sur une épaule, puis sur l'autre. La soie glissa voluptueusement jusqu'au sol.

Ashe émit un grondement féroce. Puis il se redressa vivement, l'attrapa et la fit basculer sur le lit. Pressé contre son flanc, il se hissa sur le coude et la dévisagea.

— Tu n'as pas idée à quel point je voulais te voir en pleine lumière. Quand nous serons au domaine, je compte bien t'emmener dans un champ, là où tu seras baignée de soleil, et je te ferai l'amour comme un fou.

— Dans un champ ?

— Nous ferons l'amour partout : dans la forêt, sous la pluie, dans chaque pièce de chaque bâtiment, promit-il en la caressant du dos de la main. Je t'aime, Minerva.

— Je ne me lasserai jamais de t'entendre le dire.

— Tant mieux. Je compte te le dire chaque jour.

— Je t'aime, Ashe. Je ne pensais pas qu'il était possible d'aimer autant.

Il s'empara de sa bouche et la passion jaillit immédiatement entre eux, si torride qu'elle menaça de les consumer. Un plaisir inouï l'inonda, un tourbillon de sensations vertigineuses.

Tandis qu'ils se touchaient, s'embrassaient, se caressaient, l'incendie ne cessait de croître, détruisant tout sur son passage. Leurs gestes se firent frénétiques, leur désir dévastateur. Quand Minerva crut qu'elle allait devenir folle, il plongea en elle, profondément. Ses muscles intimes se refermèrent autour de lui, le serrant étroitement.

Le regard rivé au sien, il commença à donner des coups de reins, encore et encore, avec régularité et détermination. Nouant les jambes autour de ses hanches, elle lui agrippa les fesses et ondula en rythme avec lui. Elle avait l'impression que des étincelles jaillissaient de partout. Leurs corps étaient humides de sueur, leurs gémissements et leurs râles se faisaient écho.

Les sensations devinrent insoutenables, puis ce fut l'explosion de la jouissance. Un véritable feu d'artifice. Elle cria son nom, l'entendit répondre d'un grondement tandis qu'il s'enfonçait une dernière fois en elle.

Enfin il s'immobilisa, le souffle aussi haché et bruyant que celui de Minerva. Avec un sourire satisfait, il déposa un baiser sur le bout de son nez avant de rouler sur le côté en l'entraînant avec lui.

— C'est magnifique avec la lumière, articula-t-elle, hors d'haleine. Quand on voit tout.

Il rit tout bas.

— J'aurais dû faire installer un miroir au plafond.

— On pourra peut-être retourner au *Nightingale* juste pour une nuit.

— Si tu veux.

— Cela pourrait être intéressant.

— Nous irons pour l'anniversaire de notre première visite.

Elle laissait ses doigts courir sur son torse.

— Un jour, tu me montreras les photographies de ta collection personnelle ?

— Je les ai brûlées.

Se dressant sur le coude, elle le dévisagea.

— Pourquoi ?

— Parce que je n'en ai plus besoin, murmura-t-il en repoussant doucement une mèche de son visage. Elles m'aidaient à supporter les images de carnage que je n'arrivais pas à me sortir de la tête. Je me disais que si je parvenais à remplacer ces images par d'autres aux lignes parfaites, je pourrais vaincre mes cauchemars. Mais cela n'a pas marché. Jusqu'à toi. Je te l'ai dit, le simple fait de penser à toi fait disparaître toutes ces horreurs. Je n'avais donc plus besoin de garder ces photographies.

— J'aurais aimé les voir.

— Je peux les recréer avec toi pour modèle.

— Si je pose pour toi, il faudra que tu poses pour moi. Donnant-donnant.

Souriant, il enfouit les doigts dans sa chevelure.

— Ma chère et perverse épouse. Pas étonnant que je t'aime.

Puis il roula sur elle et reprit sa bouche avec une fougue renouvelée.

N'était-ce pas merveilleux, l'amour ?

Épilogue

Quelques années plus tard

Assis sur la sixième marche de l'escalier donnant sur l'entrée, Ashe contemplait la porte par laquelle il avait vu ses parents partir. Étrangement, plus il vieillissait, plus ils lui manquaient.

Il regrettait qu'ils ne puissent voir comment Minerva et lui, grâce à quelques investissements astucieux, avaient restauré sa fortune – et sans toucher au cadeau de mariage de son père. Il gardait cette somme en réserve en cas de besoin. Sinon, elle serait partagée plus tard entre leurs enfants.

Il regrettait que ses parents n'aient pas connu Minerva, le gouvernail de sa vie. Il n'aurait jamais cru qu'un tel amour soit possible. Par moments, la profondeur de ses sentiments pour elle l'effrayait. Alors il se raccrochait encore plus à elle.

Il espérait qu'il leur serait donné de connaître leurs petits-enfants.

L'écho de petits pieds martelant les dalles de l'entrée retentit tandis que son fils et sa fille se précipitaient vers la porte, leur mère les suivant à une allure plus modérée. Elle était de nouveau enceinte.

— Papa, viens ! cria sa fille, dont les cheveux avaient les mêmes reflets auburn que ceux de sa mère. Grand-père a promis de nous apprendre à faire les poches aujourd'hui.

Ashe adressa un regard noir à Minerva.

— Je croyais qu'il allait leur apprendre à éviter qu'on leur fasse les poches.

Elle haussa une épaule.

— Tu connais mon père.

Il descendit les marches.

— Et je suppose que tu vas leur apprendre à tricher aux cartes.

— Le fils de Lovingdon triche déjà à merveille. On ne peut pas laisser nos enfants à sa merci.

Il enroula le bras autour de sa taille.

— Comment te sens-tu ?

— Mieux. J'arrive à garder mon petit déjeuner.

— Alleeeez ! se lamenta leur fils. Tout le monde doit déjà y être.

Tous les frères et sœurs de Minerva, ainsi que leurs familles, étaient invités chez Jack et Olivia pour célébrer leur anniversaire de mariage.

— D'accord, dit Ashe. Nous y allons.

Le valet ouvrit la porte et les enfants se précipitèrent dehors.

— Nos enfants ont besoin d'apprendre la patience, observa Ashe.

— Je préfère qu'ils soient enthousiastes.

— Dans ce cas, ils seront enthousiastes.

Arrivé sur le seuil, Ashe s'arrêta et se retourna. Autrefois, les hurlements avaient hanté cet endroit. Aujourd'hui, il n'entendait plus que les rires de ses enfants, la joie dans la voix de sa femme et l'amour.

Note de l'autrice

Ashe souffre de dyscalculie. Similaire à la dyslexie, elle affecte la perception des nombres. J'en ai appris l'existence il y a quelques années quand cette affection a été diagnostiquée chez l'enfant d'une amie. Avec l'aide patiente d'éducateurs spécialisés, il a appris à se débrouiller avec les chiffres. Cet état n'était pas compris à l'époque d'Ashe.

Quant au *Nightingale Club*, il s'inspire du *Parrot Club*, une maison fondée dans les années 1850 par trois dames qui voulaient disposer d'un endroit où rencontrer et partager des amants. Pour ce récit, j'ai pris la liberté d'accroître ses attributions et le nombre de ses membres.

J'AI LU POUR elle

Si vous souhaitez être informée en avant-première
de nos parutions et tout savoir sur vos autrices préférées,
retrouvez-nous ici :

www.jailu.com

Abonnez-vous à notre newsletter
et rejoignez-nous sur Facebook !

11668

Composition
FACOMPO

Achevé d'imprimer en Italie
par GRAFICA VENETA
le 2 juin 2025

Dépôt légal : juillet 2025
EAN 9782290410226
OTP L21EPSN002661-638512

ÉDITIONS J'AI LU
82, rue Saint-Lazare, 75009 Paris

Diffusion France et étranger : Flammarion